KB252711

서문문고
220

제주도 전설

현 용 준 지음

7 선문대할망

☼ 옛날 선문대할망이라는 키 큰 할머니가 있었다. 얼마나 키가 컸던지, 한라산을 베개 삼고 누우면 다리는 제주시 앞바다에 있는 관탈섬에 걸쳐졌다 한다.

(1975·2·25 구좌면 김학리 안용인(남) 제공)

☼ 옛날 선문대할망이라는 키 큰 할머니가 있었다. 할머니는 빨래를 하려면 빨래를 제주시 앞바다의 관탈섬에 놓아 발로 밟고, 팔은 한라산 꼭대기를 짚고 서서 빨래를 발로 문질러 빨았다 한다.

☼ 제주시 한내〔漢川〕 위쪽에는 큰 구멍이 팬 바위가 있는데, 이것은 할머니가 쓰던 감투라 한다.

☼ 제주도에는 많은 오름〔小化山〕들이 여기저기 흩어져 있는데, 이 오름들은 할머니가 치맛자락에다 흙을 담아 나를 때, 치마의 터진 구멍으로 흙이 조금씩 새어 흘러서 된 것이라 한다.

☼ 할머니는 키가 너무 커 놓으니 옷을 제대로 입을 수가 없었다. 그래서 속옷을 한 벌만 만들어 주면 육지까지 다리를 놓아 주겠다고 했다. 속옷 한 벌을 만드는 데는 명주 1백 통(1통은 50필)이 든다. 제주 백성들이 있는 힘을 다하여 명주를 모았으나 99통밖에 안 되었다. 그래서 속옷은 만들지 못했고, 할머니는 다리를 조금 놓아 가다가 중단하여 버렸다. 그 자취가 조천면 조천리·신촌리

등, 앞바다에 있다 한다. 바다에 흘러 뻗어간 여(바위 줄기)가 바로 그것이라는 것이다.

(제주시 노형리에서 어렸을 때 듣다)

☀ 선문대할망은 키가 큰 것이 자랑거리였다. 할머니는 제주도 안에 있는 깊은 물들이 자기의 키보다 깊은 것이 있는가를 시험해 보려 하였다. 제주시 용담동(龍潭洞)에 있는 용소(龍沼)가 깊다는 말을 듣고 들어서 보니 물이 발등에 닿았고, 서귀읍 서홍리(西歸邑 西烘里)에 있는 홍리물이 깊다 해서 들어서 보니 무릎까지 닿았다. 이렇게 물마다 깊이를 시험해 돌아다녔는데 마지막에 한라산에 있는 물장오리에 들어섰다가, 그만 풍덩 빠져 죽어 버렸다는 것이다. 물장오리가 밑이 터져 한정 없이 깊은 물임을 미처 몰랐기 때문이다.

(제주시 노형리에서 어렸을 때 듣다)

☀ 옛날 설문대할망이라는 할머니가 있었다. 할머니는 한라산을 엉덩이로 깔아 앉고, 한쪽 다리는 관탈에 놓고, 또 한쪽 다리는 서귀읍(西歸邑) 앞바다의 지귀섬〔地歸島〕이나 대정읍 앞바다의 마라도에 놓고 해서, 성산봉(城山峰:성산면 성산리)을 구시통(빨래 바구니)으로 삼고, 소섬(구좌면 우도)은 팡돌(빨랫돌)로 삼아 빨래를 했다.

(1975·2·28 성산면 시흥리 양기빈(남·69세) 제공)

※ 옛날 설명두할망 또는 세명뒤할망이라고 하는 키 큰 할머니가 있었다. 할머니는 한쪽 발은 한라산을 밟고 한쪽 발은 소섬을 밟고 서서 바닷물에 빨래를 했다 한다.

※ 제주도의 많은 오름〔小火山〕들은 할머니가 삽으로 흙을 날라 가면서 한 줌씩 집어 놓은 것이라 한다.

구좌면의 ᄃᆞ랑쉬〔目郎崇〕는 산봉우리가 움푹하게 패어져 있는데, 이것은 할머니가 흙은 집어 놓고 보니 너무 많아 보여서 주먹으로 봉우리를 탁 쳐 버렸더니 움푹 패어진 것이라 한다.

※ 할머니는 키가 커서 한라산과 일출봉(日出峯:성산면 성산리) 사이를 한 발자국에 놓았다 한다.

※ 성산면 성산리 일출봉에는 많은 기암(奇岩)이 있는데, 그 중에 높이 솟은 바위에 다시 큰 바위를 얹어 놓은 듯한 기암이 있다. 이 바위는 설명두할망이 길삼을 할 때에 접시불(또는 솔불)을 켰던 등잔이라 한다. 처음은 위에 다시 바위를 올려 놓지 않았는데, 불을 켜 보니 등잔이 얕으므로 다시 바위를 하나 올려 놓아 등잔을 높인 것이라 한다. 등잔으로 썼다 해서 이 바위를 등경돌(燈檠石)이라 한다.

※ 본래 성산리(城山里) 앞바다에 있는 소섬〔牛島〕은 따로 떨어진 섬이 아니었다. 옛날 설명두할망이 한쪽 발은 선상면 오조리(五照里)의 식산봉(食山峯)에 디디고, 한쪽 발은 성산면 성산리 일출봉에 디디고 앉아 오줌을 쌌다. 그 오줌 줄기의 힘이 어떻게 세었던지 육지가 패어

지며 오줌이 장강수(長江水)가 되어 흘러 나갔고, 육지 한 조각이 동강이 나서 섬이 되었다. 이 섬이 바로 소섬이다.

그때 흘러 나간 오줌이 지금의 성산(城山)과 소섬 사이의 바닷물인데, 그 오줌 줄기의 힘이 하도 세었기 때문에 깊이 패어서, 지금 고래·물개 따위가 사는 깊은 바다가 되었고, 그때 세차게 오줌이 흘러가던 흔적으로 지금도 이 바다는 조류가 세어서 파선하는 일이 많다. 여기에서 배가 깨어지면 조류에 휩쓸려 내려가 그 형체를 찾을 수가 없다.

일설에는 이 할머니가 성산 일출봉과 성산면 시흥리 바닷가의 ㅂ름알선돌이라는 바위를 디디고 앉아 오줌을 누었다고 하기도 한다.

※ 설명두할망은 속옷 한 벌만 해 주면 육지까지 다리를 놓아 주겠다고 했다. 명주를 모아 보니 99필이 되어 속옷을 만들다 보니, 처지(속옷 사타구니 부분의 붙임 조각)가 하나 모자라 속옷을 완성하지 못했다. 그래서 다리도 놓아 주지 않았다고 한다.

※ 설명두할망은 세명뒤할망, 쒜멩듸할망 또는 설명대할망이라고도 한다.

(1974·10·19 성산면 고성리 김석보(남)·한공익(남) 제공)

※ 옛날 설문대할망이라는 키 큰 할머니가 있었는데, 한쪽 발은 한라산을 딛고, 한쪽 발은 산방산(山房山:안덕

면)을 딛고 앉았다 한다. 그만큼 키가 컸었다.

(1975·3·4 안덕면 화순리 양성필(남·77세) 제공)

※ 옛날 마고(麻姑)할망이라는 키가 큰 할머니가 있었다. 어찌나 키가 컸던지 한쪽 발은 한라산을 딛고 한쪽 발은 표선면(表善面) 표선리 바닷가의 한모살(모래톱)을 디디었다 한다.

※ 이 할머니의 속옷 한 벌을 만드는 데는 명주 100통이 드는데, 명주가 99통밖에 없어 못 만들었다 한다.

※ 마고할망은 일명 설명지할망이라고도 한다.

(1975·3·2 표선면 표선리 홍성흡(남·73세) 제공)

※ 애월면 곽지리(郭支里)에 흡사 솥덕(돌 따위로 솥전이 걸리도록 놓는 것) 모양으로 바위 세 개가 세워져 있는 곳이 있다. 이것은 선문대할망이 솥을 앉혀 밥을 해 먹었던 곳이라 한다. 할망은 밥을 해 먹을 때, 앉은 채로 애월리(涯月里)의 물을 떠 넣었다 한다.

(1975·12·19 한경면 고산리 이자영(남·77세) 제공)

8 쇠 죽은 못

애월면 하가리(下加里) 동쪽 1킬로쯤 되는 곳에 '쇠 죽은 못'이라는 큰 못이 있다. 이 못에 그런 이름이 붙게 된 것은 다음과 같은 유래 때문이라 한다.

옛날 하가리에 과부가 살고 있었다. 혼자 밭일을 도맡아 하는지라 항상 일손이 모자랐다.

이 쇠 죽은 못 가까이 과부의 밭이 있었다. 어느 여름날 이 밭을 갈게 되었는데, 과부는 머슴을 시켜 밭을 갈러 가라고 했다.

"밥이 일ㅎ주, 밥이 일허여."

과부는 '밥이 일한다'는 속담을 되뇌며 점심을 두둑하게 싸서 머슴을 보내었다. 밥을 잘 먹어야 일도 잘한다는 뜻에서였다.

한낮쯤 되어 과부는 밭으로 나가 보았다. 얼마나 밭을 갈았는가 보기 위해서였다.

머슴은 밭을 갈기는커녕, 바람 드는 둔덕에 누워 코를 골며 잠을 자고 있다. 밭이랑엔 소에 쟁기를 메우고 점심 도시락만이 쟁기에 매달려 대롱거리고 있는 것이다.

과부는 큰소리로 머슴을 일렀다.

"무사(왜) 밧을 아니 갈고, 낮줌고(낮잠이냐)?"

"밥이 일혼덴 ㅎ난 마씸(밥이 일한다고 하길래 말입니다)."

늘 밥이 일한다고 하므로 밥더러 밭을 갈라고 맡겨 뒀다는 것이다. 머슴은 주인 과부를 좀 나무라는 기색이 있었다. 과부는 기가 막혀 말이 나오지 않았다. 치마를 활활 벗어 던지고 쟁기를 잡아 밭을 휘엿휘엿 갈기 시작했다. 머슴이 하루 종일 갈아도 다 못 갈 여덟 마지기 밭을 단숨에 갈아 젖힌 것이다.

아무리 건장한 여인이라 해도 이것은 힘겨운 일이다. 과부도 목이 말라 혼이 날 지경이지만 소도 갈증이 대단했다. 과부는 즉시 소를 몰고 못으로 갔다. 어떻게나 갈증이 심했던지, 소는 숨까지 죽이고 마구 물을 먹더니, 그만 그 자리에 쓰러져 죽어 버렸고, 과부도 이것을 지켜 보다 그 자리에 쓰러져 죽었다 한다.

그 후부터 이 못을 '쇠 죽은 못'이라 부르게 된 것이다.

(1960·8·20 제주시 이호동 김재수(남) 제공)

9 여우물

서귀포(西歸浦)와 법환리(法還里) 사이에 '여우물'이라는 물이 있다. 이 물가에는 항상 여우가 나타나 지나는 사람을 괴롭혔다. 그래서 '여우물'이라는 이름이 붙은 것이다.

옛날 어떤 관원이 이 물가를 지나게 되었다. 밤이었다. 말을 타고 달랑달랑하며 물가에 이르니,

"아지바님, 어디 갔단 오람수가(아저씨, 어디 갔다 오십니까)?"

상냥한 여자 목소리가 들려 왔다. 고개를 돌려 보니 절세(絶世)의 미녀가 미소를 던지고 있었다.

"나도 ᄀ찌(같이) ᄃ랑 걸읍서(데리고 가세요)."

"기영ᄒ주(그러지)."

관원은 여인더러 앞에 타라고 권하였다. 여인은 뒤에

타겠다고 알랑알랑 아양을 떨어 대는 것이었다.

관원은 이미 눈치를 알아 챘다. 억지로 여인을 붙잡아 앞에다 태우고 도포 고름을 풀어 여인을 자기 몸에 꽁꽁 묶어 놓고 말에 채찍을 놓았다.

관원은 집에 들어서면서 개를 불렀다. 관원네 집 개는 독하기로 이름이 있었다. 개는 달려들어 말 위의 여인을 물어뜯었다. 죽어 떨어진 것을 보니, 백 년 묵은 여우가 백 년 해골을 머리에 쓰고 넘어져 있었다는 것이다.

여우가 백 년 해골을 머리에 쓰면 미녀로 둔갑한다고 한다. 여우가 미녀로 둔갑해서 말 뒤에 타려고 한 것은 뒤쪽에서 말의 창자를 뽑아 먹으려는 심산에서이다. 관원은 미리 그것을 알았기 때문에 무난히 여우를 잡아낸 것이라 한다.

(1960·9·1 당시 제주상업고등학교 이여부 제공)

10 백록담(白鹿潭)

아득한 옛날부터 한라산은 신선이 놀던 산이다. 신선들은 흰 사슴을 타고 여기저기 절경을 구경하고 정상에 있는 백록담에 이르러 그 맑은 물을 사슴에게 먹였다. 그래서 백록담(白鹿潭)이라는 이름이 붙은 것이다.

지금은 한라산을 이웃집 출입하듯 등산하지만, 옛날엔 신선밖에 올라갈 수가 없었다. 사람이 반쯤만 오르면 안개가 순식간에 꽉 끼어 지척을 분간할 수 없게 한다. 이것은 선경(仙境)에 인간이 올 수 없도록 신선이 조화를 부리기 때문이다.

백록은 신선이 타는 말이어서 사냥꾼도 잡지 아니한다. 만일 백록을 쏘았다고 하면 그 사냥꾼은 천벌을 받아 그 자리에서 즉사하게 된다.

옛날 드리(朝天面 橋來里) 감발내〔川名〕 곁에 살던 안(安) 포수가 백록을 쏜 일이 있었다. 그는 104살까지 살았는데 일생 포수로서 살아온 사람이다. 그래서 짐승이 보였다 하면 백발백중 맞혀 잡았다.

어느 날 산중을 돌며 짐승을 찾는데 저쪽 숲에서 사슴이 한 마리 내달았다. 안포수는 거의 무의식적으로 팡하고 총을 놓았다. 맞았는가 확인할 필요도 없이 여느때처럼 달려가서 사슴 위를 덮치며 순간 칼을 빼어 사슴의 배를 찔렀다.

'이젠 한 놈 잡았다.'

이렇게 의식하는 순간에야 정신이 들어, 짐승을 보니 백록이었다. 안포수는 정신이 아찔하였다. 확 칼을 뽑으며 한 10보 물러나 엎드렸다.

"과연 몰라 뵈었습니다. 잘못 봐 가지고 이런 대죄를 범하였습니다."

머리를 땅에 대고 극진히 빌었다. 그래서 겨우 목숨이 살아났다. 만일 그렇게 빌지 않았더라면 그 자리에서 즉사를 면치 못했을 것이다.

(1975·2·25 구좌면 송당리 김두익(남·70세) 제공)

11 혼인지(婚姻池)

　삼성혈(三姓穴)에서 솟아난 세 신인(神人)이 수렵을 하며 성산면 온평리(溫坪里) 경(境)에 이른 때였다. 우연히 바다를 보니 무엇이 떠오는 것 같았다. 그들은 해변으로 왔다. 자세히 보니 석함(石函)이 떠오는 것이었다. '무언가 귀중한 것이 틀림없다'고 생각한 세인들은 일제히 쾌성(快聲)을 올렸다. 그래서 온평리 바닷가 이름을 '쾌성개'라고 한다.

　'쾌성개'에서 쾌성을 지른 세 신인은 석함이 떠오는 바닷가로 내려가니, 물결에 출렁이며 석함이 뭍으로 떠올라 왔다. 이곳을 '오통'이라 한다. 석함이 떠왔다고 해서 '오통'이라고 한다는 것이다.

　석함이 뭍으로 올라올 때 사신(使臣)이 말을 타고 먼저 올라오고, 이어서 세 처녀가 오곡(五穀)의 씨와 송아지·망아지 등을 이끌고 올라왔다.

　사신이 올라오면서 첫발을 디딘 말 발자국이 지금도 있다. 바닷가 물결이 출렁대는 평평한 바위에 흡사 발자국 같이 패어 있는 것이 그것이다. 여기를 '몰성개'라 한다.

　온평리에서 남쪽으로 약 5백 미터 떨어진 곳에 '횐죽'이라는 못이 있다. 세 신인은 세 처녀와 더불어 이 못에 가서 목욕을 하고 혼인식을 올렸다. 그래서 이 못을 혼인지(婚姻池)라 한다. '횐죽'이라는 이름은 '혼인지'의 음이 변한 것이 아닌가 한다.

  혼인지 바로 곁에 자그마한 굴이 있는데, 여기는 세 신
인들이 혼인하고 같이 잠을 잔 곳이라고 전한다.

(1975·2·28 성산면 온평리 현장수(남) 제공)

12 강초간물

  조천면 신촌리(新村里) 동수동(東水洞) 입구에 '강초간
물'이라는 샘이 있다. 이 샘물은 본래부터 있었던 것이 아
니라, 약 6백 년 전에 솟아오르기 시작한 것이라 한다.
예전에는 물이 없고 돌 무더기의 벌판이었다는 것이다.
  약 6백 년 전, 신촌리에 강초관(姜哨官)이라는 이가
살았다. 조상의 상(喪)을 당하여 이름 있는 지관(地官)을
청해 구산(求山)을 다녔다.
  지관은 며칠을 두고 들판을 누비며 다니다가 혈자리를
하나 찾았다. 거기가 바로 지금 샘물이 있는 곳이다.
  지관은 정자리를 골라 '여기다 광(壙)을 파고 장사 지
내라'고 지시했다. 그러면서 '광을 팔 때 돌이 막히더라도
그 돌을 파 내지 말고 얕게 묻어야 된다'고 단단히 주의를
주었다.
  장삿날이 돌아와 일꾼들은 광중을 파기 시작했다. 상제
인 강초관은 일이 분잡한지라 광 파는 것을 지켜 볼 수가
없었다. 광중을 얼마간 파니 돌이 막혔다. 아무것도 모르
는 일꾼들은 광중이 너무 얕으므로 막힌 돌을 파내기 시
작했다. 돌은 그다지 어렵지 않게 흔들리었다. 일꾼들이

돌을 파 올리는 순간이었다. 그 자리에서 비둘기가 한 마리 푸드등 날아가는 것이 아닌가. 깜짝 놀라 그 자리를 바라보니 뒤이어 그 자리에서 샘물이 솟아나기 시작했다.

비둘기는 그 용맥의 정기였던 것이다. 정기(精氣)가 날아가 버렸으니, 이젠 장사 지낼 의미가 없어진 것이다. 장사를 중지하지 않을 수 없었다.

그 후, 여기에서 계속 샘물이 솟아나 지금의 못이 되었다. 그때 이곳에 묘를 쓰려던 사람이 강초관이었으므로, 그 샘물 이름을 '강초간물'이라 부르게 된 것이었다.

(1975·2·24 조천면 신촌리 홍순규(남) 제공)

13 베락구룽

옛날 제주시 도두동(道頭洞) 다호 부락(多好部落)에 한 부부가 살고 있었다.

부부는 자식이 없어 걱정을 하다가 어느 해 아들을 낳았다. 아들은 잘 자라서 열일곱 살이 되었다.

어느 날 부모는 성 안(제주시 내)까지 심부름을 시킬 일이 있어 아들을 보내었다. 꽤 시간이 걸리려니 하고 있었는데 아들은 금방 돌아왔다. 확인을 해 보니 성 안까지 다녀 온 것이 틀림없었다.

'그렇게 빨리 다녀올 수가 있을까, 날아서 갔다 왔다면 몰라도.'

부모의 의심은 풀리지 않았다.

하루는 비가 줄줄 내리는 날이었다. 부모는 다시 아들을 성 안까지 심부름을 보냈다. 어떻게 다녀오는가를 살펴보자고 해서였다.

이날도 아들은 금방 성 안까지 다녀 돌아왔다. 부모는 아들이 눈치 채지 않게 곧 신을 점검해 보았다. 비가 오는 날이니 짚신 창에 흙이 더덕더덕 붙었을 것이기 때문이다. 그런데 이상하게도 짚신 창에는 흙이 한 점도 붙어 있지 않은 것이다.

날아서 갔다 온 것이 분명하다. 부모는 걱정이 태산 같았다.

부모는 아들을 꾀어 술을 먹였다. 멋도 모르고 술을 먹은 아들은 취해 쓰러졌다. 아들이 정신이 몽롱한 틈을 타서 부모는 아들의 겨드랑이를 들추어 보았다. 과연 큰 새 날개만한 날개가 달려 있었다.

부모는 겁이 덜컥 났다. 만일 관가에서 알게 되면 역적이 났다 하여 삼족을 멸할 게 분명하다. 부모는 집안을 위하여 날개를 끊기로 결심했다.

칼을 갈아 왔다. 딱 날개를 잘랐다. 그 순간이었다. 번개가 치고 우레가 울리고 천지가 진동하는 듯하더니 벼락이 딱 떨어졌다. 그 집은 온 데 간 데 없고 그 자리엔 못이 하나 패어졌다. 그래서 이 못을 '베락구룽'이라 부르게 되었다(구룽은 음료수로 쓰는 못을 일컫는 방언이다).

(1960·7·20 제주시 도두동 문장당(남) 제공)

14 고종달이

　중국 진시황(秦始皇) 때 일이다. 진시황은 만리장성을 쌓아 나라를 든든히 해 놓았으나, 지리서(地理書)를 펴 놓고 보니 제주도의 지리가 심상치 않았다. 그 혈(穴)들이 인걸만 쉴 새 없이 나게 되어 있기 때문이다.

　진시황은 이 인걸들을 못 나게 해 놓아야 하겠다고 생각했다. 그래서 고종달이를 불러 제주의 물 혈을 끊으라고 지시를 내렸다. 좋은 샘물이 없으면 인걸이 못 나올 것이기 때문이다.

　고종달이는 종다리(구좌면 종달리)바닷가로 배를 붙여 들어왔다.

　당시 종다리는 현재의 위치가 아니었다. 현재의 종다리 경 내이긴 하지만, ‘윤드르목(隱月峯)’이라는 산 앞에 ‘넙은드리’라는 평지가 있는데, 이 평지의 ‘대머들’이라는 곳에 마을을 이루고 있었다. 여기에 마을을 이루게 된 것은 그곳이 토질이 좋을 뿐 아니라, 그 곁에 ‘물징거’라는 좋은 생수가 솟아 흐르고 있었기 때문이다.

　고종달이는 이 섬에 오자마자, 맨 먼저 이 종다리의 ‘물징거’ 물의 혈을 떠 버렸다. 그래서 물은 아니 나오게 되고, 지금도 물이 솟아 나왔던 구멍만이 남아 있다.

　물이 끊어지자, 동네 사람들은 차차 물을 찾아 바다 쪽으로 내려와 지금의 종다리가 이루어진 것이다.

)1975·2·27 구좌면 종달리 고인봉(남·63세) 제공

옛날 대국(중국)의 왕비가 돌아갔다. 왕은 후궁을 구하기 위하여 신하들을 사방에 풀어 놓아 미인을 구해 들이라 했다.

여러 곳에서 신하들이 미인을 골라 바쳤으나 왕은 고개를 내저었다. 신하들은 미인을 찾아 제주에까지 왔다.

신하들은 제주에서 의외로 천하일색을 발견했다. 임금에게 올렸더니 그렇게 까다롭던 임금이 희색이 만면했다. 그 여인은 백정 집안 출신인데 그렇게 미모였던 것이다.

후궁은 얼마 안 있어 태기가 있고 열 달 만에 커다란 알 다섯 개를 낳았다.

알은 날로 점점 커 가서 집 안에 가득해지더니, 하루는 깨지면서 장군 오백이 튀어 나왔다. 오백 장군은 매일같이 '칼 받아라, 활 받아라' 하며 뛰어다니니, 이 장군들로 인해 나라가 꼭 망할 듯했다.

진시황은 공연한 걱정이 생겨난 것이다. 이 장군들을 어떻게 처치 해야 할 것인지 걱정이 태산 같았다.

어느 날 용한 점쟁이에게 점을 쳤다. 점쟁이는 제주에 있는 장군혈의 정기(精氣)로 이런 장군이 태어난 것이니, 그 장군혈을 떠 버려야 한다고 말하는 것이었다.

진시황은 곧 고종달이를 시켜 제주의 모든 혈을 떠 버리라고 했다. 고종달이는 칙명을 받고 제주로 향했다. 배가 구좌면 종다리에 도착했다.

상륙하면서 고종달이는 인가를 찾아 '여기가 어디냐?'고 물었다. '종다리외다'고 대답하는 것이다.

"무엄하게도 내 이름을 동네 이름으로 쓰다니……."

고종달이는 화를 내고는, 우선 종다리의 물 혈부터 뜨기 시작했다. 종다리의 물 혈을 떠서 흐르는 샘물을 막아 놓은 고종달이는 곧 서쪽으로 향해 각종 혈을 떠 왔다.

어느 곳엔가 이르러 고종달이는 한 혈을 발견하고 정혈에다 쇠꼬챙이를 쿡 찔렀다. 마침 옆에서는 어떤 농부가 밭을 갈고 있었다. 고종달이는 그 농부에게 '어떤 일이 있어도 이 쇠꼬챙이를 빼서는 안 되오' 라고 신신당부하고 다음 혈을 뜨러 떠나 버렸다.

얼마 안 있어 어떤 백발 노인이 이 농부 앞에 나타났다. 노인은 매우 고통스러운 듯이 울면서 '저 쇠꼬챙이를 빼어 달라'고 애원하였다. 농부는 무슨 곡절인지는 모르되, 그 애원하는 품이 예삿일은 아닌 성싶었다. 노인의 말대로 쇠꼬챙이를 뽑았다. 순간 쇠꼬챙이가 꽂혔던 구멍에서 피가 좍 솟아올랐다. 노인은 얼른 그 피를 막았다. 다행히 피는 멈추어 평소 상태로 돌아왔다. 정신을 차려 보니 백발 노인은 온 데 간 데 없이 사라져 버리고 말았다.

그 혈은 말혈(馬穴)이었다. 다행히 솟아오르는 피를 멈추게 했으므로, 제주도에 말은 나되 피가 솟아 버렸기 때문에 제주도의 말은 그 몸집이 작아졌다.

고종달이는 제주시 화북리(禾北里)에 이르렀다. 그가 가진 지리서에 '고부랑나무 아래 행기물'이란 물 혈이 있으므로 이 혈을 끊기 위해서였다. 고종달이는 이 물을 찾아 지리서를 보면서 걸음을 옮기고 있었다.

이때 화북리의 어느 밭에서는 한 농부가 밭을 갈고 있었는데, 백발 노인 한 사람이 헐레벌떡 달려왔다. 노인은 매우 급하고 딱한 표정으로 하소연을 했다. '저기의 물을 요 행기(놋그릇)로 한 그릇 떠다가 저 소 길마 밑에다 잠시만 숨겨 주십시오' 하였다. 농부는 뭣 때문인지 영문은 모르되 그 노인의 몸가짐이 하도 다급한 것 같으므로 물어볼 겨를도 없이 그대로 해 주었다. 그랬더니 노인은 그 행기의 물 속으로 살짝 들어가 사라져 버렸다. 이 노인은 수신(水神)이었다.

농부는 심상치 않은 일이 벌어지려는가보다 생각하며 다시 밭을 갈기 시작했다. 얼마 안되어 어떤 부리부리한 사람이 개를 데리고 나타났다.

"여기 고부랑나무 아래 행기물이라는 물이 어디 있소?"

무슨 책을 들여다보며 그 사람이 묻는 것이다. 농부는 이 마을에 이제까지 살아도 그런 물이 있다는 말은 들은 적이 없다고 대답했다. 그도 그럴 것이 고부랑(꼬부라진) 나무 아래 행기물이란 샘물 이름은 금시초문이기 때문이다. 그 사람은 이상하다고 하면서 다시 그 책을 자세히 검토하더니, '여기가 틀림없는데, 여기가 틀림없는데……' 하고 중얼거리며 주위를 샅샅이 찾아보는 것이었다.

이 사람이 바로 고종달이었다. 그가 가진 지리서(地理書)가 어떻게 잘 되어 있는 책인지, 이 수신이 행기 속의 물에 들어가 길마 밑에 가 숨을 것까지 다 알고 기록해 놓은 것이다. 고부랑나무란 것은 길마를 이름이고 행기물이란 행기 그릇에 떠 놓은 물을 이른 것이었다. 그런데 고종달이는 이것을 몰랐다. 또한 농부도 그것을 알 리가 없다. 그저 그런 이름을 가진 샘물이 없으니 없다고 한 것뿐이었다.

그런데 고종달이가 데리고 온 개가 물 냄새를 맡았다. 개는 길마 밑으로 가서 냄새를 식식 맡아 가는 것이다. 농부는 길마 밑에다 햇볕을 받지 않게 점심을 놓아 두었는데, 개가 그것을 먹으려는가 보다 생각했다.

"요놈의 개가 어디 점심밥을 먹어 보자고!"

막대기를 들어 때리려 하니 개는 저만큼 도망가 버렸다.

고종달이는 암만 찾아봐도 샘물이 없으니, '이놈의 지리서가 엉터리구나' 하면서 찢어 던져 버리고 개를 데리고 가 버렸다.

이래서 화북리의 물 맥은 끊지 못해서 지금도 샘물이 솟는다.

그때 행기 그릇 속에 담겨 살아난 물이라 해서 '행기물'이란 이름이 붙어 오늘날까지 그리 불리고 있다.

(1962·8·27 구좌면 동김학리 조씨댁(남) 제공)

표선면 토산리(兎山里)에 '거슨샘이'라는 샘물과 'ㄴ단샘이'라는 샘물이 있다. 수원(水源)은 같은 데서 흘러나오는데, 하나는 한라산 쪽으로 흘러가고, 하나는 바다 쪽으로 흘러내린다. 그래서 전자를 '거슨샘이' 후자를 'ㄴ단샘이'라 부른다. 거슨샘이란 거슬러 흐르는 샘, ㄴ단샘이란 우측(右側) 곧 오른쪽 방향으로 흐르는 샘물이라는 뜻에서 나온 말이다. 이 샘물에는 다음과 같은 전설이 전한다.

옛날 호종달이(또는 고종백이)라는 사람이 구좌면 종달리로 들어와서 물 혈을 뜨기 시작했다. 성읍(城邑里:表善面)에 와서 물 혈을 뜨고 다시 토산리의 거슨샘이·느단샘이의 물 혈을 뜨려고 내려왔다.

이때 이 샘을 지키던 뱀이 어떤 농부가 밭가는 데 가서 소 길마 밑에 숨었다. 호종달이는 지리서를 보고 그 밭에까지 찾아갔으나 물을 찾지 못하고, 도리어 지리서가 틀렸다 하여 불살라 버리고 떠나갔다.

그래서 이 물이 남았는데, 오늘날은 이 물로 상수도를 만들어 토산리 상·하동과 세화리(細花里) 주민들이 먹고도 남아 3천 여 평의 논밭까지 만들고 있다.

이때 물 혈을 끊지 못해 남은 샘물에는 서귀읍 홍노(烘里)의 '셈이물'이 있다.

(1975·3·2 표선면 토산리 김봉구(남) 동 표선리 홍성흡(남·73세) 제공)

15 용 머 리

안덕면 화순리 산방산(山房山) 밑 바닷가에 용머리라고 하는 언덕이 있다. 산방산의 줄기가 급히 바다로 떨어져 기암·절벽을 이루면서, 언덕이 되어 기다랗게 바다에 뻗어 내린 것이다. 그 꼴이 마치 용이 머리를 들고 바다로 내려가는 것 같아 '용머리'라는 이름이 붙었다.

이 용머리에는 고종달이의 전설이 얽혀 있다.

옛날 진시황 시절의 이야기다. 진시황은 천하를 얻어 만리장성을 둘러 놓고, 외적이 꼼짝 못하게 방어태세를 갖추었다. 그러나 이웃 나라에 어떤 제왕감이 태어난다면 마음 놓을 수 없는 노릇이었다.

진시황은 이웃 나라에 제왕감이 태어나는 것을 게을리 하지 않고 탐색했다.

어느 날 소식이 들리기를, 제주도에 왕후지지(王侯之地)가 있어 제왕이 태어날 우려가 있다고 했다. 진시황은 곧 그 대책을 의논하고 풍수(風水)에다 술법이 능한 고종달이를 보내어 그 맥을 끊어 버리라고 했다.

고종달이는 제주도에 들어와 왕후지지를 찾아 헤맸다. 며칠 만엔가 왕후지지를 찾아내었다. 그것은 바로 산방산에 있었다.

고종달이는 산방산 일대를 샅샅이 돌며, 끊어야 할 맥의 가장 요긴한 곳을 찾았다. 그것이 바로 용머리였다. 이 용이 살아 있기 때문에 왕후지지가 되는 것이니, 요놈만 끊어 죽이면 문제 없게 되어 있었다.

그래서 고종달이는 먼저 용의 꼬리 부분을 한칼로 끊고 이어서 잔등이 부분을 두 번 끊어 버렸다. 끊자마자 바위에서 피가 흘러내리고 산방산은 드르르하게 신음소리를 내며 울었다 한다.

이리하여 제주도에는 왕이 나지 않는다 한다.

이 용머리는 꼬리 부분, 잔등이 부분의 바위가 묘하게

도 가로 똑똑 끊어져 있는데, 이것은 그때 고종달이가 끊
어 버린 자국이라는 것이다.

(1975·3·3 안덕면 화순리 지성옥(남·96세) 제공)

16 가릿뱅디

구좌면 평대리(坪垈里) 남쪽 약 4킬로미터쯤 되는 곳
에 '가릿뱅디'라는 넓은 평지가 있다. 이곳은 지금은 벌판
이 되어 버렸지만, 몇백 년 전만 해도 좋은 논밭이었다
한다. 좋은 생수가 콸콸 흐르고 있어서였다.

옛날 이 논밭 곁에는 '장서방'이란 사람이 마소를 놓아
먹이는 곳이 있었다. 장서방은 마소가 많기 때문에 이곳
에 움막을 짓고 매일같이 지켰다.

그런데 이상하게 장서방네 마소가 하나씩 하나씩 그 수
가 줄어들기 시작했다. 병들어 죽는 것도 아니고 단지 소
가 한 마리씩 사라지는 것이었다.

장서방은 그 원인을 캐기 위하여 밤을 새며 지켜 보기
로 했다.

어느 날 자정(子正)이 넘어 고요한 밤에 장서방은 졸리
는 눈을 부릅뜨고 마소 떼의 주위를 응시하고 있었다. 이
때였다. 가릿뱅디 논밭 한가운데에서 하얀 개가 한 마리
불쑥 나오더니, 곧 마소 있는 데로 달려와 소 한 마리를
물고 다시 논밭 속으로 사라져 버리는 것이다.

'옳지, 요놈이었구나.'

장서방은 소가 없어지는 이유를 알았다.

'이놈의 개를 잡아야지.'

장서방은 동네의 유명한 사냥꾼에게 부탁하기로 했다. 사냥꾼은 활이 백발백중으로 어떤 짐승이든 놓친 일이 없는 명사수였다.

사냥꾼은 장서방과 같이 밤을 새기 시작했다. 화살을 겨냥해 놓고 개가 나타나기만 하면 곧 쏠 심산으로 대기하고 있는 것이었다.

며칠 후 자정이 넘자, 한 가닥 바람이 후루루 불어 넘어갔다. 조금 무서운 생각이 들면서 잠시 마음이 떨렸다. 이때였다. 과연 논밭 한가운데에서 하얀 개가 나오더니 소 있는 데로 달려오는 것이다. 사냥꾼은 얼른 화살을 당겼다. 그러나 화살은 약간 빗나가 떨어지고 개는 쏜살같이 달아났다.

"아차!"

사냥꾼은 소리를 지르며 얼른 말을 달려 개 뒤를 쫓아갔다. 개는 벌판을 가로질러 김녕리 쪽으로 달리더니, 김녕 입산봉으로 들어가 숨어 버렸다. 어디에 숨었는지 찾을 수가 없었다.

이런 일이 있은 후, 가릿뱅디의 논밭은 삽시에 물이 말라붙기 시작했다. 지금까지의 논밭이 그만 벌판이 되어 버린 것이다.

그런데 또 이상한 것은 김녕 입산봉에 난데없이 샘물이 흘러나오기 시작한 것이다. 물은 자꾸만 흘러나와 그 주위 일대에 논밭이 이루어졌다. 이것은 가릿뱅디의 샘물이 김녕으로 이동하여 흘러나왔기 때문이다. 그것은 전혀 그 개 때문이다. 그 하얀 개는 바로 물귀신이었다는 것이다.

후세 사람들은 논밭의 물이 가물어 말라 버린 벌판이라는 뜻으로 '가물뱅디'라 불렀는데, 그 후, 음이 변해서 이 벌판을 '가릿뱅디'라 부르게 된 것이라 한다.

(1960·8·10 구좌면 평대리 우현(남) 제공)

17 오백 장군

한라산 서남쪽 허리에 '영실(靈室)'이라는 경승(景勝)이 있다. 험준한 단애(斷崖)가 둘러치고 울창한 밀림이 덮인 이곳에는 수많은 기암괴석이 하늘 높이 늘어서 있다. 그 바위의 모양이 한 번 보면 나한(羅漢) 같고, 다시 보면 장군(將軍) 같다. 그래서 '오백 나한' 또는 '오백 장군'이라 부른다.

이 오백 장군에는 다음과 같은 이야기가 전한다.

옛날 어떤 어머니가 아들 오백 형제를 데리고 살고 있었다. 식구는 많은데다 마침 흉년이 들어 끼니를 이어 가기가 힘들게 되었다.

어느 날 어머니는 아들들에게, '어디 가서 양식을 구해 와야 죽이라도 끓여 먹고 살 게 아니냐' 하고 타일렀다. 오백 형제가 모두 양식을 구하러 나갔다.

어머니는 아들들이 돌아와 먹을 죽을 끓이기 시작했다.

큰 가마솥에다 불을 때고 솥전을 걸어 놓고 돌아다니며 죽을 저었다. 그러다가 그만 발을 잘못 디디어 어머니는 죽솥에 빠져 죽어 버렸다.

그런 줄도 모르고 오백 형제는 돌아와서 죽을 먹기 시작했다. 여느 때보다 죽맛이 좋았다.

맨 막내동생이 죽을 먹으려고 솥을 젓다가 뼈다귀를 발견했다. 이상하다 하고 잘 저어 보니 사람의 뼈다귀임이 틀림없었다.

동생은 어머니가 빠져 죽은 것이 틀림없음을 알았다. '어머니의 고기 죽을 먹은 불효한 형들과 같이 있을 수 없다.'

동생은 이렇게 통탄하며 멀리 한경면 고산리(翰京面 高山里) 차귀섬〔遮歸島〕으로 달려가 한없이 울다가 바위가 되어 버렸다.

이것을 본 형들도 그제야 사실을 알고 여기저기 늘어서서 한없이 통탄하다가 모두 바위로 굳어져 버렸다. 이것이 바로 오백 장군이다. 그러니 영실(靈室)에는 499장군이 있는 셈이고 차귀섬에 하나가 떨어져 나와 있는 셈이다.

차귀섬의 오백 장군은 대정읍 바굼지오름(簞山)에서 환히 보인다. 어느 해 한 지관(地官)이 바굼지오름에서 묏자리를 보게 되었다. 지관은 자리를 하나 고르고는 '산(墓)은 좋긴 좋은데 차귀섬의 오백 장군이 보이는 게 흠이다'라고 했다. 상제는 그것쯤 없애는 것은 어렵지 않다 하여, 차귀섬으로 건너가 도끼로 그 바위를 찍어 버렸다.

그래서 차귀섬의 오백 장군에는 지금도 턱이 진 자국이 남아 있다는 것이다.

(1975·3·4 대정읍 안성리 강문호(남) 제공)

18 말 머 리

제주시 용담동(龍潭洞) 다끄내〔修根洞〕 곁 바닷가에 '말머리'라는 곳이 있다. 여기에는 배 큰 정서방과 관련된 전설이 전한다.

배 큰 정서방은 다끄내 사람이었다. 배가 몹시 커서 한 섬 쌀밥과 돼지 한 마리를 먹어야 겨우 배가 차는 정도였다. 그래서 배 큰 정서방이라 불리었다. 그는 배가 큰 대신 힘이 또한 장사였다.

부모들은 어떻게든 이 자식을 먹여 살려 보려 했지만 도저히 먹여 살릴 도리가 없었다. 그래서 마침내 관가에 보고하여 해결해 주도록 요청했다.

관가에서 조사해 보니 정서방은 무서운 장사였다. 이놈을 그대로 살려 두었다가는 나라를 해칠 우려가 있겠다는 의논이 돌았다. 마침내 정서방을 죽이기로 결정이 내려졌다.

정서방은 관가에 불려갔다. 죽이려는 눈치를 채고, 정서방은 '내 소원을 한 번만 들어 준다면 죽어도 원이 없겠다'라고 하였다. 그 소원이란 한 번 실컷 배불리 먹어 보고 싶은 것뿐이라는 것이다.

관가에서는 쌀 한 섬의 밥을 하고 소를 한 마리 잡아

주었다. 배 큰 정서방은 밥자로 드근드근 떠 담으며 한꺼번에 다 먹어 치웠다.

"나를 죽이려거든 큰 바윗돌을 두 팔과 두 다리에 묶어 매어 배에 실어다 바다에 던지면 되오."

난생 처음 배부르게 먹은 정서방은 이렇게 말하고 벌렁 드러누워 코를 골기 시작했다.

관가에서는 큰 바윗돌을 팔과 다리에 각각 묶어 바다에 실어다 던졌다. 그래도 정서방은 곧 물 속으로 가라앉지 않았다. 3일 동안이나 물 위로 우끗우끗 올라와서는,

"어머님, 나 삽네까, 죽습네까?"
하고 소리를 지르는 것이었다.

부모는 가슴이 아팠으나 살아 나와서 배고파 죽는 것보다 지금 죽는 것이 차라리 낫겠다고 생각하여 살라고 하지를 않았다.

사흘이 지나지 배 큰 정서방은 소리 없이 물 속으로 들어가더니 다시는 나오지 않았다.

그 후 몇 시간이 지나자, 이 바닷가에 커다란 백마가 바닷물 속에서 머리를 내밀고 나왔다. 백마는 물 위로 머리를 치켜들고 하늘로 향하여 세 번 크게 울고는 다시 물 속으로 들어가 버렸다. 이 말은 배 큰 정서방이 탈 말로서, 주인을 불러 보았으나 대답이 없자, 다시 물 속으로 들어가 버린 것이다. 만일 정서방이 살아 있었더라면, 이 백마를 타고 큰 장수가 되었을 것이다.

이렇게 하여 말이 머리만 내밀었다가 들어가 버렸다고

해서 이곳을 '말머리'라 부르게 되었다는 것이다.

(1960·2·2 제주시 용담이동 고성길 제공)

19 유반석(儒班石)과 무반석(武班石)

안덕면 화순리는 동·서 동네로 나누어져 있다. 신작로 서편은 섯동네, 동편은 동동네라 한다.

동동네 동쪽 냇가 높은 언덕에 큰 바위가 있으니, 이를 유반석(儒班石)이라 해 왔고, 섯동네 서쪽 썩은다리라는 언덕에 또한 큰 바위가 있으니, 이를 무반석(武班石)이라 일컬어 왔다. 이런 이름이 붙은 것은 동·서 동네의 사람의 신분에서 붙여진 것이다.

옛날부터 동동네에는 내노라 하는 양반들이 살았고, 섯동네에는 신분이 낮은 사람들이 살았다. 동동네 사람들은 학식이 높고 지혜가 있었으나, 섯동네 사람들은 학식이나 지혜가 없었다. 그 대신 힘들이 장사여서 학식 높은 동동네 사람들은 항상 섯동네 사람들에게 꼼짝 못하고 지냈다.

어느 해엔가, 육지에서 어떤 신안(神眼:地術 또는 相術에 정통한 사람의 눈)을 가진 이가 화순리에 들리게 되었다. 그는 동동네 어느 집에 머무르면서 동동네의 유반(儒班)들이 섯동네의 무반들에게 몰리고 있음을 보았다.

'이상하다. 어째서 유반이 무반에게 몰리는가?'

신안을 가진 이는 일부러 더 머물면서 그 이유를 캐기 시작했다. 원인을 찾아내기가 쉽지 않았다. 얼마 동안을 찾다가 그는 드디어 그 원인을 찾아내었다.

그것은 밤이었다. 동동네 냇가의 큰 바위가 불빛을 발하고, 섯동네 썩은다리의 바위도 불빛을 발하고 있음을 발견한 것이다. 이 불빛이 바로 유반석과 무반석에서 발하는 정기인데, 무반석의 불빛은 환하고 유반석의 불빛은 마치 반딧불 같았다. 정기 싸움에서 유반석이 판판이 지고 있는 것이었다.

'이것 때문이로구나!'

신안을 가진 이는 무릎을 쳤다. 곧 동네 사람들을 불러내어 불빛을 가리켰다.

"저것 보시오. 유반석과 무반석이 정기 싸움을 하는데, 당신네 유반석 불빛이 형편없지요. 당신네들이 무반에게 몰리는 원인은 전혀 저것 때문이란 말이오."

유반들은 꾀를 내어 저 섯동네 무반석을 쓰러뜨리기로 의견을 모았다. 이 바위는 여간 커서 유반의 힘으로는 어쩔 도리가 없고, 무반의 힘을 꾀로써 이용할 길밖에 없었다.

얼마 후, 동네에 장사가 났다. 동·서 동네 사람들이 다 장사 밭에 모였다. 장사가 끝나자, 동동네 유반들은 이미 꾸며 놓은 계획대로 섯동네 무반들에게 술을 권했다. 칭찬을 침이 마르도록 하며 술을 권해 가니 본래 숫한 무반들은 기분이 들떠 갔다.

"자네네 기운이사 좋댕 허여도(좋다고 해도) 요 바위사 까딱 못ㅎ주."

"어느 거? 요까짓 거 말이여?"

술이 거나한 무반들은 그만 꾀에 넘어갔다. 건들건들해 가며 섯동네 사람들은 힘 자랑을 하려고 달려들었다. 받침대로 떼미는 놈, 손으로 떼미는 놈, 힘을 합쳐 밀어제치니, 무반석이 덜렁하게 꺾어져 굴러 떨어졌다. 순간 그 자리에서 청비둘기 한 마리가 푸드득 날아가는 것이었다.

이튿날부터 섯동네 무반들은 힘센 놈부터 하나씩 둘씩 죽기 시작했다. 무반의 세력이 점점 시들어 가는 것이었다.

그때야 무반들도 유반의 술책에 넘어가 바위를 굴려 버린 때문임을 알았다. 사람들이 분개하여 일어섰다.

"저 동동네 유반석을 굴려 버리자."

섯동네 무반들이 와르르 유반석으로 몰려 왔다. 받침대를 유반석 밑으로 대고 받침돌을 받쳐 힘껏 밀었다. 그러나 이미 무반석의 정기가 없어져 장사들이 죽어 버렸기 때문에 바위를 넘어뜨릴 수가 없었다.

그래서 지금도 유반석이라는 바위는 그때 떠밀 때 들린 대로 한쪽 밑굽이 들려져 있고, 거기에 받침돌까지 받쳐진 대로 남아 있다.

그 후로 동동네 사람들이 세력을 잡게 되었다는 것이다.

(1975·3·4 안덕면 화순리 양성필(남·77세) 제공)

Ⅱ 역사 전설

20 고성(古城) 홍효자(洪孝子)

조선조 헌종(憲宗) 때, 남제주군 성산면 고성리(古城
里)에 홍효자(洪孝子)가 살았다. 그는 어려서부터 효성이
지극하여 남다른 부모 봉양에 칭송이 자자했다.

홍효자는 아버지가 병환으로 눕게 되자 침식을 잊고 구
병에 힘썼다. 당시 제주 백성들은 일반적으로 생활이 가
난하여 이부자리를 제대로 마련하고 살지 못하던 때였다.
홍효자도 역시 마찬가지였다. 아버지가 눕게 되자, 홍효
자는 있는 재력을 다하여 좋은 이부자리를 하나 마련했
다. 그래서 아버지는 방 안에 이부자리를 깔아 모시고,
자신은 갖옷을 입은 채 마루방에서 자면서 구병을 했다.

구병하면서 홍효자는 매일매일 아버지의 똥을 맛보았
다 한다. 아버지의 똥은 날이 갈수록 단맛이 더해 갔다.
홍효자는 '똥 냄새가 궂어야 사람은 오래 사는 법인데, 똥
냄새가 단 것을 보니 속히 세상을 떠나실 것 같다'고 하면
서 앙천통곡(仰天痛哭)했다 한다.

홍효자는 또 살생(殺生)을 아니했다 한다.

아버지 구병을 하는 데, 갖옷을 입은 채 마루방에서 몇 달이고 지내자니 이가 몹시 생겼다. 목욕을 아니함은 물론, 머리도 빗지 않고 오직 아버지 병환만을 걱정하는 것이니 이가 일 것은 당연하다. 어찌나 이가 많이 일었는지 갖옷의 털 틈새마다 이가 박히었다.

어느 따뜻한 봄날, 홍효자는 아버지의 병환도 약간 나은 듯하고 해서 이를 잡기로 했다. 양지 바른 마당 구석에 앉아 이를 잡기 시작했다. 이를 잡는다 해도 실은 죽이는 게 아니라, 털발의 틈새마다 허옇게 기어 다니는 이를 하나하나 주워서는 땅바닥에 조심조심 놓아 주는 것이었다. 이라고 한들 살생을 해서 되겠느냐는 것이다.

이때 마침 말총 장수가 말총을 사러 들어왔다. 말총 장수는 제주도의 말총을 가가호호 돌아다니며 사 모아 가지고 육지로 내어다 파는 행상꾼이다.

말총 장수는 홍효자 집 마당에 들어서서 홍효자가 이 잡는 것을 한참 들여다보았다. 세상에 이렇게 이가 많이 일 수도 없으려니와, 그 이 잡는 방법이 하도 걸작이어서 웃음을 참을 수 없었다. 말총 장수는 이런 우둔한 인간은 한 번 골려 주는 게 좋겠다는 생각이 들었다.

"하, 여보. 그 많은 이들을 어찌 하나하나 잡아 냅니까? 한꺼번에 없애는 방법이 있습니다."

"어떠ᄒ민(어찌하면) 늬(이)를 ᄒ꺼번에 웃이ᄒ는 수(없애는 수)가 잇일꼬(있을까)?"

말총 장수는 갖옷을 시루에 넣어서 찌면 이가 한꺼번에

없어질 것이 아니냐고 가르쳐 주었다.

홍효자는 그렇게 효성이 지극하고 살생을 아니하는 이었지만, 머리는 잘 돌아가지지 않는 모양이었다. 갖옷을 시루에 넣어 찌면 윤기가 다 빠져서 구워 놓은 오징어처럼 되어 다시 입지 못하는 것을 몰랐다.

홍효자는 곧 부인을 부르고는 '이 가죽옷 시리(시루)에 담앙 쳐 부러(쪄 버려). 요 늬(이) 엇어지게(없어지게)' 하며 옷을 넘겼다.

쪄 내고 보니 갖옷은 영영 입지 못하게 되어 버렸다. 이것을 보자, 홍효자는 크게 탄식했다.

"하, 그거. 공연한 놈 말을 들어 가지고, 늬(이) 다 죽어먹고, 가죽옷도 못 입게 되어 버렸다!"

이렇게 매일 탄식을 하는데, 말총 장수는 말총을 사 거두어서 육지로 나가려고 배를 놓았다. 풍파가 세어서 떠날 수가 없었다. 조금 바람이 잔잔해진 것 같아서, 배를 놓으면 곧 풍파가 일어 돌아오곤 하는 것이었다. 석 달 열흘을 기다려도 바람은 자지 않았다.

말총 장수는 하도 답답해서 점쟁이에게 가서 문복(問卜)을 했다. 점쟁이는 '천하대효(天下大孝)의 마음을 거슬려 놓은 죄 때문이라'고 했다. 그제야 말총 장수는 홍효자를 조롱한 죄를 깨치고 홍효자를 찾아갔다. 너붓이 큰 절을 하고 '과연 잘못했사오니 용서하여 주십시오'하고 극진히 사죄를 했다.

그리하여 홍효자의 마음을 풀어 놓은 후에야 순풍(順

風)이 일어 배를 띄워 갈 수가 있었다 한다.

또 홍효자는 제사에 쓸 고기라도 살생을 피해야 한다고 했다. 그래서 제사가 돌아오면 곧은 낚시를 가지고 고기잡이를 나갔다. 곧은 낚시에 물려 오는 고기는 제사에 쓰라고 하늘이 주는 것이라 하여 올렸다. 제사 때가 되면 곧은 낚시에도 꼭꼭 쓸 만큼의 고기가 잡혔다 한다. 일설에는 바닷고기를 산 채로 물그릇에 넣어 제상에 올렸다가 제사가 끝나면 다시 바다에 놓아 줬다 한다.

홍효자가 살아 있을 때 헌종 임금이 승하했다. 홍효자는 구좌면(舊左面) 평대리(坪垈里) 위쪽 드랑쉬(月郎峯) 꼭대기에 가서 분향하고 북향사배(北向四拜)를 하여 통곡했다. 그 향 냄새가 서울 장안에까지 번져서, 제주 홍효자가 분향하는 향 냄새라는 것을 궁중에서도 알았다 한다.

그 후 효자비가 내렸는데, 지금 성산면 고성리에서 수산리로 가는 길에 세워져 있다. 그래서 그 지명을 효자문거리라 한다.

(1975·2·28 성산면 시흥리 양기빈(69세) 및 고성리 김문하 모친 제공)

21 충효(忠孝) 박계곤

조선조 숙종 때, 북제주군 애월면에 박계곤(朴繼崑)이라는 사람이 살았었다. 큰 글공부는 안했지만, 글재주가 좋고 나라에 충성심과 부모에게 효심이 지극하였다.

때마침 숙종 임금이 승하였다는 소문이 왔다. 박계곤은

비통해한 나머지, 자진하여 30명의 역군을 거느려 능 (陵)을 쌓으러 장안으로 올라갔다. 각 도에서 모여든 역군들과 능을 쌓는데, 각각 노래를 지어 불러 자랑으로 삼았다. 박계곤은 '대만민회천안(代萬民回天顔)'이라는 후구(後句)를 부르니, 역군들은 물론, 거기 있는 관원들이 모두 놀랐다. 저 사람이 어디서 온 사람인가? 제주에서 온 역군임을 알자 칭찬의 소리가 더욱 자자하였다.

　능 쌓기를 마치고 박계곤은 고향으로 향하였다. 섬 하나 보이지 않은 바다에 이르자 돌연 강풍이 몰아 닥쳤다. 배는 깨어지고 목숨이 경각에 이르렀다. 박계곤은 모든 것을 체념하고 나무 조각을 하나 뜯어내었다. '하느님이 나를 살릴 터이면 보살피소서'라고 손가락을 끊어 나무 조각에 혈서를 써 바다에 띄우고 몸을 바다에 던졌다.

　이 혈서한 나무 조각이 북제주군 한림면(翰林面) 옹포리(甕浦里)의 바닷가에 떠 올라왔다. 마침 박계곤의 처가 바닷가에 물을 길러 가서 허벅(물 긷는 항아리)에 물을 긷는데, 이 나무 조각이 허벅 속으로 들어온 것이다. 이것을 보고 남편의 죽음을 알고 친족에게 알리었다.

　이 사실이 궁중에까지 전하여져서 '충효 박씨 정문(忠孝朴氏旌門)'이 내려졌다. 그 정문은 애월면 신엄리(新嚴里)에 있다.

(1959·7·28 애월면 애월리 장응선(남) 제공)

22 홍노 오서자(吳庶子)

옛날 서귀읍 홍노〔烘里:現 東烘里·西烘里〕 오댁(吳宅)
에 한 서자가 있었다. 이 서자는 성산면 고성〔古城里〕 남
문집이라는 친족 집에 양자로 들었다.

당시는 적서차별(嫡庶差別)이 심해서, 가령 부모의 제
사에라도 서자는 적자와 한가지로 집 안에서 배례하지 못
하고 바깥에서 참배를 하는 때였다. 오씨댁에도 예외는
아니었다. 이 서자도 제사 때가 되면 집 안에 들어가지
못하고 바깥 난간에서 참배하고는 그대로 발길을 돌려 놓
아야 했다.

오서자는 이런 뼈아픈 차별을 받는 처지요 또 양자를
가 버린 몸이니, 아니꼬운 꼴을 당하면서 생부의 집에 제
사를 보러 아니 가도 될 법한 것이었다. 그런데도 오서자
는 성산에서 홍노까지 그 먼 길을 걸어서 매년 꼬박꼬박
제사 때마다 가는 것이었다. 간다 해도 집 안에 들어가지
못하고 바깥에서 참배하고 그 길로 돌아오는 처지였지만
그런 것은 아랑곳하지 않았다.

어느 해의 일이었다. 오서자는 생부의 집에 제사를 보
려고 일찌감치 고성의 집을 떠나 홍노로 발길을 재촉하고
있었다. 길은 산길로 접어들었는데, 사방에서 뭉게구름이
몰리더니 갑자기 소나기가 퍼붓기 시작하였다. 오서자는
우선 비를 피하려고 사방을 둘러보았으나 피할 만한 곳이
없고, 바로 옆에 나무와 가시 덤불 따위가 꽉 차 있는 고

총(古塚)이 있었다.

오서자는 여기에라도 잠시 들어가야 하겠다고 생각했다. 칼을 꺼내 가시덤불을 끊어 내치고 몸을 그 속에 숨겼다. 제법 비가 들지 않았다. 오서자는 마음을 느긋이 잡고 앉아 비가 멎기를 기다렸다.

소나기는 꽤 시간을 끌었다. 한참 앉아 있노라니, 먼 길을 걸어온 터라 몸이 살살 가라앉아 깜빡 잠이 들었다.

꿈이 찾아들었다. 그 자리의 고총의 영혼이 나타났다.

"나는 이 골총에 묻힌 영혼입니다. 당신이 이 무덤에 가시덤불을 이렇게 깨끗이 쳐 주니 그 은공은 이루 다 갚을 수가 없습니다. 하찮지만 내 성의로 당신 조상의 제사에 제수나 봉하겠으니 받아 주십시오."

영혼의 말이 끝나자, 언뜻 깨고 보니 꿈이었다.

'이상한 꿈이로구나.'

비는 멎고 해는 거의 기울고 있었다.

서귀읍 효돈리 큰내라는 내에 이르고 보니, 소나기에 내가 터져 물이 크게 흐르는데 이상한 것이 눈에 띄었다. 자세히 보니 노루가 한 마리 냇가 나무 틈에 끼어 죽어 있는 것이다. 갑자기 쏟아진 냇물에 쓸려서 흘러 내려오다가 이 나무 틈에 끼어 죽은 게 분명했다. 오서자는 '이것이 바로 그 영혼이 내려 준 제수로구나' 생각하고, 노루를 꺼내 둘러메고 제삿집에 갔다. 제삿집에 도착한 때는 거의 제사 때가 가까운 밤중이었다.

친족들은 크게 놀랐다. 그렇게 큰 비가 내렸는데 어떻

게 그 먼 길을 왔느냐는 것이다. 그보다도 제수로 올리려
고 노루까지 지고 왔으니 그 성의가 오죽하냐는 것이다.

친족들은 그 노루를 받아 제수로 삼고 오서자를 집 안
으로 들어오게 하여 참배하도록 했다. 적자와 동등하게
참배해 보는 것은 이번이 처음이었다. 이렇게 하여 오서
자에 대한 적서차별이 덜해졌다 한다.

이튿날 오서자는 돌아오는 길에 다시 그 고총에 들렀
다. 고마운 사례로 소분(掃墳)을 깨끗이 해 주자는 것이
었다.

오서자는 소분을 하다가 쓰러진 비석을 발견하고, 무덤
이 아주 훌륭한 집안의 조상임을 알아냈다. 곧 그 주인에
게 알리니, 몇 대나 실묘(失墓)하여 못 찾던 조상의 묘소
를 찾아 주었다고 주인은 큰 사례를 하였다 한다.

(1975·3·2 남원면 태흥리 김기옥(남·70세) 제공)

23 열녀 국지(國只)

열녀 국지(國只)는 조천면 신촌리에 살던 처녀였다.

국지는 어느 날 한길가의 우물에서 빨래를 하고 있었
다. 때마침 어떤 미남인 고관이 길을 지나다가 물을 한
그릇 달라고 했다(그 고관은 제주목사라 하기도 한다).

처녀 국지는 순간 이 고관의 남자다움에 마음이 끌렸
다. 국지는 곧 얼굴을 붉히며 바가지에 물을 떠 버드나무
잎을 흩어 놓아 고관에게 올렸다.

"얼굴은 예쁜 처녀가 어찌 마음씨는 곱지 못하냐. 버드나무 잎은 왜 띄우느냐?"

책망하듯 고관이 말했다.

"나으리, 그게 무슨 말씀입니까? 먼 길을 행차하시니 갈증이 나신 것 같은데, 물을 급히 마시다 체할까 두려워해서입니다. 물에 체한 데에는 약도 없는 법이옵니다."

고관은 처녀의 정성이 가상스러웠다.

"거, 그럴 듯한 말이다. 네 정성이 지극하구나."

이렇게 칭찬하며 처녀의 손을 꼭 잡아 주고는 훌훌 지나가 버렸다.

처녀는 사모(思慕)의 정에 정신이 몽롱했다. 그로부터 국지는 명주로 손을 싸서 일생 동안 풀지 않고, 그 이름도 모르는 고관을 그리워하며 홀로 일생을 살다가 죽었다.

이 말이 나라에까지 전하여져서 열녀비가 내려졌다 한다. 그 열녀비는 신촌리에 있다.

(1974·2·24 조천면 신촌리 홍순규(남) 제공)

※ 현재 신촌리에 세워져 있는 열녀비에는 위와 전혀 다른 내용이 기록되어 있다. 그 비문(碑文)은 다음과 같다.

烈女私碑國只之門

私碑國只品官洪質之妾 靑年喪夫人 貪財色以豪勢劫之者多 國只棄其産業移居 夫黨之家 終身守節

旌門載在耽羅誌

開國五百三十七年戊辰冬
新村里 改建

24 절부암(節婦岩)

한경면 용수리(龍水里:古名 지새포) 포구 곁, 고목이 울창한 속에 '절부암'이라는 큰 바위가 있다.

옛날 이 용수리에 강씨 총각과 고씨 처녀가 살고 있었다. 강씨 총각도 조실부모하여 남의 집에서 자라고, 고씨 처녀도 역시 조실부모하여 남의 집에서 심부름하며 자라났다. 총각·처녀가 다 착실하여 동네 사람들의 칭찬을 받았다.

나이가 15, 6세 되어 가니 강씨 총각을 데려 사는 주인이나 고씨 처녀를 데려 사는 주인이나 앞길을 걱정하게 되었다. 어느 날 두 주인은, 이 처녀 총각이 다 같은 처지요 또한 서로 얌전하니 부부를 맺어 주자는 의논을 했다.

드디어 처녀 총각은 부부를 맺게 되었다.

혼인 잔치를 지낸 지 일주일도 못 된 어느 날, 남편인 고씨는 배를 타고 바다에 나갔다. 가난한 새살림이라 부지런히 일을 해서 벌어들이지 않으면 안 되었기 때문이다.

그런데 바다로 나간 남편은 날이 저물어도 돌아오지 않았다. 불행히 풍랑을 만나 불귀의 객이 되고 만 것이다.

아내는 거의 미친 사람처럼 바닷가를 돌며 시체나마 떠오르기를 하늘에 빌었다. 석 달이 되어 가도 시체는 돌아오지 않았다. 아내는 체념하고 남편의 뒤를 따르기로 결심하여 지새포 포구 곁, 절벽 위의 나무에 목을 매고 말았다. 그날 저녁 이상하게도 남편의 시체는 바로 그 절벽 밑으로 떠올라왔다.

동네 사람들은 애처로운 이 광경을 보고 당산봉 양지바른 곳에 두 시체를 안장하여 주었다.

그때 신제우라는 사람이 이 소식을 듣고 '내가 벼슬을 한다면 이런 갸륵한 영혼에게 열녀비라도 세워 주겠는데…….' 하고 중얼거렸다. 그 후 신제우는 서울에 과거를 보러 갔는데 낙방이 되고 말았다. 고향으로 돌아와 실의(失意)에 차고 있을 때, 어느 날 꿈에 이 고씨가 나타나 다시 과거를 보라고 격려하는 것이었다.

신제우는 고씨의 묘에 참배하고 다시 과거를 보러 갔더니 이번엔 급제하였다. 신제우는 돌아와 고산리(高山里)와 용수리에 각각 엽전 서른 냥씩을 나누어 주어 매년 3월 15일에 열녀제를 지내도록 하고 열녀비를 세워 주었다.

그래서 고씨가 목매어 죽은 절벽을 절부암(節婦岩)이라 부르게 되고, 그 후 매년 3월 15일에는 그의 묘에서 열녀제를 지내게 되었다 한다.

(1975·12·19 한경면 고산리 이자영(남·77세) 제공)

25 신촌 김댁(金宅) 효부

북제주군 조천면 신촌리 김씨댁에 며느리가 홀로 살고

있었다. 지금 그 현손(玄孫)이 살아 있다.

며느리는 일찍 남편을 여의고, 여든 살이 된 시어머니를 모시고 살았었다. 시어머니는 눈이 어두워 잘 보이지 않은 분이었다.

김씨네 집은 비록 초가집이었지만, 마을에서는 꽤 크고 정결한 편이어서, 외부의 손님이 마을에 오면 으레 이 집에 안내되었다.

어느 날 암행어사가 이 마을에 왔다. 아무도 암행어사인 줄을 몰랐다. 육지 손님이 지나다 들렀는가 하고 마을 유지들은 이 김씨 집으로 안내했다. 어사는 혼자 사랑방에 머물렀다.

어사는 사랑방에서 누웠다 앉았다 하며 집안의 동정을 살펴보았다. 밤이 깊어 가자 시어머니는 잠자리에 들고 며느리는 부엌에서 부지런히 일을 하고 있었다. 가만히 보니 참기름을 짜고 있는 것이었다. 한잠을 자고 깨어 보니 그때까지 며느리는 일을 하고 있었다. 얼마 뒤 며느리는 기름을 다 짜서 자그마한 항아리에다 담고, 시어머니 방 난간에 갖다 놓고는 잠을 잤다. 바람이 잘 드는 데 놓아 빨리 식히려는 것이었다.

동이 트기 시작하자, 시어머니가 일어나 바깥에 나왔다. 시어머니는 곧 이 기름 항아리를 발견했다.

"사랑에 손님도 들고 ᄒ디, 요강을 보기 굳게 놔 두민(두면) 어떵허여(어떻게 해)?"

시어머니는 중얼거리며 기름 항아리를 들어다 오줌통

에 부어 버렸다. 눈이 잘 안 보이는 시어머니는 기름 항아리를 요강인 줄 안 것이다.

어사는 '아차!' 하면서도 무슨 말을 할 수가 없었다. '이 집에 날이 밝으면 기필코 싸움이 일어나려니' 했다.

조금 있더니 며느리가 일어났다. 시어머니 방 앞을 보더니,

"아이고, 어머님. 이디(여기) 지름(기름) 빠 논 거 놔 둔디(놓아 두었는데) 어디 둡데까?"

"아! 그거 무슨 말고! 오줌 단지(요강) 잇근테(있길래) 저디 앗단(가져다가) 비와 부렀저(비워 버렸다)."

"예. 내 그만 늦게 일어난 잘못하여졌수다. 일찍 일어낭(일어나서) 잘 놔시민 기영(그리) 아니홀걸."

며느리가 야단을 지르며 싸움을 할 줄 알았는데, 싸움은커녕 도리어 미안해하고 사과하며 시어머니를 받드는 것이었다.

이 광경을 본 어사는 올라가, 이 며느리를 효부로 봉했다. 그제야 마을 사람들도 그때 손님이 암행어사인 줄을 알았다 한다.

(1975·2·29 조천면 신촌리 홍순규(남) 제공)

26 기건(奇虔) 목사(牧使)

아득한 옛날 제주도에는 시체를 묻는 법이 없었다. 70세 이전에 죽으면 바닷가나 개천 같은 데 그대로 던져 버

렸다.

그러나 일흔 살이 되도록 살면 이 사람은 신선이 될 사람이라 했다. 그래서 일흔 살이 되는 날 그 아들이 어버이를 한라산 정상으로 모셔 가 여러 가지 맛있는 음식을 차려 놓고 어버이를 앉혀 두면 그날로 신선이 되어 올라간다는 것이다.

이 풍속은 조선조(朝鮮朝) 때까지 내려왔다. 세종 때 기건(奇虔: ?~1460년) 목사(牧使) 시절이었다.

어느 날 이방(吏房)이 목사에게 아뢰었다.

"내일은 아버님이 신선이 되는 날이어서 일을 보지 못하겠습니다."

"어떻게 신선이 된다는 말인고?"

자세한 이야기를 듣고 난 목사는 한참 생각하다 입을 열었다.

"음, 그러면 내 옥황상제에게 편지를 한 장 써 보낼 터이니, 아버님께 전달하여 주시도록 부탁해 줄 수 있을까?"

"예, 어렵지 않습니다."

목사는 자그마한 봉투를 넘기며 꼭 가슴에 품고 소중히 가져 가 넘기도록 하였다. 이튿날 이방은 아버지를 모시고 한라산으로 올라가 작별했다.

이방이 등청(登廳)하자, 목사는 옥황상제에게 보내는 편지를 소중히 가슴에 품게 했는가를 확인했다. 그랬다는 것이다.

“그러면 다시 한라산에 올라가 보게, 아버님이 신선이
되어 잘 오르셨는지.”

이번엔 이방을 따라 목사도 같이 올라갔다. 신선이 되
도록 아버지를 앉혀 둔 자리엔 커다란 뱀이 한 마리 죽어
넘어져 있었다. 목사는 그 뱀을 잡아 배를 갈라 보도록
했다. 뱃 속에는 이방의 아버지 시체가 고스란히 들어 있
는 것이 아닌가.

“이방, 잘 보게. 내 옥황상제에게 보낸다는 편지는 편
지가 아니라 독약이었네. 이래도 신선이 되어 올라간다는
말을 믿을 건가?”

그 후부터 일흔 살이 넘은 노인을 한라산에 버리는 풍
속이 없어졌고, 또 일흔 살 이전에 죽은 시체도 매장하는
법이 생겼다.

(1960·8·20 애월면 수산리 한정윤(남·40세) 제공)

기건(奇虔) 목사가 제주 목사로 부임하여 얼마 안 된
때였다. 목사는 성 위에 올라 주변의 민정을 살폈다. 목
사의 눈에는 여기저기 골짜기마다 뭣인가 희뜩희뜩 뼈다
귀 같은 것이 보였다.

“저기 희뜩희뜩 보이는 게 무엇인고?”

“예, 시체들의 뼈다귀입니다.”

듣고 보니, 제주에는 시체를 매장하는 법이 없어 사람
이 죽으면 여기저기 골짜기에 던져 버린다는 것이다. 목
사는 곧 지시를 내려서 이 뼈다귀들을 잘 거두어 곱게 매

장하도록 하였다. 그리고 이제부터는 상사(喪事)가 나면 반드시 관을 짜서 입관하고 땅에 파묻도록 백성들을 가르쳤다.

뼈다귀들을 잘 매장한 지 얼마 안 되어서였다. 기건 목사는 하룻밤 꿈을 얻었다. 동헌(東軒) 앞뜰에 웬 사람들이 2, 3백 명이나 와서 엎드리고 있는 것이다. 목사가 나아가 이유를 물었더니 그들은 백골을 볕에 쬐던 영혼들이라 한다.

"저희들은 사또님 덕분에 이젠 편히 잠들게 되었습니다. 그 은혜를 다 갚을 길이 없습니다. 보건대, 사또께서는 후손이 없어 고민하시는 것 같은데, 저희들이 후손을 얻도록 힘쓰겠습니다. 그것으로라도 은혜에 보답코자 하니 현손(玄孫)을 얻으십시오."

이런 말을 남기고 영혼들은 사라졌다. 과연 기건 목사는 후손이 없어 한하던 참인데, 그 후 얼마 안있어 손자를 여럿 얻었다. 그 손자들이 다 훌륭한 벼슬을 하였다 한다.

기건 목사는 이렇게 고혼(孤魂)들을 위로하는 일방으로 미신은 강력히 타파했다.

당시 제주에는 당(堂) 5백, 절이 5백이 있어 백성들을 핍박하였다. 기건 목사는 이 당과 절들을 모두 부수어 불태웠다.

이렇게 하여 임기가 끝나자, 그는 화북(제주시 화북리) 포구로 배를 놓아 떠나게 되었다. 그러나 한 달 동안이나 역풍이 계속되어 배를 놓을 수가 없었다. 이것은 당 5백,

절 5백을 부수어 놓았으니, 당 귀신·절 귀신 들이 복수하려고 배를 못 뜨게 역풍을 일으킨 때문이었다.

이때, 기건 목사 덕으로 안장된 영혼들이 몰려 와서 '아무 날 아무 시가 되면 순풍이 일 터이니 대기했다가 곧 배를 놓으십시오'라고 일러 주었다. 목사는 그 시간이 되자, 곧 배를 놓았다. 남풍이 희안하게 불어 항해는 순조로웠다.

배가 진도(珍島) 벽파진까지 들어갔을 무렵, 당 귀신·절 귀신들이 이를 알았다. 귀신들은 곧 기세를 올리고 진도로 달음질 쳐 갔다. 그러나 진도에 쫓아갔을 때는 이미 기건 목사는 상륙한 후였다. 할 수 없이 귀신들은 발길을 돌려 돌아오지 않을 수 없었다.

기건 목사는 원체 인물이 영웅이어서 당 5백 절 5백의 귀신도 쉬 죽이지 못했고, 고혼들을 안장해 준 덕으로 살아 돌아갔다는 것이다.

(1975·2·25 구좌면 서김학리 안용인(남) 제공)

27　김명헌 참판

김명헌(金命獻) 참판(參判)은 조선조 숙종(肅宗) 때의 중문면(中文面) 중문리 사람이다. 인물이 좋고 학문이 뛰어나, 과거를 하려고 서울을 여러 차례 출입하였다. 그러나 과거는 보는 족족 낙방(落榜)이었다.

김참판은 낙방을 거듭해도 결코 굴하지 않았다. 아홉

번 낙방하고 열번째 과거를 봤을 때는 나이가 여든한 살이었다.

팔순(八旬) 노인인 김참판은 창창한 젊은이들과 같이 시지(試紙)를 펼쳐 놓고 율시(律詩)를 써 내려갔다. 그 한 구절에 말하기를

'身年은 九九요, 落榜은 三三이라.'

나이 81세에 낙방은 9번이라는 글귀다.

이 시지를 받아 든 상시관(上試官)은 글귀를 죽 내려다 보고는 자리 밑에 따로 넣었다.

과거가 끝나자 상시관은 크게 탄식했다. 이 늙은 선비는 아홉 번이나 낙방했지만, 이 글재주면 필시 매번 급제했을 것이다. 아깝게도 매번 급제를 빼앗겼다는 것이다.

사실 김참판은 아홉 번 과거에 매번 급제를 했다. 그런데, 중간에 오리(汚吏)들이 이름을 바꾸어 뇌물을 먹인 엉뚱한 사람에게 벼슬을 주어 버린 것이다. 상시관은 이번엔 그런 일이 없게 하기 위해 그 자리에서 영수증을 써 주었다. 김참판은 영수증을 받고 고향으로 돌아왔다. 그게 갑인년이었다.

과거는 문제도 없이 급제였다. 그러나 김참판은 집에 돌아와 과로 때문이었는지 병을 앓아 누웠다. 병은 점점 무거워 갔다. 김참판은 세상을 떠나야 할 것임을 스스로 느꼈다. 일생 소원이던 과거 급제를 못하고 죽게 됨을 탄식하였다.

이듬해인 을묘(乙卯)년 2월 19일에 김참판은 숨을 거

두었다. 관(棺)을 짜고 입관이 끝나자, 먼 문앞에 관원의 행차가 당도했다. 과거 급제의 창방(唱榜)이 도착한 것이다. 제주목사(濟州牧使)를 거쳐 대정현감(大靜縣監)이 김참판에게까지 전달하는 것이 이렇게 늦어진 것이었다.

창방이 도착하자, 가족은 물론, 동네 사람들이 한없이 서운해했다.

과원은 영전(靈前)에 분향을 하고 교지(敎旨)를 관 위에 올려 드렸다. 순간 관이 다르르 떨고 교지가 방바닥으로 떨어졌다고 한다.

(1975·3·3 중문면 중문리 김승두(남·62세) 제공)

28 강별장

안덕면 감산〔柑山里〕 강씨(姜氏) 조상에 '강별장(姜別將)'이라는 이가 있었다. 집안이 부자여서 둥근 기둥에 기와집을 짓고 네 귀에 풍경을 달아 유족하게 살았었다. 인물이 영걸스럽고 성격이 강팍한데다 욕심이 세었다.

어느 날 어떤 중이 강별장네 집에 시주를 받으러 왔다. 욕심이 센 강별장은 중에게 쌀을 주는 것이 아까워서 종놈을 시켜 두엄을 한 삽 떠 주었다. 중은 고맙다고 인사하며 두엄을 받아 가 버렸다.

얼마 후, 이상한 소문이 떠돌았다. 강별장네 선조의 묘가 있는 병산(並山:안덕면 상천리의 산)의 봉우리를 깎아 내리면 강별장네 집안은 훨씬 발복할 것이라는 말이다.

강별장은 그 말의 출처를 캐어 보았다. 중이 발설하였음을 알아내었다. 욕심이 많은 강별장은 곧 그 중을 찾아내어 사실을 물어보았다. 중의 이야기는 그럴싸했다. 강별장네 선묘의 지형은 개 형국이라는 것이다. 그것은 그 묘가 있는 병산(並山) 때문이라는 것이다.

병산은 두 산이 나란히 있는 산인데, 그 봉우리가 하나는 높고 하나는 얕으니 이게 좋지 못하다 했다. 그러니 높은 봉우리를 다른 얕은 봉우리와 같게 깎아 내린다면 집안이 크게 발복할 것인데, 아깝게 되었다는 것이다.

강별장은 내 기세를 가지고 그것쯤 깎아 내리는 것이 문제이겠느냐고 했다. 집안이 더욱 흥한다면야 그 산을 전부라도 파 넘기겠다고 기세를 올렸다. 그런데 강별장은 이 중이 시주를 받으러 왔다가 박대를 받고 그 분풀이로서 집안을 망하게 하려는 것임을 까맣게 모르고 있었다.

강별장은 이튿날부터 어마어마한 인력을 동원하기 시작하였다. 병산의 높은 봉우리를 깎아 내리기 시작한 것이다. 연일 작업을 진행하여 산봉우리를 깎아 가니, 산에서는 붉은 피가 흘러나오고, 마침 큰 비가 쏟아지니 피는 빗물과 어울려 벌겋게 흘러내렸다 한다. 그래서 병산은 인력으로 깎은 듯이 산봉우리가 반쯤 끊어져 있고, 거기의 흙은 지금도 붉은 채로 남아 있다.

강별장이 연일 산을 깎아 내린다는 보고가 조정에 올라갔다. 중앙에서는 역적이 날 일임에 틀림없다 하고, 관원을 보내어 강별장을 잡아 오도록 했다.

　관원이 와서 보니, 강별장은 둥근 기둥의 기와집을 짓고 네 귀에 풍경을 달고 살고 있었다. 둥근 기둥은 궁정에 쓰는 기둥이니, 역적을 도모하고 있음이 틀림없다 하고 강별장을 잡아 올렸다.

　연일 고문이 계속되었다. 바른말을 아니해 가니, 삽을 벌겋게 달구어 엉덩이를 지글지글 지져 대었다. 강별장은 '철랭(鐵冷)하니 개적(改炙)하라', 쇠가 식었으니 다시 달궈 지지라고 호통을 치면서 결코 굴하지 않았다.

　관원들은 강별장의 아들을 잡아다가 심문키로 하여 큰아들을 잡아갔다. 강별장은 큰아들이 잡혀 온 것을 보고, '작은아들이 왔으면 나도 살고 집안이 발복할 것인데, 큰아들이 왔으니 이제 내 집은 망했다!'고 탄식했다. 작은아들은 의지가 강하고 똑똑한데, 큰아들은 마음이 약하고 미련했기 때문이다.

　아버지와 아들에게 번갈아 가며 국문(鞫問)을 계속했다. 누구도 굴복을 아니하니 꾀를 내었다. '네 애비가 이미 이리 이리 토설을 했는데, 네가 우기려 드느냐'고 아들을 고문해 가니, 아들은 아버지가 굴복했다는 말에 할 수 없다고 굴복하고 말았다. 이번엔 강별장에게 같은 수법으로 고문을 해대었다. 그러나 강별장은 '자식이 어찌 애비 하는 일을 알겠느냐' 하며 끝내 굴복하지 않았다.

　할 수 없이, 관에서는 거기서 아들은 죽이고 강별장은 무인도로 실어다 던져 버렸다.

　강별장은 홀로 무인도에서 흙을 주워 먹다가 끝내 굶어

죽었다 한다.

(1975·3·3 중문면 중문리 고영흥(남·67세) 제공)

29 오찰방(吳察訪)

오찰방(吳察訪)은 조선조 현종(顯宗) 때 대정 고을〔大靜縣〕에서 태어났다. 이름은 영관(榮寬)이다.

오찰방의 아버지는 튼튼한 자식을 낳으려 해서 부인이 임신하니, 소 열두 마리를 잡아 먹였다. 튼튼한 아들놈이 태어나려니 기대했는데, 낳은 것을 보니 딸이었다. 아버지는 약간 서운하였다.

다음에 다시 임신이 되었다. 오찰방의 아버지는 다시 소를 잡아 부인에게 먹였다. 그러나 이번에도 다시 딸을 낳을는지 모르니 아홉 마리를 잡아 먹였다.

그런데 낳은 것을 보니 아들이었다. 아버지는 열두 마리를 잡아 먹일 것을 잘못했다고 약간 서운해했다. 이 아들이 후에 찰방이 된 것이다.

소를 아홉 마리나 먹고 태어났으니, 오찰방은 어릴 때부터 힘이 셀 수밖에 없었다. 대정고을에서 씨름판이 벌어지는데, 언제나 오찰방이 독판을 몰았다. 제주 삼읍(三邑)에서 장사들이 모여들어도 오찰방을 당해 낼 사람이 없었다.

오찰방은 어느 날 누님에게 힘센 자랑을 하였다. 제주 삼읍의 장사들이 모인 씨름판인데 자기를 당해 내는 놈이 하나 없더라고 뽐낸 것이다. 그러자 누님은 '그러면, 이번 한림(한림읍 한림리)에서 다시 씨름판이 있으니, 거기 나가 보면 너를 이길 장사가 올 것이다'고 했다. 오찰방은 픽 웃어 넘겼다.

오찰방은 다시 힘을 과시하려고 한림(한림리) 씨름판에 나아갔다. 씨름이 벌어졌는데, 몇 사람이 달려들어도 오찰방을 이기는 장사가 없었다. 오찰방은 득의양양하여 군중을 휘둘러보았다. 이때, 조금 연약한 듯한 사내가 하나 구경꾼들 속에서 나왔다. 한판 붙어 보겠다는 것이다. 오찰방은 어이없다는 듯이 웃으며 씨름을 붙었다. 연약한 듯한 사내는 의외로 힘이 세었다. 오찰방은 있는 힘을 다 내어 내둘러 보았으나, 끝내는 자기가 지고 말았다. 세상에 나를 이기는 자가 있다니 어떤 놈인가? 오찰방은 얼른 집으로 돌아와 분통을 터뜨렸다.

그 연약한 듯한 사내는 실은 오찰방의 누님이었다. 오찰방이 너무 안하무인이 되어 가니, 한 번쯤 기세를 꺾어 주려고 누님이 남장을 하고 씨름을 해 준 것이었다.

오찰방은 그것을 몰랐다. 집에 와서 억울하다고 누님에게 야단이었다. 누님은 그것이 누구임을 알려 주지 않으면 병이 날 것같이 생각이 되었다. 그래서 오찰방의 진신(가죽으로 짚신처럼 엮어 놓은 신)을 집의 서까래 틈에다 끼어 놓아 두었다. 오찰방은 그 힘센 놈을 찾아봐야겠다 하며 밖으로 나가려 했다. 신은 서까래 틈에 끼워져 있었다. 오찰방이 신을 빼내려고 아무리 힘을 써도 빼낼 수가 없었다.

이때 누님이 와서 '뭘 그렇게 힘을 쓰느냐?' 하며 서까래를 쏙하게 위로 들어서 신을 빼내 주었다. 그제야 오찰방은 누님의 힘을 알았고, 그 씨름판의 장사(壯士)가 누님임을 알았다 한다.

오찰방은 어릴 때 무서운 데가 없고 장난기가 심했다.

한 번은 아버지가 책망할 일이 있어 때리려고 했더니, 오찰방은 나막신을 신은 채 달아났다. 아버지는 짚신을 신고 뒤를 쫓았다. 나막신을 신은 놈이 도망을 가면 얼마나 가랴 하고 쫓았더니, 아들놈은 바금지오름(대정 고을에 있는 簞山峯)으로 부리나케 뛰어 올라가는 것이었다. 아버지는 화가 나서 '이놈을 꼭 붙잡아 행실을 가르치려니' 하고 봉우리 위로 쫓아 올라갔다. 아들은 상봉(上峯)의 칼바위까지 도망가서 거기서 우두커니 섰다. '칼바위'라는 곳은 정말 칼로 끊은 듯이 천인절벽이 된 곳이다.

'옳다, 이젠 잡았구나!'

하며, 아버지가 따라 가니 아들놈은 그 천인절벽에서 덜썩 떨어져 내렸다.

'아이고, 이제 아들은 죽었다!'

아버지는 겁을 내고 산을 돌아서 허겁지겁 내려오니, 나막신을 신은 아들놈이 서쪽 산으로 거들거들 올라오고 있는 것이었다. 아들이 분명했다. 얼른 가서 시체나 거두려던 아버지는 어이가 없어 집으로 돌아왔다.

집에는 벌써 아들이 먼저 와 있었다. '목숨이 살았으니

다행이다'고 생각하고 아버지는 아무 말도 아니했다.

밤이 되었다. 아버지는 그 높은 절벽으로 나막신을 신은 채 뛰어내린 아들이 암만해도 이상스럽게 생각되었다. 깊이 잠든 틈을 타서 아들의 옷을 벗겨 보았다. 양쪽 겨드랑이에 날개가 돋아 있지 않은가. 아버지는 겁이 덜컥 났다. 살짝 옷을 입히고 이 말이 절대 새어 나가지 않도록 입을 막았다.

오찰방은 자라서 벼슬을 하겠다고 서울로 올라갔다. 이때에 마침 서울에서는 호조판서의 호적 궤에 자꾸 도둑이 들어 중요한 문서와 돈을 잃어버리는 때였다. 이 도둑을 잡는 자에게는 천금상(千金賞)에 만호(萬戶)를 봉하겠다고 거리거리마다 방이 나붙어 있었다.

오찰방은 '아무런들 내 힘을 가지고 요 도둑 하나 못 잡으랴'하고 지원하여 나섰다.

도둑은 이만저만한 장사가 아닌데다 무술(武術)이 뛰어나다는 말이 돌고 있었다. 오찰방은 좋은 말을 빌어 타고 도둑을 찾았다. 며칠 후, 도둑을 찾아낼 수 있었다. 오찰방은 말에 채찍을 놓아 도둑을 쫓았다. 도둑은 소를 탔는데, 소의 두 뿔에다 시퍼런 칼을 묶고, 또 두 손에 시퍼런 칼을 쥐고 달리는 것이다.

만만한 상대가 아니었다. 앞으로 덤비려 하면 쇠뿔의 칼이 무섭고, 뒤로 잡으려 하면 손에 든 칼이 무서운 판이다. 그래도 오찰방은 용기를 내어 뒤를 바짝 쫓아갔다.

도둑은 이제까지 자기를 잡으려는 놈과 몇 번 싸웠지

만, 이처럼 용감히 덤비는 놈은 처음이었다. 그저 볼 인간은 아닌 성싶었다. 그래서 천기(天機)를 짚어 보니, 제주에 사는 오 아무개에게 죽게 되어 있었다. 혹시 요놈이 그놈이 아닌가?

"네가 제주에 사는 오 아무개냐?"

"그렇다."

"아차, 내 목숨은 그만이로구나. 네 손에 죽으라고 되어 있으니 할 수 없다. 모가지를 떼어 가라."

하며 도둑은 모가지를 순순히 내놓았다.

오찰방은 도둑의 목을 베어 말꼬리에 달고 장안으로 들어갔다.

장안에서는 제주 놈이 무서운 도둑을 잡아 온다고 야단들이었다. 오찰방은 궁중으로 말을 몰아 들어가려 했다.

"이놈, 제주 놈이 말을 탄 채로 어딜 들어오려고 하느냐!"

호통 소리가 떨어졌다. 오찰방은 역시 좁은 데에서 난 사람이라, 마음이 졸해서 얼른 말에서 내려서 걸어 들어갔다.

전하께 들어가 도둑의 모가지를 바쳤다. 전하는 상을 주기는커녕 '이놈을 얼른 옥에 가두라'고 명하여 하옥시키고 말았다. 이렇게 무서운 도둑을 잡는 것을 보니, 그대로 두었다가는 역적을 도모할 우려가 있다고 생각했기 때문이다.

임금님은 오찰방을 옥에 가둔 후, 문초를 해 보니 제주 놈이요, 또 궁중에 들어올 때 말에서 내려서 걸어 들어온 것을 알았다. 임금님은 안심하였다.

"서울 놈 같으면 사형을 시킬 것인데, 제주 놈이니 큰 일은 못할 것이로다. 너에게 자그마한 벼슬이나 줄 것이니, 어서 나가서 일이나 잘해라."

하고, 겨우 찰방 벼슬을 내어 주었다고 한다.

(1975·3·4 대정면 안성리 강문호(남) 제공)

오찰방이 벼슬을 한 데에는 이설(異說)이 있다.

오찰방은 담(膽)이 워낙 크고 재담이 좋았다.

어느 해 과거를 보러 서울로 올라갔다. 상시관(上試官)에게 가서 인사를 하고 과거를 보아야 하겠는데, 상시관 앞에는 이미 팔도 선비들이 모여들어 자리가 꽉 차 있었다. 어떻게 들어가서 인사를 올릴 도리가 없었다.

오찰방은 워낙 힘이 세고 담대한지라 무턱대고 들어갔다. 팔도 선비들이 꽉 들이차게 앉은 데를 쑥 들어가 그저 발로 한 놈씩 쓱쓱 밀어 버리고 상시관 앞으로 다가갔다. 그래서 꾸뻑 엎드리어 절을 하는 것이 그만 방귀가 뽕하고 나왔다. 오찰방은 얼른 일어서서 팔도 선비를 휘둘러 보며

"존전(尊前)에서 방귀는 왜!"

하고 소리 질렀다.

초행에 과거 보러 와서 부탁하려고 앉은 선비들이라, 누구 하나 대답할 사람이 있을 리 없었다.

상시관이 오찰방을 쳐다보며 '뭐라!' 했다.

"예, 저한테 과거를 준다니 대단히 고맙습니다. 그만 물러갑니다."

다시 절을 하고 오찰방은 그만 나와 버렸다.

거기 앉았던 팔도 선비들은 이제까지 앉아 있으면서도, 당돌하게 한 자리 부탁한다는 말을 할 수 없어 기회만 보던 참이었다. 오찰방이 '고맙습니다' 하고 물러나가니, 그때야 말문을 열기 시작했다.

"저도 한 자리 부탁코자 왔습니다."

"저도……."

팔도 선비들이 다 '저도……' '저도……' 해 가니, 상시관은

"엣기, 남의 방귀나 뒤집어쓸 줄 알았지, 뭐하러 여기 왔느냐? 과거는 이미 끝났다."

하며, 다 쫓아 보내고, 오찰방에게 문과(文科) 급제를 주어 찰방 벼슬을 내렸다 한다. 그래서 '방귀 찰방'이라는 말을 한다.

팔도 선비들은 생각할수록 억울하고 고약하기 짝이 없었다. 제주 놈이 와 가지고 사람들을 완전히 똥을 만들어 놓았으니, 이놈을 그냥 둘 수 없다는 공론이 돌았다.

오찰방은 벼슬을 얻고 나와 양지 바른 데 앉아 쉬었다. 제주에서 나올 때 솜바지를 입고 왔는데 수륙 천리 오면서 입은 채 눕고 뒹굴고 하니, 옷이 옷이 아니고 보리 낟알만큼씩한 이가 둑둑 떨어지는 판이다. 오찰방은 따스한 데 앉은 김에 이나 잡으려고 바지 가랑이를 뒤집어 놓고

이를 뚝뚝 잡기 시작했다. 홍두깨만한 다리에 털이 왕시랑하다.

이 자리에 팔도 선비들이 몰려들었다. 오찰방은 한 번 힐끗 쳐다보고는 여전히 이를 잡기 시작하였다.

팔도 선비, 장안 한량들이 트집을 잡았다.

"제주 놈 도야지 다리 그만 하면 얼마나 줄까?"

"서울 놈의 네 에미 씹 세 번씩은 주지요."

오찰방은 태연히 대답하고 이만 잡는 것이다. 말하는 꼴이 더욱 분하기 한량없는 노릇이다.

"저 모래밭에 가서 씨름이나 한판 하여 보자."

"그리 하자."

모래톱으로 모두 몰려갔다. 오찰방은 조금 꾀를 내어야 하겠다고 생각했다. 이쪽은 하나인데 상대방은 수백이다. 오찰방은 씨름을 시작하려고 준비를 해 가며 '이제 날이 저물었는데 씨름을 시작하여 판을 마쳐지겠소?' 하고 눈치를 보았다. 상대방들도 해를 쳐다보더니, 내일 아침 시작하자는 의견이 돌았다. 일동은 헤어졌다.

오찰방은 저녁에 모래톱 가에 매어진 배를 찾아갔다. 화장놈을 불러 놓고 단단히 부탁을 한 가지 해 놓았다. 오늘 저녁 배의 한닻(굵은 닻줄)을 속을 칼로 썰어서 곧 문질러 끊을 수 있게 해 두었다가, 내일 씨름판에서 '허리띠 할 것 가져오너라' 하거든, '여기는 한닻밖에 없습니다' 하고 그것을 가져와 달라는 것이다. 그러면 그 공(功)은 잘 갚겠다는 것이다.

약속을 해 놓고 씨름판에 나갔다. 서울 장안 선비, 팔도 선비들이 구름같이 몰려들었다. 오찰방을 죽일 심산으로 막 동원하여 온 것이었다.

오찰방은 썩 앞으로 나서며,

"화장놈아!"

"예."

"거기 준동띠(허리띠) 띨 거 가져오니라."

"배에 뭣이 있겠습니까? 한닻 밖에 없습니다."

"거, 한닻 좋지. 그거 이리 가져 와라."

몇 놈이 지고 끌고 하여 한닻을 날라 왔다. 오찰방은 한닻을 손으로 잡아 북하게 문질러서 허리에 떡 졸라 매고, 다시 북북 문질러서 무릎을 턱 졸라 매고는,

"이래 와라. 이놈의 자식덜, 오눌 흔 놈썩 심엉(잡아서) 바당데레(바다로) 다 데껴 불키여(던져 버리겠다)."

하며 사방을 휘휘 도니, 모였던 선비들이 모조리 도망가 버렸다 한다.

이렇게 해서 오찰방은 방귀 덕으로 찰방 벼슬을 했다는 것이다.

(1975·3·3 중문면 중문리 고승두(남·62세) 제공)

30 감목관(監牧官) 김댁(金宅)

제주의 경주 김씨(慶州金氏)는 역대 감목관(監牧官)을 지낸 것으로 유명하다. 그래서 흔히 감목관 김댁이라 부

른다.

이 집안이 처음 감목관을 받은 것은 조선조 선조(宣祖) 때부터요, 그 후 대대로 감목관을 세습했을 뿐 아니라 그 외의 많은 벼슬을 하고 재산이 많아서 기세가 등등하였다.

이 집안이 이렇게 번창한 것은 선조의 묘를 잘 썼기 때문이라 전한다.

그 묘는 남원면(南元面) 옷귀〔衣貴里〕 남쪽, 민오름〔民岳山〕 앞, 반데기라는 곳에 있다. 이 묘는 당시 제주 목사가 보아 주었다고 하는데, 그 이야기는 이러하다.

당시 이 김씨는 옷귀에 살고 있었는데, 그때도 벼슬을 간간히 하여 집안의 명망이 있었다. 그래서 목사가 순력(巡歷)할 때는 이 김댁에 자주 들리곤 했었다. 이때 마침 집안에 상사가 나니, 지리에 능한 목사가 묏자리를 봐 주게 된 것이다.

목사는 김댁의 상제와 더불어 묏사리를 보러 나섰다. 며칠간 여기저기 들판을 돌아다니다가 이 민오름 앞 반데기에서 대혈(大穴)을 발견하였다. 목사는 지리도식(地理圖式)을 펴 놓고 그곳 지형과 맞추어 보고는 칠대혈(七大穴) 중의 하나가 틀림없다고 했다.

그 7대혈이란 1 사라, 2 어스승, 3 영실, 4 반화, 5 구셍이, 6 반데기, 7 한운이라 하기도 하고, 1 사라, 2 개미목, 3 영실, 4 반데기, 5 반화, 6 구셍이, 7 한운이라 하기도 한다.

목사는 도식(圖式)을 한참 동안 들여다보다가 정혈(正

穴)을 집어 내었다. 그러고는 상제를 데려다 그 자리에 세우고, '내 저 위쪽으로 가서 돌아보고 올 터이니, 여기 발에 힘을 꽉 주고 서서, 어떤 일이 있어도 결코 발을 들지 말라'고 당부하였다. 상제는 발에 힘을 주어 땅을 디디고 섰다.

이상한 일이었다. 목사가 저만큼 위쪽으로 가서 차차 가까이 걸어와 가니 발바닥이 간질간질하기 시작했다. 그래도 상제는 간지러움을 꾹 참고 더욱 발에 힘을 주었다. 목사가 점점 가까이 올수록 발바닥의 간지러움은 더해 갔다. 마지막에는 간지럽다 못해 발이 달달 떨려, 아무리 발에 힘을 주어 봐도 견딜 수가 없어졌다. 목사가 바로 손이 닿을 만치 가까이 왔을 때, 상제는 도저히 견딜 수 없어 그만 발을 들고 말았다.

그 순간이었다. 발을 디디고 섰던 그 자리 땅 속에서 쌍 비둘기가 한 쌍 푸르릉 날아가는 것이었다.

목사가 위쪽으로 올라가서 밟아 내려온 것은 용의 맥을 몰아 내려오는 것이었다. 위로부터 용맥을 몰아다가 광(壙)을 팔 정자리에 응결시켜 놓고 그 자리에 매장토록 하려 한 것이니, 용맥이 응결되면 될수록 그 용맥의 요동으로 발밑이 간지러워진 것이다. 마지막 견디지 못해 발을 들자 날아간 비둘기는, 바로 그 맥이 비둘기로 응결되어 날아가 버린 것이다.

목사는 한편 꾸짖고 한편 탄식했다.

"그까짓 것을 견디지 못해서 발을 떼다니! 아깝다. 그러나 1백 년 후엔 맥이 다시 원자리로 돌아올 것이니, 발복이 조금 늦겠지마는 그대로 묘를 쓰시오."

목사 말대로 그 자리에 장사를 지냈다.

그 후, 1백 년 가까이 세월이 흘러 현손(玄孫)이 장가를 들었다. 처가는 말을 수백 필 치는 부잣집이었다. 처가에서는 집이나 밭은 물려 주지 않고 겨우 웅마(雄馬) 한 마리를 물려 주었다. 이 말을 받아다가 목장에 놓아 먹이는데, 하루는 이 말이 사라져 버렸다. 이튿날은 말을 찾으러 가야겠다 하고 도시락을 싸 들고 목장에 가 보았더니, 의외에도 이 수말이 1백 여 마리의 암말을 거느리고 그 자리에 와 있었다. 살펴보니 그 말들은 전부 처가의 것이었다.

사위는 곧 처가에 연락하여 이 말떼를 다 몰아가게 했다. 그러나 며칠이 지나자 이 수말이 나가서 다시 그 말떼를 모조리 거느리고 왔다. 몰아가면 끌어 오고, 몰아가면 끌어 오고, 수십 번 해 가니 처가에서도 이젠 어쩔 수가 없었다. 할 수 없는 일이니, 그 말떼를 전부 가져 버리라고 하는 것이었다. 그래서 김씨댁은 일약 말 부자가 되었다.

이 말들이 새끼를 낳고 또 새끼를 낳고 하여 수년 내에 말은 수백 필이 되었다.

말이 크게 불어나자, 김씨는 말 5백 필을 나라에 바쳤다. 나라에서는 곧 헌마공신(獻馬功臣)이라 하여 감목관(監牧官) 벼슬을 내린 것이다.

그 후, 감목관 김씨는 감매장·녹산장 등 목장에서 목자(牧者)들을 시켜 국마(國馬)를 잘 관리했을 뿐만 아니라, 해마다 꼭꼭 말을 잘 올려 바쳐 감목관을 세습(世襲)하게 되었던 것이다.

(1975·3·2 남원면 태흥리 김기옥(남·70세) 제공)

감목관 김댁은 집을 지을 때 살아 있는 쿳나무 생깃기둥으로 이용하여 지었다고 한다. 즉 땅에 심어져서 살아 있는 쿳나무를 그대로 생깃기둥으로 이용하여 집을 지었다는 말이다. 생깃기둥이란 큰 구들(큰방)과 상방(上房·마루방)의 샛기둥으로서 집에 있어서 가장 중요한 기둥이다. 이 기둥 밑이 주인이 앉는 상좌(上座)이고 이 기둥에 중요한 물건을 걸어 놓곤 한다.

감목관 김씨 집안이 쿳나무를 산 채로 기둥을 삼은 것은, 해마다 새로운 가시가 돋아나므로, 대대로 받아 오는 인통(印桶)을 그 새로운 가시에 걸어 놓기 위해서였다. 과연 대대로 감목관을 하니 인통이 점점 불어나고, 인통이 불어날 때마다 그 인통을 걸어 놓을 가시가 생깃기둥에 새로이 돋아났다고 한다.

(1975·3·2 표선면 표선리 홍성치(남·73歲) 제공)

31 정의(旌義) 홍형방(洪刑房)

정의(旌義) 홍형방(洪刑房)은 이름이 석기(碩基)로서,

그 7대 손이 현재 표선면 표선리에 살고 있다.

홍형방은 어렸을 때 성산면 고성리에 살았는데, 표선리 강씨(康氏)댁에 장가를 들었다. 그 후, 표선리에 와서 살았다.

키는 자그마한데다 얼굴은 박박 얽어서 그 인물은 볼품 없었지만 글재주 하나만은 뛰어났다.

처부(妻父)는 한학을 잘해서 아이들을 모아 훈학(訓學)을 하고 또 이방(吏房)도 지냈다. 처부가 글이 능하니 홍형방도 장가 들어서 처부에게 글을 배워 문장가라는 소문이 삼읍(三邑)에 자자하였다.

당시는 제주·정의(旌義)·대정(大靜) 세 읍 향교(鄉校)에서 강(講)을 했는데, 홍형방은 언제나 장원을 하여 세 읍 문사(文士)들에게 알려진 것이다.

어느 해 마침 뙤미〔南元面 爲美里〕에서 살인사건이 일어났다. 사건의 내용인즉, 사람을 밧줄로써 팔·다리·머리를 한곳으로 당기어다 몸이 동그스름하게 되도록 꽁꽁 묶어 놓고, 먹돌(색이 까맣고 단단하고 동그란 돌)로 쳐 죽인 것이다. 물론 누가 어째서 죽였는지 알 수가 없다.

형방(刑房)·이방(吏房) 들은 발미(跋尾:검시관이 살인의 원인과 정경을 조사한 보고서)를 꾸며 보내어야 하겠는데, 그 살인 정황이 기이해서 문장으로 표현하기가 어려웠다. 세읍의 형·이방들이 모여 앉아 며칠 의논을 했지만, 그 피살자가 묶인 모습이라든지, 먹돌로 쳐 죽인 상황을 한문으로 표현하기가 어려웠다. 발미는 급히 올려야 하는데 꾸밀 수가 없어 목사까지 근심이었다.

의논을 거듭한 끝에 세 읍의 문사들을 불러들이기로 하였다. 한 이방이 정의(旌義) 홍석기(洪碩基)라면 능히 작문할 수 있으리라고 추천하였다. 목사도 이에 응했다.

당시 홍석기는 처가에 살고 있었는데, 목사의 부름을 받은 것이다. 처가의 울타리에는 칡덩굴이 무성하여 축축 늘어지고 있었다. 홍석기는 이 칡덩굴을 뜯어서 돌로 두들겨 부드럽게 하고 댓가지에 묶어 붓을 만들었다. 그래서 행전(行纏) 귀에다 붓을 꽂고 제주성 안으로 들어갔다.

남문으로 성 안에 들어가니 보는 사람마다 웃었다. 박박 얽고 키가 작은 시골 선비의 몰골 행색이 너무나 초라했기 때문이다. 영문에는 세 읍의 형·이방들이며 문사들이 모여들어 와와 하고 있었는데, 홍석기가 들어가는 것을 보고는 이들도 피식피식 웃는 것이었다.

목사는 앉았다가 들어오는 시골 선비를 보고는 '저기 들어오는 것은 누구냐?' 했다. 추천한 이방이 곧 '정의 홍석기올시다'고 아뢰었다. 목사는 '저놈이, 저놈이……'하며 손가락질을 하는 것이었다. 인품을 보니 글을 할 것 같지 않다는 눈치였다. 추천했던 이방은,

"당유자는 박박 얽어도 제상에 먼저 오르는 법입니다."
하고 목사에게 응수했다. 어떻든 발미를 꾸며 보도록 하자고 했다.

홍석기가 목사 앞에 가 엎드리니, 목사가 사실을 설명하고 발미를 꾸며 보라고 했다. 홍석기 앞에는 큰 백지가

펼쳐지고, 먹을 가는 사람, 붓을 들어 바치는 사람, 대우가 이만저만이 아니었다. 홍석기는 먹을 적셔 바치는 붓도 그만두고, 행전 귀에 꽂은 칡붓을 꺼내어 먹을 적셨다. 순간에 붓을 휘둘렀다.

'필자(必字)로 계지(繫之)하고, 불능석(不稜石)으로 타지(打之)라 운운(云云)'

목사에게 바치니, 목사가 한참 들여다보다가 무릎을 탁쳤다. 반 듯 필(必) 자 모양으로 몸을 오그라지게 묶어 놓고, 모가 없이 동그란 먹돌로 쳐 죽인 모습을 재치 있게 표현해 놓았다. 이리하여 어려운 발미가 완성된 것이다.

목사는 크게 홍석기의 글재주를 칭찬하고, 즉석에서 형방 벼슬을 내리었다. 그리고 표선리의 연뒤벵디라는 지역에 가랑좁씨 한 섬지기〔一石落〕를 끊어 주었다. 이 토지는 지금도 그 종손이 갈아 먹고 있다.

(1975·3·2 표선면 표선리 홍성치(남·73세) 제공)

32 배 질러 벤 당장

약 2백 여 년 전, 중문면 중문리(中文里) 동카름에 변씨(邊氏)가 살고 있었다. 어릴 적부터 글공부를 못하여 기성명(記姓名)이 어려웠고, 집안이 가난하여 근근이 끼니나 이어가는 정도였다.

변씨는 널찍한 논밭을 사서 쌀밥이나 먹으며 살아 보았으면 하는 것이 소원이었다. 변씨 부부는 매일같이 부지런히 일을 하였다. 부지런한 덕으로 돈도 꽤 모았다. 이 돈으로 논을 한 군데 샀으면 하고 이웃 사람들에게 간간히 귀뜸을 하여 놓았다.

얼마 후에 열리(중문면 猊里)의 어떤 하인 집의 논을 판다는 소문이 들려 온 것이다. '요거 한번 알아봤으면 좋겠다'고 생각하고 있던 차에, 하루는 그 하인이 변씨 집으로 찾아왔다.

"댁에 논 사시것습네까?"

"논 사지."

"댁이 산댕 ᄒ민(산다고 하면) 저가 풀것습네다."

변씨는 마침 잘 되었다 하고 흥정을 하였다. 가격이 결정되고 글월(계약서)을 쓰게 되었다. 그러나 하인도 글을 모르고 변씨도 글을 모르니 글월을 쓸 수가 없었다. 하인은 한참 뭣인가 생각하다가 먼저 제안을 했다.

"저가 글아는 양반안티 강(가서) 글월을 썽 오건(써 오거든) 논갑(값)을 주십서."

"그리 ᄒ라"

이튿날 하인은 글월을 만들어 가지고 왔다.

'동도 족다리, 서도 족다리

북은 뱃도롱 동산, 남은 허구대양'

이렇게 사표(四標)를 앞혀서 문서를 써 온 것이다. 당시는 지번(地番)이 없어서, 토지를 매매할 때는 그 사방의 경계를 밝혀 계약을 하던 때였다. 변씨는 당초 흥정을 할 때부터 하인을 믿어서 대략의 면적만 듣고 흥정을 했었는데, 글월을 보니 퍽 넓은 논이라 생각되었다. 우선 중문면에 족다리라는 지경이 있으니, 어디 그 근처 논이겠다 한 것을 알았고, 남(南)은 허구대양[海口大洋]이라 했으니, 바닷가까지 경계가 된 것임을 알 수 있었다. 그런데 북은 뱃도롱 동산이라 했는데, 이 지명만은 처음 듣는 이름이었다. 열리 지경은 좀 생소하니 아마 그런 지명이 있는가보다 하고 변씨는 돈을 주었다.

"돈은 지금 믿어서 주겠네마는 논을 가 봐얄 건디."

변씨의 말에 하인은 일부러 가 볼 것 없이, 논을 갈 때가 되거든 쟁기를 싣고 소를 몰고 오면 가르쳐 드리겠다고 하는 것이었다. 변씨도 일부러 수고할 필요 없이 그게 좋겠다고 하였다.

논을 갈 때가 돌아왔다. 하루 아침, 변씨는 논을 갈러 가려고 해서 쟁기를 싣고 소를 몰아 하인 집으로 갔다. 헛기침을 하며 마당에 들어서니 하인은 없고 하인년이 썩 나왔다.

"논 갈젠 오십데까?"

"경 허였주(그리 했지)"

"영(이리) 올라오랑(올라와서) 담배 흔 대 부쩡(붙여서) 가십주(가시지요). 내 그리쳐 드리리우다."

변씨는 방에 들어가 앉아 담배를 한 대 피우노라니, 하인년이 술상을 차려 들고 왔다.

"아, 이거 어떤 일이냐?"

"아니, 논 흥성(흥정)도 흔디(하였는데) 박주(薄酒) 흔

잔 위ᄒ기 어렵습네까?"

변씨는 '거 기특하다' 생각하면서 술 한잔을 들었다. 그런데, 이게 웬인일가? 하인년은 안방으로 들어가더니 옷을 활활 벗고 알몸으로 나와서, 변씨 앞에 해뜰라히(벌렁) 자빠져 누워 '요 논 갑서' 하는 것이다.

변씨는 어리둥절해서 소리 쳤다.

"이거 무슨 일이냐!"

"이거 동도 족다리, 서도 족다리, 북은 뱃도롱 동산, 남은 허구대양 아니우까?"

하인년의 말에 어이가 없어 그냥 소를 몰고 돌아왔다. 즉시 글 아는 이를 찾아 글월을 보이니 사실과 맞았다. 사실 여인의 육체가 동쪽·서쪽이 족(足)다리요, 북쪽은 뱃도롱('배꼽'의 방언) 동산, 남쪽은 해구대양〔陰部〕임에는 틀림없다. 막무가내로 속은 것이다.

변씨는 기가 막혔다. 글을 몰라 놓으니 이런 억울한 속임을 당한 것이다. 변씨 부부는 마주 앉아 탄식하였다. 그러고는 우리는 어떤 일이 있어도 자식만은 크게 공부를 시키자고 굳게 결심하였다. 자식을 글공부 시키려면 일을 시키거나 잡념이 일게 해서는 안 된다. 아무리 바빠도 당신은 당신대로, 나는 나대로 노력하여 글공부 마칠 때까지 결코 일을 시키지 말자, 그래서 글공부에만 열중토록 하자고 부부는 눈물로 거듭 다짐했다.

아들이 크자 서당에 보내게 되었다. 변씨 부부는 이미 결심한 대로 아들에겐 요만큼도 일을 시키지 않았다. 밤이고 낮이고 글만 읽도록 한 것이다.

어느 여름날이었다. 부인은 조반을 해서 밭에 가져가야 한다. 조반을 거의 다 차려 가는데 아들도 식전 글을 읽으러 갔다가 아침을 먹으러 왔다.

"이야(애야), 느(너) 요 밥 서당에 가멍(가면서) 아바지신디(한테) 갖당(가져다가) 안네여 뒁(드려 두고) 가라."

부인은 서당에 가는 도중에 밭이 있으니, 가는 길에 조반을 가져가는 것쯤은 일을 시키는 것이라 생각하지 않은 것이다. 바구니에다 도시락, 된장 단지, 물병 등을 집어넣어 지워 주니, 아들은 짊어지고 집을 나섰다.

세상 나서 처음으로 일을 해 보는 아들이었다. 얼마를 가니, 별로 무겁지는 않지만 처음 지는 짐이라 별로 좋지가 않았다. 아버지가 생 소에 첫 짐을 실을 때의 모습이 생각났다. 소가 첫 짐을 실을 때는 마구 뛰어다녀 짐을 흩어 놓것다. 나도 한번 그렇게 해 보자. 이렇게 생각하고 아들놈은 짐을 진 채 풀쩍풀쩍 뛰었다. 짐이 풀어져 도시락이 땅바닥에 이리저리 흩어졌다. 아들놈은 그 밥을 주섬주섬 주워 담아 아버지에게 지고 갔다.

변씨는 조반을 먹으려고 보니, 밥이 온통 흙투성이었다. 사실을 물어보니, 생 소가 첫 짐을 실을 때처럼 뛰어 보자고 했다는 것이다.

변씨는 아들을 책망하기 전에 부인이 원망스러웠다. '그만큼 일을 시키지 말고 글공부만 시키자고 다짐을 했는데, 벌써 잊어버리고 일을 시켰단 말인가. 이래서 어찌

아들을 대성시킬 수 있는가 말이다.' 변씨는 갈던 밭을 그만두고 집으로 돌아왔다. 먼저 부인에게 야단을 쳐 두고, 방으로 들어가서 문을 잡아 잠그고는 낫으로 배를 질렀다. 아들을 대성시키지 못할 바엔 차라리 이제 죽는 게 낫겠다고 생각해서였다. 낫으로 배를 찌르긴 했지만, 바로 찌르지는 못했던지 변씨는 죽지는 않았다. 그 후부터는 어떤 일이 있어도 아들에게 일 시키는 일이 없었다. 아들은 오직 글공부에만 전념하여 나중에 문과를 했다. 변씨가 아들 공부를 위해 배를 질렀다 해서, '배 질러 벤당장'이라는 별명이 붙어 불렸고, 그 아들은 만경군수(萬頃郡守)를 지내어 '벤만경〔邊萬頃〕'이라 불렸다.

(1975·3·3 중문면 중문리 고승규(남·57세) 제공)

33 벤만경(邊萬頃)과 벤줄래

벤만경〔邊萬頃〕은 약 2백 년 전 중문면 중문리에서 태어났다. 그는 같은 마을 출신인 김명헌(金命獻) 참판의 수제자로서 한학(漢學)이 뛰어났다. 문과에 급제하고 만경군수가 되었다.

벤만경이 군수로 부임하여 얼마 안 되어 논에 모종을 내게 되었는데, 어떤 일인지 한기가 심하여 모종을 낼 수가 없었다. 매일같이 하늘을 우러러보아도 하늘은 깨끗하게 맑기만 했다.

비를 기다리던 만경 백성들은 드디어 불평을 털어놓기

시작했다.

'복이 없는 제주 놈이 원(員)으로 오니 비가 안 온다. 우리 만경 백성들은 다 굶어 죽게 되었다.'

사방에서 여론이 웅성웅성해 가는 것이다. 벤만경은 딱해졌다. 생각 끝에 제주의 밭농사식으로 모종을 내도록 하기로 했다.

당시 만경에서는 벤줄래(따비의 일종)를 사용할 줄 몰랐다. 벤만경은 벤줄래의 그림을 그리고 대장장이들을 불러다가 이렇게 만들라고 지시했다. 그리고 각 풍헌(風憲)들을 소집하여 벤줄래로 땅을 파고 흙덩이를 곰배(곰방메)로 부수어 씨를 뿌리는 방법을 가르쳤다. 이대로 즉시 시행하도록 강력히 지시했다.

엄한 원의 명령이라, 백성들은 벤줄래로 땅을 일구고 곰방메로 흙덩이를 부수어 씨를 뿌렸다. 불평을 하면서도 명령이라 어쩔 수 없이 한 것이다.

씨를 뿌려 놓자, 그 마른 땅에서도 볍씨는 움이 돋아났다. 모를 심을 때가 가까워 왔다. 벤만경은 축문을 손수 짓고 산신(山神)에게 기우제를 올렸다. 그날 저녁에는 큰 비가 억수로 쏟아져 내렸다. 모심기가 일제히 끝나고 그해는 전에 없는 대풍년이 들었다.

만경 백성들은 벤(邊)군수의 덕을 칭송하게 되었다. 그래서, 벤군수가 만들어낸 농기구로 농사를 할 수가 있었으므로, 그 농기구 이름을 벤(邊) 자를 붙여 '벤줄래'라고 이름하였다.

또 만경에서는 곰방메를 '벤조시'라 하는데, 벤[邊]군수
가 만든 것이라 하여 벤 자를 붙여 이름한 것이다.

만경 백성들은 벤만경의 공적을 기리기 위해 공적비를
논밭 가운데 세웠다. 그 후부터 만경 백성들은 비가 안
오거나 논에 병충해가 생길 때에는, 이 비석 앞에 제물을
해다 올리고 빌기 시작했다. 이 비석 앞에 와 빌기만 하
면 병충이 삽시에 없어진다고 한다. 이것은 틀림없는 사
실이었다.

(1975·3·3 중문면 중문리 고영흥(남·67세) 제공)

34 김통정(金通精) 장군

고려 때의 일이다.

한 과부가 살고 있었는데 날이 갈수록 허리가 점점 커
졌다. 동네 사람들은 그것을 눈치 채고, 남편도 없는 사
람이 저럴 수 있느냐고 수근거렸다.

과부는 사실을 털어 놓지 않으면 안 되겠다고 생각했
다. 그래서

'매일 저녁 문을 꼭꼭 잠그고 자노라면 어디로 들어오는
지 어떤 남자가 들어와서 같이 잠을 자고 간다' 는 말을 하
였다. 동네 사람들은 다음 그 남자가 찾아왔을 때 실로 그
몸을 묶어 두면 알 도리가 있을 것이라고 가르쳐 주었다.

과부는 실을 미리 준비해 두었다. 이튿날 저녁에도 그
남자는 여전히 찾아들어서 잠을 잤다. 과부는 나가는 남

자의 허리에 몰래 실을 묶어 놓았다.

날이 새어 보니 실은 창문 구멍을 통하여 밖으로 나가 노둣돌〔下馬石〕 밑으로 들어가 있었다. 과부가 노둣돌을 들어 보니 큰 지렁이가 한 마리 있는데, 실이 그 지렁이 허리에 감겨져 있는 것이었다. 이로써 이 지렁이가 밤에 와서 잠자리를 같이하고 있다는 사실을 알 수가 있었다. 과부는 지렁이를 보니 우선 징그러운 생각부터 들었다. 오늘 밤도 이 징그러운 지렁이가 다시 찾아오면 어찌하나 생각하고 지렁이를 죽여 버렸다.

그로부터 허리가 점점 커져서 과부는 옥동자를 하나 낳았다. 아이는 온몸에 비늘이 돋쳐 있었고, 겨드랑이에는 자그마한 날개가 돋아나 있었다.

과부는 이런 사실을 일체 숨기고 고이 아기를 길렀다. 동네 사람들은 이 아이를 지렁이와 정을 통하여 낳았다 하여 ‘지렁이 진’ 자 성(姓)을 붙이고 ‘진통성’이라 불렀다 (혹은 지렁의 ‘질’ 음을 따서 ‘질통정’이라 불렀다고도 한다). 이 아이가 바로 김통정(金通精)인데, 성이 김씨로 된 것은 김씨 가문에서 ‘진’과 김(金)이 비슷하다 해서 자기네 김씨로 바꿔 놓았기 때문이다.

김통정은 자라면서 활을 잘 쏘고 하늘을 날며 도술을 부렸다. 그래서 삼별초(三別抄)의 우두머리가 되었다.

김통정은 삼별초가 궁지에 몰려 가자, 진도(珍島)를 거쳐 제주도로 들어왔는데, 먼저 군항이(북제주군 애월면 동귀리)로 상륙하였다. 군(軍)이 입항했다 해서 ‘군항이’

란 이름이 붙은 것이다.

김통정은 군항이에서 군사상 적지를 찾아 산 쪽으로 올라가다가, 항바들이(지금의 애월면 고성리)를 발견하고 여기에 토성을 쌓았다. 흙으로 내외성(內外城)을 두르고 안에 궁궐을 지어 스스로 '해상왕국'이라 한 것이다.

김통정 장군은 백성들에게 세금을 받되 돈이나 쌀을 받지 아니하고, 반드시 재〔灰〕 닷 되와 빗자루 하나씩을 받아들였다. 그래서 이 재와 빗자루를 비축해 두었다가 토성 위를 빙 돌아가며 재를 뿌렸다. 김통정은 외적이 수평선 쪽으로 보이기 시작하면, 말꼬리에 빗자루를 달아매어 채찍을 놓고 성 위를 돌았다. 그러면 안개가 보얗게 끼어 올라, 적은 방향을 잡지 못하고 그대로 돌아가곤 했었다.

어느 해 김방경(金方慶) 장군이 거느리는 고려군이 김통정을 잡으러 왔다. 말꼬리에 빗자루를 달아매어 연막을 올려 보았으나 김방경 장군도 도술이 능해 놓으니 전세는 위태로웠다.

김통정 장군은 사태가 위급해지자 황급히 사람들을 성 안으로 들여 놓고 성의 철문을 잠갔다. 이때 너무 급히 서두는 바람에 아기 업개(아기 업저지) 한 사람을 그만 들여 놓지 못하였다. 이것이 실수였다.

김방경 장군은 토성에까지 진격해 와서 입성을 기도하였다. 그러나 토성이 너무 높고 철문이 잠겨 있어 들어갈 도리가 없었다. 어쩔 수 없이 성 주위를 뱅뱅 돌고만 있었다.

이때 아기 업개가 장군의 하는 꼴이 하도 우스워 보여서 물었다.

"어떠허연(어째서) 장군님은 성만 뱅뱅 돌암수까(도십니까)?"

"성 안으로 들어갈 수가 없어 궁리하는 중이다."

"원 장군님도…… 저 쇠문 아래 불미(풀무)를 걸어 놓앙 두 일뤠(이레) 열나흘만 부꺼 봅서(불어 보십시오). 어떵 되느니(어떻게 될지)?"

아기 업개 말에 무릎을 치고 김방경 장군은 곧 풀무를 걸어 놓아 불기 시작했다. 열나흘이 되어 가니 철문이 벌겋게 달아올라 녹아 무너졌다. 이래서 '아기 업개 말도 들으라'는 속담이 생겨난 것이다.

성문을 무너뜨리고 김방경 장군의 군사가 몰려들자, 김통정 장군은 깔고 앉은 쇠방석을 바다 위로 내던졌다. 쇠방석은 물ᄆᆞ루(수평선) 위에 가 떴다. 김통정 장군은 곧 날개를 벌려 쇠방석 위로 날아가 앉았다.

김방경 장군은 어쩔 도리가 없었다. 다시 아기 업개에게 묘책을 의논했다. 아기 업개는 장수 하나는 새로 변하고 또 한 장수는 모기(또는 파리)로 변하면 잡을 수 있으리라 했다.

김방경 장군 군사들은 곧 새와 모기로 변해서 쇠방석 위의 김통정 장군을 따라갔다. 김통정 장군은 난데없이 새와 모기가 날아오는 것을 보고 심상치 않은 생각이 들었다. 곧 쇠방석을 떠서 고성리 마을 서편에 있는 굴그미라는 내〔川〕로 날아왔다.

새로 모기로 변한 김방경 장군 군사들은 다시 뒤를 쫓아왔다. 새는 김통정 장군의 투구 위에 와 앉고, 모기는 얼굴 주위를 돌며 앵앵거렸다.

김통정 장군은 갑자기 비통한 마음이 들었다.

'이 새는 나를 살리려는 새냐, 죽이려는 새냐?'

이렇게 중얼거리며 고개를 들어 새를 보려 했다. 머리가 뒤쪽으로 젖혀지자 목의 비늘이 거슬리어 틈새가 생긴 것이다. 이 순간 모기로 변했던 장수가 칼을 빼어 김통정 장군의 목을 비늘 틈새로 내리쳤다. 떨어지는 모가지에 얼른 재를 뿌려 놓았다. 비늘이 온몸에 좍 깔려 칼로 찔러도 들어가지 않던 김통정 장군의 모가지가 끝내는 떨어지고, 재를 뿌려 놓으니 두 번 다시 모가지가 붙지 못한 것이다.

이때 김통정 장군은 죽어 가면서 '내 백성일랑 물이나 먹고 살아라' 하며 훼〔靴〕를 신은 발로 바위를 꽝 찍었다. 바위에 훼 발자국이 움푹 패고 거기에서 금방 샘물이 솟아 흘렀다. 이 샘물이 지금도 있는데 '횃부리' 또는 '횃자국물'이라 한다. 이 샘물을 고성리 마을 사람들은 지금도 음료수로 이용한다.

김통정 장군을 죽인 김방경 장군은 곧 토성 안으로 달려들어 김통정 장군의 처를 잡아냈다. 토성 안(지금의 붉은 오름 뒤쪽)에는 약 3정보 가량 되는 평지가 있는데, 여기는 당시 물을 괴게 해서 김통정 장군이 뱃놀이하던 곳이었다. 이 물 위에 길마를 놓고 김통정 장군의 처를 끄집어다 그 위에 올려 앉혔다. 뱃속에 임신한 자식이 있는가를 물에 비쳐 알아보고 완전히 멸종시키기 위해서였다. 길마 위에 걸터 앉혀 보니 물에는 뱃속의 아이 그림자가 어렸다. 죽여야 하는 것이다. 곧 밑으로 불을 붙여 태워 죽이니, 매 새끼 아홉 마리가 죽어 떨어졌다 한다. 날개가 돋친 김통정 장군의 자식이니 매 새끼로 임신된 것이다.

이렇게 하여 김통정 장군의 처를 죽이니, 그 피가 일대에 흘러내려 흙이 붉게 물들었다. 그래서 '붉은 오름'이란 이름이 생겼고 지금도 여기는 흙이 붉은 것이다.

김통정 장군은 토성을 뛰어나갈 때 아기 업개의 말 때문에 죽게 된 것을 알았다. 그래서 성 밖으로 뛰어나가며 안오름에 있는 아기 업개를 발견하고는 발길로 한 대 차고 날아갔다. 아기 업개는 그 자리에서 피를 토하며 죽었다. 그 피가 번져 지금도 안오름의 흙은 붉다.

(1975·8·14 애월면 고성리 강태언(남·64세) 제공)

☼ 일설에 의하면 김통정 장군의 어머니는 중국 조정승의 딸이라 한다. 처녀 때 별초당(別草堂)에서 공부하다가 그 자리에 자곤 했는데, 밤에 어떤 남자가 출입하여 임신을 했다. 남자의 몸에 실을 묶어 지렁이가 남자로 변하여 찾아오는 것을 알았다.

(제주시 용담2동 박승남 제공)

☀ 김통정은 한 번 침실에 들면 한 달 동안은 식음을 전폐하고 잠을 잤다.

어느 날, 김통정의 두살이(머슴)가 꿈을 꾸었는데, 어떤 백발 노인이 나타나 장군을 잠자지 못하게 하라는 것이었다. 머슴은 이 꿈 이야기를 잠자는 김통정 장군에게 말하려 가니, 평소 오만한 기질이 있는 머슴이라, 장군은 말을 들어보지도 않고 내쫓아 버렸다. 이것이 원한이 되어 김방경 장군에게 김통정을 죽이는 방법을 가르쳐 주었다 한다.

(1960·1·15 당시 제주상고 전승규 제공)

☀ 아기 업개의 도움으로 김통정 장군을 죽인 김방경 장군은 그 공을 갚으려고 아기 업개를 찾아갔다. 아기 업개는 임신해 있었고, 그 아이가 김통정 장군의 아이임을 알게 되었다. 그래서 아기 업개를 죽이고 배를 갈라 보니 비늘이 달리고 날개가 돋은 아이가 한참 파닥파닥 뛰더라 한다.

(1965·1·25 애월면 고성리 김련(남) 제공)

☀ 김통정 장군이 활을 쏜 자국이 지금도 고성리엔 남아 있다. 거기에는 화살도 박혀 있었는데, 약 20년 전에 누가 그 화살을 빼어 가 버렸다고 한다.

(1975·7·28 애월면 애월리 박길순(남·80세) 제공)

☼ 김통정 장군이 백성을 시켜 토성을 쌓을 때는 몹시 흉년이었다 한다. 그래서 역군들이 배가 고파 인분을 먹었다. 자기가 쭈그려 앉아 똥을 싸고 돌아앉아 그것을 먹으려고 보면, 이미 옆에 있던 역군이 주워 먹어 버려 제 똥도 제대로 먹지 못하였다 한다.

(1975·2·19 애월면 광령리 고인훈씨 부친 제공)

35 김녕 뱀굴

구좌면 김녕리(金寧里) 마을 동쪽에 큰 굴이 있다. 이 굴 속에는 옛날에 큰 뱀이 살았다 하여 '뱀굴'이라 부르게 되었다.

뱀은 어마어마하게 큰 것이어서, 다섯 섬들이의 항아리만큼이나 몸통이 컸다 한다.

이 뱀에게 매년 처녀를 한 사람씩 제물로 돌려 큰굿을 했다. 만일 이 굿을 하지 않으면 그 뱀이 나와서 이 밭 저 밭 할 것 없이 곡식밭을 다 밟아 휘저어 버려서 대흉년이 들게 마련이었다. 그래서 매년 꼭꼭 처녀 한 사람씩 희생으로 바친 것이다.

양반의 집에서는 딸을 잘 내놓지 않았다. 무당과 같은 천민의 딸이 으레 희생되게 마련이었다. 그래서 무당이나 천민의 딸은 시집을 가지 못했다.

이러할 즈음, 조선조 중종(中宗) 때 서연(徐憐)이라는 판관(判官)이 부임하여 왔다. 그의 나이 19세였다 한다.

서판관은 이 뱀굴의 소문을 듣고 괴이한 일이라 분개하였다. 곧 술·떡·처녀를 올려 굿을 하도록 하고, 몸소 군졸을 거느리고 김녕 뱀굴에 이르렀다.

굿이 시작되어 한참 진행돼 가니, 과연 그 어마어마한 뱀이 나와 술을 먹고 떡을 먹고 처녀를 잡아먹으려고 하는 것이었다. 이때 서판관은 군졸과 더불어 달려들어 창검으로 뱀을 찔러 죽였다.

이것을 본 무당이 '빨리 말을 달려 성 안(제주시)으로 가십시오. 어떤 일이 있어도 뒤를 돌아보아선 안 됩니다'라고 일러 주었다.

서판관은 말에 채찍을 놓아 성 안으로 향하였다. 무사히 성(城) 동문 밖까지 이르렀다.

이때 군졸 한 사람이 '뒤쪽으로 피비〔血雨〕가 옵니다'라고 외쳤다.

"무슨 비가, 피비가 오는 법이 있느냐?"

서판관은 무심코 뒤를 돌아다보는 순간, 그 자리에 쓰러져 죽었다 한다.

뱀이 죽자, 그 피가 하늘에 올라 비가 되어 서판관의 뒤를 쫓아온 것이다.

(1975·2·25 구좌면 서김학리 안용인(남·65세) 제공)

※ 서판관은 굿을 하게 하여 처녀를 잡아먹으려는 뱀을 죽여, 이런 악습(惡習)을 없앤 후 곧 배를 타고 제주를 떠났다. 그러나 제주와 추자도(楸子島) 사이의 무인도 사

서코지까지 가서 파선당하여 죽었다. 사신(蛇神)이 따라가 복수를 한 것이다. 그 후부터 어부들이 바다에 나가 사서코지에 이르면 돼지 머리를 차려 고사(告祀)를 지내기 시작했다 한다. 지금도 사서코지에서는 여전히 고사를 지내고 있다.

(1972·8·28 구좌면 동김학리 조씨댁 제공)

☀ 김녕리 뱀굴에 큰 뱀이 살았다. 이 뱀은 항상 굴에서 나와 곡식밭을 누비고 돌아다니며 농사를 망쳐 놓았다.

어떤 중이 지나다가 사실을 듣고 매해 처녀를 한 사람씩 제물로 올려 제를 지내면 무사할 것이라 했다. 그 해부터 중의 말을 따라 제를 지내니 과연 무사하였다.

이 소식을 이삼만(李三萬)이 듣고 뱀을 퇴치하려고 김녕에 왔다. 한 점쟁이가 김녕에서 이삼만을 만나자, '당신의 계획은 성공할 것이나, 빨리 말을 달려 성 안(제주시)으로 돌아가야 하며, 어떤 일이 있어도 뒤를 돌아보면 안된다'고 하였다.

이삼만은 굴 앞에 술과 떡을 올리게 하고, 처녀 대신 자기가 드러누워 제를 지내게 하였다. 과연 큰 뱀이 나와 술과 떡을 먹고 취해 비틀거리며 이삼만을 잡아먹으려 하였다.

이때 이삼만은 활을 세 대 쏘아 뱀의 목을 뚫고 칼을 뽑아 목을 잘랐다.

뱀이 죽어 늘어지자, 이삼만은 곧 말을 달려 성 안에 이르렀다. 이때 뒤쪽으로는 우레가 요란하고 비바람이 몹시 쳐 댔다. 이삼만은 관아(官衙)의 마당까지 이르자 '이제 안심이려니' 하고 뒤를 돌아다보았더니, 그 순간 쓰러져 즉사해 버렸다.

이런 일이 있은 후부터 정월 사일(巳日)에 종이에 '이삼만(李三萬)'이라 써서 뱀이 잘 다니는 데 붙이면, 뱀이 무서워서 아니 다니게 되었다 한다.

뱀굴의 뱀이 죽자 마을 사람들이 다투어 구경하러 모여들었다. 뱀이 살아 있을 때에는 다 멀리하려던 뱀굴을, 뱀이 죽자 이웃 동네에서 소유 다툼이 벌어졌다. 뱀굴의 서쪽 동네인 김녕과 동쪽 동네인 월정 사람들이 각각 자기네 동네의 경계라고 주장하고 나선 것이다.

이에 묘안이 제출되었다. 이 굴에서 달음박질을 하여 먼저 자기네 동네까지 갔다 온 사람 편의 동네 것으로 이 굴을 소속시키자는 안이다. 김녕과 월정 두 동네에서 각각 청년 한 사람씩 선발되었다. 청년늘은 동시에 굴을 출발하여 동네로 달려갔다. 먼저 도착한 청년은 김녕리 청년이었다. 그래서 뱀굴은 김녕의 소유로 판결이 났다 한다.

(1960·8·20 구좌면 김학리 김노인 제공)

※ 김녕리 뱀굴에 대망(大蟒)이 살고 있었다. 이 이무기에게 처녀를 제물로 올려 굿을 한다는 소식을 듣고 목사(牧使)가 이를 죽였다.

목사는 죽은 뱀을 큰 항아리에 젓을 담아 서울의 어느 정승에게 올리면서 '오래 보관하여 두시면 반드시 긴하게 쓸 일이 있을 것입니다'고 하였다. 정승은 그 말대로 소중히 보관해 두었다.

얼마 없어 임진왜란이 일어났다. 전세(戰勢)가 불리하여 명(明)나라에서 원병(援兵)을 청해 왔다.

명나라 장수는 만반진수를 차려 올려도 영 음식을 들지 않았다.

"어째서 장수님은 음식을 영 들지 않으십니까?"

"나는 삼천 장(三千丈) 포육(脯肉)이 아니면 식사를 하지 않으니, 삼천장 포육을 해 들이시오."

임금님은 몹시 걱정하고 어느 날 조회 때 정승들에게 토로하였다. 한 정승이 나서서 '그것쯤은 걱정이 없습니다. 신이 결처(決處)하겠사옵니다' 하였다.

정승은 김녕 뱀굴의 뱀젓을 명나라 장수에게 올렸다. 뱀고기 젓을 보더니 명나라 장수는 깜짝 놀랐다.

"어찌 이런 건장한 장수가 있는데 나를 청하셨소?"

"예, 전에는 우리나라에도 이런 장수가 있어 나라가 걱정 없더니, 이젠 그런 장수가 다 가고 나라 형편이 이리 되었으니 도와 주시오."

그제야 명나라 장수가 임진란을 평정해 주었다 한다.

(1965·1·25 애월면 광령리 고대휴(남) 제공)

36 괴 범천총

범천총은 광산 김씨(光山金氏)로서 이름은 용우(用雨)

다. 약 4백 년 전 구좌면 한동리 '굴미왓'이라는 집터에서 살았다. 키가 8척 장신(長身)인데다 눈이 쌍동공(雙瞳孔)이어서 성을 내어 눈을 치켜 뜨면 마치 호랑이 눈 같아 건장한 사나이도 기절해 버렸다 한다. 한동리의 옛 이름은 '괴'요, 이 사람이 천총(千摠) 벼슬을 했기 때문에, 출생지, 눈의 특징, 벼슬을 한데 묶어 '괴 범천총'이라 부르게 된 것이다.

범천총의 눈은 과연 무서운 것이었다. 나는 새도 눈을 치켜 뜨면 떨어진다. 그러니 범천총은 곡식을 널어 말릴 때 닭을 보는 일을 극히 조심하였다. 부인이 마당에 곡식을 널어 놓고 잘 보도록 하고 나가면 범천총은 종일 눈을 감고 지내야 했다. 틈만 있으면 닭들은 곡식을 먹으러 달려드니, 범천총은 집 안에 앉은 채 눈을 딱 감고 막대기만 까닥까닥하며 '후어! 후어!' 하고 쫓는 것이었다. 만일 눈을 버쩍 뜨고 '후어!' 해 버리면 닭들은 그 자리에서 곧 죽어 버릴 것이기 때문이다.

어느 해 이 소식을 들은 제주 목사(濟州牧使)는 아무런들 그럴 리가 있겠느냐고 했다.

"눈을 뜨면 나는 새가 다 죽는다 하니 말이 되느냐. 범천총을 이리 대령해라."

범천총은 목사 앞에 와 뵙는데, 꿇어앉아 눈을 지긋이 감았다.

"이놈, 너 눈이나 터서(떠서) 이와기(이야기) ᄒ라."

"예, 눈을 트민(뜨면) 성주님이 놀래카(놀랄까) 허연

(해서) 눈을 못 틉니다.”

“허어, 이놈! 벨소릴 다 ㅎ네. 터 봐라.”

하도 뜨라고 하니, 범천총은 번쩍 뜰까 하다가, 그러다 혹시 무슨 일이 생길까 하여 천천히 반쯤 떴다. 그러자 목사는,

“굽자(감게)! 굽자(감게)!”

하며, 황급히 손을 내저었다 한다.

범천총의 처가는 성산면 난산리(蘭山里)였다.

당시 제주 목사가 부임해 오면 순력(巡歷)하였다. 목사의 순력행차는 이만저만한 인원이 아니었다. 도로가 잘 뚫리지 않은 때였으므로 순력행차는 도로가 아닌, 밭의 지름길을 지나는 일이 많았다. 이 행차가 한 번 밭을 지나갔다 하면 밭의 작물은 완전히 운동장이 되어 버리곤 했었다.

어느 날, 범천총이 처가에 갔더니, 장인이 ‘이제 순력이 온다는디, 금년 우리 밭농ᄉ는 다 허여 먹었저’ 하며 크게 탄식하는 것이었다.

“염려 마십서. 저가 강(가서) 만읍주(막지요).”

범천총은 순력행차가 오는 장인의 밭 어귀에 가 앉아 기다렸다. 목사 행차가 풍악을 울리며 밭 가까이 이르자, 범천총은 ‘음흠!’ 하고 기침을 크게 한 번 하고 눈을 치켜 떠서 일행을 쏘아보았다. 그러자 기세가 등등하게 울려 오던 행차가 이리저리 흩어지고 멀리로 돌아 지나갔다고 한다.

이 무렵에는 육지 도비상귀가 많이 다녔다. 도비상귀란, 육지에서 온 행상인으로 일용잡화를 가지고 집집마다 돌아다니며 파는 것이다.

어느 날 범천총네 집에 도비상귀가 들어왔다.

"홍성(흥정) ᄒ시오."

제법 건방진 투의 소리였다. 범천총은 방에 앉은 채 대답했다.

"살 거 엇수다(없습니다)."

방문도 열지 않고 대답하는 품이 좀 건방지게 생각됐던지, 도비상귀는 더욱 거칠게 '홍성ᄒ오' 하고 소리 질렀다. 범천총은 화가 나서, '누구냐?' 하며 눈을 치켜 뜨고 문을 홱 열었다. 순간 도비상귀는 당장 기절하여 자빠져 버렸다.

잠시 후, 정신을 차린 도비상귀는 겁이 나서 바깥으로 내닫는데 대변이 보고 싶어졌다. 겁똥이 나오는 것이다.

급한 김에 도비상귀는 범천총네 집에서 조금 떨어지자, 한숨을 내쉬며 길가에 앉아 똥을 누었다. 범천총네 집에서 한길로 나오는 길목에는 쐐기풀이 무성해 있었다. 쐐기풀이란, 손으로 잡으면 마치 벌이 쏘는 것처럼 쏘는 풀이다. 도비상귀는 변을 다 보자 닦을 것이 없으므로 쐐기풀을 한 줌 뜯어 뒤를 닦았다. 항문이 매우 아팠다.

"에끼, 제주 놈 독ᄒ단 말만 들었더니, 풀까지 되게 독ᄒ구나."

하며 허리띠를 졸라매었다 한다.

한동리는 범천총 때문에 덕도 많이 보았지만 손해도 본 셈이다.

당시나 지금이나 한동리와 이웃 마을 행원리(杏源里)의 경계 바다에선 해조류가 많이 난다. 그러나 당시는 이 해조를 잘 거두어 들이지 못했기 때문에 바다의 수입이 별로 없었다.

그런데 바다는 고마운 것이 못 될 정도가 아니라 귀찮은 것일 때가 많았다. 당시는 배라고는 커야 풍선이요, 따라서 파선이 되어 어부가 죽는 일이 다반사였다. 죽은 시체는 며칠 없어 바닷가에 떠올라 오는 것이다. 그 시체를 거두어 매장하는 일은 그 바다를 소유하고 있는 마을의 책임이었다. 이 일은 귀찮은 일 중에도 귀찮은 일이었다.

당시 행원리에 가까운 한동리 바다에 '쇠죽으니'라는 바다가 있었다. 이 바다는 꽤 넓어서 바람만 불었다 하면 시체가 몇 구씩 떠올라 왔다. 한동리 사람들은 이 시체를 치우는 것이 고역이었다.

범천총은 이것을 해결하고자 했다. 하루는 행원 사람들을 불러다 놓고는,

"일로 이렌(여기로부터 여기는) 너네덜(너희들) 바당이니(바다이니) 끊어 앗아라(가져라)."

하고, 억지로 떠어 맡겼다. 세력에 몰려서 행원 사람들은 말 한 마디 못하고, 바다를 맡아 시체를 치우는 수밖에 없었다. 그래서 '쇠죽으니' 바다는 행원 바다가 되어 버렸는데, 오늘날은 여기의 해조류 수입만도 몇백만 원이 된

다. 행원리 사람들은 정말 전화위복(轉禍爲福)인 것이다.

범천총은 귀신과도 말을 했던 사람이다.

당시 조천면 함덕리에는 큰 당〔神堂〕이 있었다. 이 당은 신(神)이 세어서 그 앞을 지날 때는 누구나 말에서 내려 걸어야 했다. 만일 그대로 지나다가는 말 발이 저절로 절게 되어 더 가지 못하였다 한다.

어느 날 범천총은 이 당 앞을 지나다가 말에서 내려 가도록 권고를 받았다. 범천총은 '장부 행차에 그럴 리가 있겠느냐?' 하고, 말에 채찍을 놓아 그대로 달렸다. 이상하게도 금방 말발이 절름절름하고 절더니 더 가지 못하였다.

범천총은 심히 고약스럽게 생각했다. 곧 동네에 들러서 그 당의 매인 심방〔專屬巫〕을 불러들이라 했다.

"너가 이 당을 매었느냐(이 당을 맡아 제의를 전담하고 있느냐)?"

"예, 매어 있수다."

"이 당에 귀신이 있느냐?"

"예, 틀림없이 귀신이 있수다."

"그러면 내 돈을 줄 테니까 곧 출려서 굿을 쳐라. 굿을 쳐서 저 백맷기(큰굿을 할 때 세우는 기)를 일어 세우민 귀신이 있는 거고, 못 일어 세우민 귀신이 없는 거다."

굿이 시작되었다. 한참 굿이 고조되어 가니 깃대가 석 자 가량 달달 떨며 일어서 가다가는 푹 쓰러지곤 하는 것이었다.

"예끼! 어느 게 귀신이냐. 귀신이 없는 거다."

범천총은 곧 장작을 모아 오라고 해서 당을 불질러 버렸다. 그러고는 성 안(제주시 내)에 가서 볼일 다 보고 밤에 한동리로 돌아오고 있었다.

밤은 깊어 자정이 가까웠다. 구좌면 김녕리 사굴(蛇窟) 앞쯤에 오고 보니, 어떤 부인이 바구니를 옆에 끼고 앞에서 걸어가는 게 보였다. '어떤 부인이 이 깊은 밤중에 길을 가는고?' 이렇게 생각하며 말에 채찍을 놓았다. 말을 달려 봐도 부인은 여전히 그만큼의 거리를 유지하여 앞에서 걸어가는 것이다. 아무리 달려 봐도 부인을 미칠 수가 없었다.

그제야, 범천총은 '저것은 사람이 아니려니' 하는 생각이 들었다. 한동리를 거의 가니, 부인은 숨을 내쉬며 돌 위에 앉는 것이었다. 범천총도 말에서 내리고

"어디로 가는 부인인디 이 밤에 질행(여행)을 홉네까?"

"가는 질(길)이나 가지, 들을 것 엇수다."

부인은 자꾸 대답을 회피하는 것이었다. 범천총은 자꾸 다가서며 캐어 물었다. 그제야 부인은 '범천총네 집에 찾아가는 길이라'고 했다. 범천총은 다시 그 이유를 자꾸 캐어 물어 가니, 자기는 화덕진군(火德眞君)이라 했다.

며칠 전 함덕리의 당을 불질러 버리니, 당신(堂神)이 옥황상제에게 축수(祝手)를 하고, 옥황상제는 다시 나를 시켜 범천총네 집에 가 불을 놓으라 하기로 지금 가는 중이라는 것이다. 범천총은 그 자리에 꿇어 엎드리어 몇 번이고 몇 번이고 용서를 빌었다. 만일 어려우면 가구만이

라도 밖으로 내어 놓게 해 주십사고 애원을 한 것이다. 그제야, 화덕진군은 머리를 끄덕였다.

범천총은 동네로 달려가며 '우리 집 가구를 내어 달라'고 연방 소리를 쳤다. 동네 사람들이 꾸역꾸역 나오고, 범천총의 외치는 소리에 영문도 모르고 가구를 내어 놓았다. 문짝까지 다 뜯어내었다. 그래도 무슨 변이 일어나지 않았다.

그제야 범천총은 조금 마음이 가라앉았다. 화덕진군이 지금 불을 놓으러 오는 중이라고 설명을 해 주었다. 기다려 봐도 들어오는 사람도 없고 불도 나지 않았다.

초조히 기다리던 동네 사람들은 맥이 풀렸다.

"어느 거 화덕진군이라?"

모두들 심심하여져서 담배나 피우려고 쌈지를 꺼냈다. 누군가가 먼저 부싯돌을 한 번 착 갈기고 손끝에서 불이 번쩍했다. 이게 웬일인가? 순간 집 네 귀에는 불이 번쩍 달라붙었다. 삽시에 불길은 하늘에 오르고 범천총네 큰 집 네 채가 순식간에 불길에 휩싸이는 것이었다.

이것을 본 동네 사람들은 불을 끄려고 달려들었다. 범천총은 가만히 앉은 채로,

"불을 끼우지 말앙(끄지 말고) 놔 둬 주게."

하고 말리었다 한다.

1975·2·27 구좌면 한동리 허기호(남) 제공

37 무우남밭 이좌수

무우남밭 이좌수(李座首)는 고부 이씨(古阜李氏)로서 이름은 은성(殷成)이요, 조선조 숙종(肅宗) 때 사람이다. 중문면 중문리 '무우남밭'이란 곳에 살고, 대정현(大靜縣) 좌수를 지냈기 때문에 무우남밭 이좌수라 부르는 것이다.

이좌수는 팔척장신(八尺長身)에다 풍채가 위엄이 있고, 특히 눈이 부리부리하게 빛나서 마치 호랑이 눈 같았다. 그래서 제주 삼호(濟州三虎)의 한 사람이라 한다.

이좌수는 항상 눈을 반쯤 감고 다녔다. 만일 눈을 치켜 뜨는 날이면 개·닭이 다 쓰러져 죽고 나는 새도 그 눈빛에 놀라서 떨어졌다 한다.

한 번은 사또 앞에 가 뵐 일이 있어서, 이좌수는 눈을 거의 감은 채로 가서 엎드렸다. 목사는 눈을 감고 절하는 자가 있으니 이상하다고 생각했다.

"거, 좌수는 어째서 눈을 곰소?"

"예, 어찌 엄전(嚴全)한 어른 앞에서 두 눈을 틀(뜰) 수가 있것습네까?"

"관찮소. 눈을 트시오."

사또가 하도 눈을 뜨라고 권하므로 눈을 치켜 떴더니, 목사가 히뜩 자빠지면서 '눈 곰게 눈 곰게' 하며 손을 내저었다 한다.

목사 앞에 가서 눈을 감았다가 떴다가 한 것도 사연이 있다.

당시 제주도에는 13장(13개의 목장)이 있었고, 국마(國馬) 1천 두를 여기서 기르고 있었다. 그 방목(放牧) 방법을 보면 이 각 목장을 상장(上場)·하장(下場)으로 나누어, 한 해에는 상장에 말을 방목하고 이듬해에는 하장에 말을 방목하고, 다음 해에는 하장에 방목하고……. 이렇게 윤번식으로 하는 것이다. 그래서 상장에 놓아 먹일 때는 하장은 가까운 부락의 가난한 사람들에게 갈아 먹도록 무상으로 빌려 주고, 그 대신 일정한 세곡(稅穀)을 꼬박꼬박 받았다. 그 세곡이 좀 심해서, 만일 흉년이나 드는 날엔 세곡을 바치다 보면 남는 것이 없는 해가 꽤 있었다 한다. 거기에다 만일 상장의 풀이 마르는 날이면, 하장에 곡식을 갈고 있어도 목사의 명령으로 경계 돌담을 헐어서 하장의 곡식을 말먹이로 하게 되어 있었다. 그럴 때의 백성은 그야말로 처참한 것이었다.

또 당시에는 관원들의 횡포도 꽤 심했다. 현명한 목사가 와서 민정이나 목장 내용을 잘 살펴서 단속하면 괜찮았지만, 만만한 목사(牧使)가 오는 날이면 관원들이 목사를 속여 주무르고 백성을 괴롭혔다. 백성을 가장 괴롭히는 때는 곡식이 무르익는 8월경이었다. 하장의 곡식이 누릇누릇해 가면 관원들이 요때 한판 벌어 보자 해서 으레 사또를 속여 대는 것이다.

"금년에는 상장이 가물어서 국마가 굶어 죽어갑니다."

"허! 거 어찌할꼬?"

"하장을 헐어서 농사 지은 곡식이라도 먹여야 국마를

살리겠습니다."

이렇게 되면 으레 하장을 헐어 국마를 먹이라는 명령이 내린다. 그 명령은 각 현감을 거쳐 이방에게 하달된다. 그러면 백성들은 곡식을 해 먹기 위해서 어쩔 수 없이 돈을 모아다 뇌물을 바칠 수밖에 없게 마련이었다.

무우남밭 이좌수가 대정현 이방으로 있을 때도 이렇게 하여 하장을 헐라는 명령이 내렸다. 대정현감은 대정현 관할 7, 8소장(所場)의 하장을 헐라는 지시를 받고 탄식했다. 지금 상장의 국마가 번들번들하게 살이 찌고 있는데 이런 지시가 내린 것이다. 그러나 목사에게 감히 일러 바치지 못하고, 현감은 다시 이좌수에게 지시를 했다. 이좌수는 '예' 하고 물러갔는데 얼마 있어도 하장을 헐 생각조차 아니하는 것이었다.

현감은 이좌수를 다시 불렀다.

"어찌 좌수는 하장을 헐지 않소?"

"예, 그런 게 아니라, 가 보았더니 팔순 노인이 밭 도(어귀)에 앉아, 어멍아(어머니야), 아방아(아버지야), 울엄십데다(울고 있습니다). 팔순 노인이 어멍·아방이 있것습니까. '어찌 우느냐' 했더니, 이 곡식을 국마를 멕여 불민(먹여 버리면) 우리는 다 살았수다 ᄒ며 우니 헐 수가 엇었습네다."

현감은 공문서를 내 보이며 이런 명령이 내렸는데 어찌하겠느냐고 했다. 이좌수는 공문서를 받아 보더니, 박박 찢어서 불에 넣어 버렸다.

"이거, 이거, 어떵허여 보젠(어떻게 해 보려고)?"

"염려 맙서. 저가 대신 가서 죽것습네다."

태연히 이좌수는 대답하는 것이었다. 그래서 이좌수는 목사 앞에 들어가서 눈을 감았다 떴다 한 것이다.

호랑이 눈 같은 이좌수의 눈에 자빠졌던 목사는 정신을 차리고 일어나 앉아 말을 이었다.

"음, 그러면 하장의 담을 헐어 국마를 먹이느냐?"

"예, ㅅ또님은 제주 백성은 생각지 아니ㅎ고 국마만 살리레 오십데까?"

"거 뭔 말이냐?"

"예, 강(가서) 보십서(보십시오). 국축(國畜)도 민들민들 술지고(살지고) ㅎ디. 백성들 곡석[穀食]을 멕이라 ㅎ니 이럴 수가 있습네까?"

그제야 목사는 이좌수의 손을 잡으며 올라 앉도록 하고 실정을 들었다.

이방 이하 공모한 관원들에게는 큰칼이 씌워지고 하옥되었다.

목사는 즉석에서 이좌수에게 제주목(濟州牧)의 영좌수(營座首)를 시켰다 한다.

일설에는 이좌수로 하여 부정이 밝혀지고 관원들이 하옥되어 가니, 제주성 안이 확 뒤집어졌다. 그래서 이좌수가 나오기만 하면 때려 죽이려고 군중들이 웅성웅성했다. 이좌수가 '그러면 저는 그만 가것습네다' 하고 하직하여 나오려 하니, 목사가 눈치를 알고 더 있다 가라고 만류했

다. 그러나 괜찮다고 하며 바깥에 나오니 몽둥이를 든 군
중들이 와르르 몰려 들었다. 이좌수는 '이놈들!' 하고 고
함을 지르며 눈을 치켜 뜨니, 군중들이 놀라 자빠지는
놈, 도망가는 놈, 산산히 흩어져 한 놈도 없더라고 한다.

이좌수는 서른여덟 살쯤의 젊은 나이에 죽었다. 병에는
장사가 없는 법이어서 오래 앓아 누워 있었다. 누워서 가
만히 생각하니, 아무 날쯤이면 꼭 죽게 될 것 같았다.

과연 그날이 되니, 저승차사가 먼 문으로 잡으러 달려
드는 것이었다. 이좌수는 방에 누운 채 주먹으로 난간 마
루를 탁 치며,

"이놈덜, 거기 조곰 정체허여 싯거라(있거라). 내 모친
시하(侍下)인디, 모친안티 '불효ᄌ식 이별흡네다'고 인ᄉ
도 못 드려 가겠느냐!"

하니, 난간 귀틀이 딱 부러져 버렸다고 한다.

그러자 차사들도 멈칫하여 마당에 섰다. 이좌수는 몸을
일으키라고 해서 도포를 입고 관을 정제하고는 모친 방에
가서 '불효자는 세상을 먼저 이별ᄒ것습네다' 하고 돌아왔
다.

"날 눅지라(눕혀라)."

조심히 눕히니, 고요히 잠들어 버리는 것이었다. 그게
바로 종명(終命)이었다 한다.

이좌수의 무덤은 죽은 후 약 70년 만에 이장을 했다.
영웅은 60년 동안 시체가 안 썩는다는 말이 있는데, 이
좌수의 시체는 70년이 되어도 아니 녹아 있었다. 무덤을

파헤치어 보니 눈은 대접만하게 뜨고 신체는 원상 그대로 뻣뻣한 채 있었다 한다.

관은 집에서 만들었으므로, 크게 만드노라 했지만, 장대로 맞추어 보니 관이 조금 작았다. 그래서 사람이 관 속에 들어가 앉아 자귀로 관의 한 면을 깎아 내어 입관했다. 이 상여를 운구하여 가는데, 보통 상여는 열두 사람이 메는 것을, 이좌수의 이장(移葬) 상여는 스물네 사람이 메어야 겨우 운구가 되었다 한다.

(1975·3·3 중문면 중문리 김승두(남·62세)·고영홍(남·67세) 제공)

38 대포(大浦) 원형방(元刑房)과 이좌수

조선조 숙종 때, 중문면 대포리(大浦里)에 원형방(또는 玄形房이라 하기도 한다)이 살았다. 문장이 좋고 언변이 좋고 인물이 뛰어나서 중문면 중문리 무우남밭 이좌수(李座首)와 친교가 두터웠다.

두 사람은 모든 일을 가슴을 터놓고 의논하는 사이였는데, 원형방이 이좌수보다 먼저 죽었다.

하루는 밤에 이좌수가 집에서 자고 있노라니, 멀리서 말방울 소리가 들려 왔다. 틀림없이 원형방의 살았을 때 말방울 소리였다.

'어째 원형방(元形房)은 죽었는디, 물망울 소리가 나는고?'

이렇게 생각하는 새 말은 문간에 다달았다.

“이좌수, 자십니까?”

“거, 누게?”

원형방이 틀림없었다. 사실을 물어보니, 오늘이 제삿날이어서 제사를 받아 먹으러 왔다가 불쾌한 일이 있어 그냥 돌아간다는 것이다.

“거 어떤 말인가? 조곰 소상히 말허야 보게.”

“아, 그런 게 아니라, 와 보니까 멧밥에 구렝이를 담아 올려 놔서 음복홀 수도 웃고(없고), 괘씸스럽기에 아이새끼 게영국(갱국:탕국)데레 드리쳐 뒌(두고) 감십주(가고 있읍지요).”

이렇게 말하고는 그만 말방울 소리를 울리며 가 버리는 것이었다.

이좌수는 이튿날 대포리에 가서 소식을 들었다. 간밤은 원형방의 제삿날인데 불상사가 일어났다는 것이다. 며느리가 탕국을 뜨러 부엌에 가서 아이를 한 손으로 안은 채 탕국을 뜨는데, 아이가 그만 파질락하니 탕국 솥에 떨어져 죽었다 한다. 아이가 죽으니 제사고 뭣이고 다 집어치우고 집안이 온통 뒤집어졌다는 것이다.

이좌수는 제삿집에 가서 사실을 알아보았다. 소문 난 그대로였다. 이좌수는 멧밥 그릇을 가져와 보라고 하였다. 아이가 죽으니 음복(飮福)도 아니해서 멧밥은 그대로 가만히 있었다. 멧밥을 헤쳐 보니, 멧밥 속에 과연 머리털이 하나 들어 있더라고 한다. 머리털은 영혼에겐 구렁이로 보이며 아주 꺼리는 것이다.

이듬해 또 그맘때가 돌아왔다. 이좌수가 밤에 자고 있노라니, 다시 원형방의 말방울 소리가 들려 왔다. 보니 원형방이었다. 사연을 물으니, 오늘 제삿날이어서 제사를 받고 가는 길인데, 부탁이 있어 들렀다는 것이다. 부탁의 말은 그리 어려운 것이 아니었다. 원형방은 지금 저승에서 형방이 될 것인데, 이승에서의 빚을 갚지 못했기 때문에 형방이 되지 못하고 있다는 것이다. 그 빚이란, 원형방이 살았을 때 그의 마소가 무등이왓(안덕면 동광리)아무개네 밭에 들어 보리를 먹어 버린 일이 있는데, 그 값으로 보리 여섯 바리를 갚기로 한 것이라 한다. 그 값을 갚지 못하고 죽었기 때문에 형방이 되지 못하고 있으니, 자식을 불러서 이 빚을 갚도록 해 달라는 부탁이었다.

이좌수는 이튿날 원형방의 아들을 찾아갔다. 간밤이 원형방의 제사임이 틀림없었다. 이좌수는 간밤에 겪은 이야기를 자세히 말해 주었다.

원형방의 아들은 무등이왓을 찾아가서 알아보았다. 과연 보리 여섯 바리 빚이 있었다. 아들은 그것을 물어주었다.

이듬해였다. 다시 제삿날이 돌아오니, 원형방은 이좌수를 찾아왔다. 이번에는 고마운 말을 하러 왔다고 했다. 보리 빚을 물어주어서 덕택으로 저승의 형방이 되었다고 한다.

형방이 되었다는 말에 이좌수는 호기심이 생겼다.

"음, 자네가 저승 형방이 되었으면 내 언제 죽을 것인지 알 것 아닌가?"

"아, 그것만치는 절대 말홀 수 없게 되었수다."

이좌수는 말해서 안 된다는 것을 몇 번이고 되풀이하여 알려 달라 했다. 나중에는 자식한테도 일생 동안 비밀로 하겠다고 약속을 했다. 그제야 원형방은 할 수 없다는 듯이, 어느 해, 어느 달, 어느 날이면 종명하게 될 것이라고 말해 주었다.

이좌수는 그것을 끝내 토설(吐設)하지 않고 있었다. 과연 그 해가 되니 중병을 앓게 되고, 그날이 오자 차사들이 잡으러 왔다.

그래서 이좌수는 자기가 죽을 날을 미리 알고, 잡으러 달려드는 차사들에게 난간 귀틀을 치며 잠시 기다리라고 호통을 쳐놓고는, 모친에게 작별인사를 한 후 죽었다는 것이다. (무우남밭 이좌수 전설 참조).

(1975·3·3 중문면 중문리 김승두(남·62세) 제공)

39 홍업선(洪業善)

홍업선(洪業善)은 약 3백 년 전, 애월면 신엄리(新嚴里)에서 태어났다. 어릴 적부터 풍모가 예사 사람과 다르고 또한 힘이 세었다.

집안은 농사를 지었지만 살림이 넉넉하지 못하므로, 아버지는 항상 짚신을 삼아 이 아들에게 팔아 오라고 하여 살림을 보태었다. 아들 업선은 꼬박꼬박 성 안(제주시내)에 가서 짚신을 잘 팔고 왔다.

그런데 아버지는 얼마 안 되어 아들의 행동에 이상함을 느끼게 되었다. 처음에는 몰랐지만 차차 유심히 보니, 너무 빨리 성 안을 다녀오는 것이다. 하루는 일부러 새 짚신을 신기고 성 안에 가서 짚신을 팔아 오라고 했다. 그러고는 아들이 돌아오는 시간을 유심히 가늠해 보았다.

"이만 시간이면 성 안에 도착할 때가 되었겠지."

이렇게 생각하는데, 아들은 어느새 짚신을 다 팔고 돌아왔다.

아버지는 이상하다고 생각하며, 일부러 모른 체하고는 아들 몰래 신고 갔던 짚신을 보았다. 새 짚신에 흙이 하나도 묻어 있지 않은 것이다. 아버지는 더욱 이상히 생각했다.

그날부터 아버지는 어머니에게 술을 빚어 놓게 했다. 술은 아홉 번을 고아 내 굉장히 독하게 만들었다.

어느 날, 아버지는 아들 업선을 불러 별미의 술이니 먹어 보라고 했다. 어린아이지만, 아버지가 시키는 것을 거역할 수 없으므로 술을 몇 모금 마셨다. 얼마 못 가서 술기가 돌아 아들은 취해 잠이 들었다.

아버지는 가만히 아들의 옷을 벗기고 몸을 조사했다. 이게 웬일인가? 아들의 겨드랑이에는 좋은 명주가 휘휘 감겨져 있었고, 명주를 푸니 큰 새의 날개만큼한 날개가 나와 있는 것이다.

아버지는 겁이 났다. 만일 이것을 관아에서 알면 역적으로 몰릴 것이요, 삼족을 멸할 게 분명하다. 아버지는 얼른 가위를 가져다 날개를 잘라 버렸다.

아들은 몹시 몸이 고단하다면서 일어났다. 몸단장을 하려다가 날개가 없어진 것을 알고 눈물을 흘리며 탄식하는 것이었다. 그러나 부모가 한 일이라 감히 원망 소리를 못하였다.

그 후, 업선은 전보다 기운이 없고 발랄하지 못했다. 그러나 보통 사람에 비하면 힘이 장사여서 누구도 그 힘을 당하는 자가 없었다.

홍업선의 묘는 현재 제주시 외도리(外都里) 위쪽 사만이라는 곳에 있고, 매년 묘제를 지낸다. 현재 그의 9대손들이 살아 있다.

(1959·8월 제주시 용담1동 홍순흠(남) 제공)

40 고성목과 산방덕

옛날 산방산(山房山) 아랫마을 화순리(안덕면 화순리)에 고성목이라는 사람이 살았었다. 그때는 산방산은 물론, 화순리 일대가 숲으로 덮이고 산돼지가 우글대던 시절이었다.

고성목은 천민(賤民)이었던 모양인데, 화순리의 큰터라는 데에 살면서부터 일약 부자가 되었다. 큰터 바로 옆에 몽동이터라는 집터가 있는데, 여기엔 종놈을 살리고, 또 그 곁에 불림터라는 집터가 있는데 여기엔 자각놈〔刺客〕을 살렸다 한다. 그러니 그가 얼마나 으리으리하게 잘 살았는지 알 만하다.

이때 화순리에는 산방덕이란 미모의 여인이 살았다. 고성목은 부자여서 뜻대로 못하는 일이 없었으므로 산방덕을 첩으로 삼았다.

화순리에는 물맛이 좋다 허여 '곤물'이라 부르는 샘물이 있다. 고성목은 이 곤물이 있는 데에다 큰 과원(果園)을 만들고 거기에다 첩 산방덕을 살렸다. 그래서 고성목은 자기 집 큰터에서 첩의 집까지 나들이하는 것이었다.

그런데 5월 장마철 같은 땐 비가 줄줄 와서 첩의 집 출입이 불편했다. 고성목은 본래 날래기가 이만저만한 것이 아니어서 얼른 산돼지를 수백 마리 잡아다가 그 가죽으로 첩의 집까지 장막을 쳐 놓고 갔다 왔다 했다고 한다.

고성목이가 이처럼 호화롭게 산다는 소문이 관아에 들려 왔다. 관원은 곧 출두하여 고성목의 사는 형세를 조사했다.

가만히 살펴보니 우선 집터부터가 문제였다. 집터가 금계포란형(金鷄抱卵形)인 것이다. 이런 집터에 사니 부자가 될 수밖에 없고, 또 장차 위험한 인물이 될지도 모를 일이었다. 그뿐 아니라 그 첩 산방덕은 이만저만한 미모가 아니었다. 이제 고성목의 기세를 꺾어 놓고 산방덕을 차지해 놓아야 하겠다는 생각이 들었다.

그래서 우선 어려운 과제부터 주어서 이놈을 골탕 먹여 가기로 했다.

먼저 내린 과제는 '목사가 순력하게 되겠으니 담배씨로

석 자 두께로 길을 메워 보수하라'는 것이었다. 고성목은 하루 저녁에 이를 해 내었다. 관원은 놀랐다. 그래서 또 '순력할 때 관속(官屬)들이 쓸 갓, 망건을 급히 만들어 씌우라'고 하명했다. 이것도 하루 저녁에 해 놓는 것이었다.

말하는 대로 척척 해 내는 것을 보고, 정말 무서운 놈임을 알았다. 관원은 곧 고성목을 잡아들였다.

이렇게 되어 가자, 산방덕은 자기도 곧 잡혀 가게 될 신세임을 알았다. 그래서 '나는 산방덕이, 주이주이 산방덕이 내 주이다'라고 말하며, 푸드득 날아서 산방굴사(山房窟寺)로 들어가 버렸다고 한다.

이 말이 무슨 뜻인지는 모른다. 산방덕은 본래 사람이 아니라 신(神)이었다 하며, 고성목이 범인(凡人)이 아니므로 도와 주려고 첩으로 들어갔다가 망하게 됨을 알고 날아가 버린 것이라고도 한다.

그 후, 고성목이 살던 집은 관아(官衙)에서 다 불태워 버리고 집터도 파헤쳐 던져 버렸다고 한다.

(1975·3·4 안덕면 화순리 양성필(남·77세) 제공)

안덕면 사계리(沙溪里) 용머리 앞 바닷가에 큰 바위가 있는데 이름을 '산방덕'이라 한다(덕은 바위를 뜻하는 말). 이는 고성목의 첩 산방덕이 그 바위 위에 앉아 놀았다고 해서 그런 이름이 붙었다 한다.

고성목이가 산방덕을 첩으로 삼아 호화롭게 살다가 망하게 되자, 산방덕은 미리 알고 도망가 버렸다. 고성목은 첩을 찾으려고 말을 타고 이 용머리 산방덕(바위 이름) 근처를 찾아 다녔다 한다.

산방덕은 산방굴사(山房窟寺)로 도망가 숨었는데, 오늘날 산방굴사에서 뚝뚝 떨어지는 물방울은 산방덕의 눈물이라고 전한다.

(1975·3·4 안덕면 사계리 김봉석(남) 제공)

41 서귀진 변인태(邊仁泰)

변인태(邊仁泰)는 서귀진(西歸鎭)의 관속(官屬) 하인이었다. 지모(智謀)가 뛰어나고 거짓말 잘하기로 유명하였다.

어느 날 변인태는, 관청 용무가 있어서 서귀진에서 제주목(濟州牧)으로 향해 오고 있었다. 그는 어느 부잣집 밭을 지나가게 되었다. 역시 부잣집 밭이리, 널찍한 밭에다 수십 명의 남녀 일꾼들을 품을 사서 김을 매고 있었다.

거짓말 잘하는 변인태라 하면, 당시 좀 난사람이면 누구나 모르는 사람이 없는 형편이었다.

변인태가 밭에 들어서자, 김 매던 사람 중에서 누군가가 '야, 저디(저기) 병잉태(변인태를 이렇게 불렀다) 왐쩌(온다)' 했다. 사람들은 일제히 변인태를 바라보았다. 길이 바쁜지라 변인태는 별로 관심 없이 빠른 걸음으로 걸어왔다. 밭 주인 아주머니는 변인태라 하니 호기심이 생겨 농을 한 마디 던졌다.

"이야, 서귀진 병잉태야, 그짓말(거짓말)이나 ᄒᆞ나 허여뒁(해 두고) 가라."

"아이고, 그짓말이랑 말앙, 그짓말 홀 즈를 읏수다(없습니다). 지금 서귀진에 왜배〔倭船〕 들어네(들어서) 야단덜이우다. 지금 전통(箋筒:箋文을 넣은 봉투) 아전(가져서) 감수게(가고 있어요)."

툭 한 마디 하며 변인태는 바쁜 걸음으로 지나가 버렸다.

김을 매던 일꾼들은 후닥닥 일어섰다.

"아이고, 난 오놀 망한인디."

"아이고, 우리 집 아방(아빠) 오놀 망한인디, 혼저(빨리) 강(가서) 저냑(저녁) 허영(하여) 보내여사키여(보내야겠다)."

손을 털면서, 남자고 여자고 뿔뿔이 집으로 달음질 쳐 갔다.

'망한'이란 당시 왜배〔倭般〕가 침입하는 것을 감시하던 당번을 말한다. 노인을 제외하고 모든 남자는 순번을 정하여 봉수대에서 밤을 새며 망을 보던 때요, 일단 유사시엔 전원이 비상집결을 해야 했던 때다. 그러니 왜배가 침입했다 하니, 김 매던 남녀들이 일손을 놓고 달려 갈 것은 당연한 일이다.

그 넓은 밭에 와자자하던 일꾼들이 순식간에 흩어지고 말았다. 남은 것은 단지 늙은 할아버지와 할머니 한 사람씩뿐이었다. 두 늙은이만 밭고랑에 앉고 보니, 누가 보면 부부라할 것 같기도 하고, 의아스럽게 볼 우려도 있고 해

서, 두 노인 남녀도 그만 가고 말았다. 밭은 텅텅 비어
버렸다.

사실을 알고 보니, 변인태의 그 말은 새빨간 거짓말이
었다. 일꾼들은 속아서 줄달음질을 쳤고, 주인은 모처럼
일꾼을 빌어 댄 하루 일이 완전히 박살나고 만 것이다.

주인은 하도 화가 나서 변인태를 잡아 들여 호통을 쳤
다. 변인태는 '아니, 부인이 그짓말 ᄒ렌 ᄒ난(하라고 하
니) ᄒ 것뿐이우다'고 대답하니, 주인도 더 말을 못하더
라 한다.

이때, 서귀진 조방장(助防長)은 신촌(新村) 사람이었
다고 한다.

한 번은 조방장이 부인을 신촌으로 데려가야 할 일이
생겼다. 조방장이 손수 데려갔으면 좋겠는데 일이 바빠서
갈 수가 없었다. 그래서 조방장은 하인 변인태를 불러 단
단히 타일렀다.

"너 멩심허여 가지고 뫼서(모셔) 가고 뫼서 오너라."

"예."

서귀진에서 신촌을 가려면 한라산을 가로질러 넘어가
야 한다. 변인태는 조방장 부인을 모시고 산길을 떠났다.
아침 일찍 떠났지만 워낙 깊은 산중의 길이라, 길을 잃어
이리저리 헤매다 보니 날은 캄캄하게 어두워 버렸다. 산
중에서 밤을 새지 않으면 안 되었다.

변인태는 그래도 여러 번 다닌 길이라 산중의 실정은
잘 알았다. 얼마 안 있어 부근의 궤(굴)를 찾아서 조방장

부인더러 주무시도록 해 놓고, 자기는 멀찌감치 가서 혼자 누웠다. 실은 이게 모두 잔 흉계가 있어서 하는 짓이었다.

밤이 차차 깊어 가니, 산중의 바람 소리며 짐승 소리며, 부인은 오싹오싹 무서워져 갔다. 밤이 이슥해가자, 변인태는 간간이 바람 우는 소리, 여우 우는 소리, 별의별 희여뜩한 소리를 내어 놓았다. 그렇지 않아도 여자 혼자 누워 있으면 무서울 판인데, 이런 소리를 들으니 부인은 무서워서 견딜 수가 없었다.

“이야, 병잉태야!”

“양(예), 불러서마씀(불렀습니까)?”

변인태는 꺼드럭꺼드럭 다가갔다.

“아이고, ᄆᆞ스완(무서워서) 살지 못ᄒᆞ기여(살지 못하겠다). 이디 왕(와서) 자라.”

“양(예)? 어디 그럴 수가 셔마씀(있습니까)? 진장(鎭長)님 알민 나 죽으렝마씀(죽으라구요).”

하고는, 다시 꺼드럭꺼드럭 돌아가서 그 무서운 소리를 해대는 것이다.

부인은 다시 변인태를 불렀다.

“이야, 병잉태야!”

“양(예). 불러서마씀?”

“느(너), 이레 오라. ᄀᆞ를 말이 싯저(할 말이 있다).”

가까이 가니, 부인은 변인태의 팔목을 꽉 잡고 놓지 않았다. 하도 무서우니, 부인은 앞뒤 일을 생각할 여유가 없었던 것이다.

"이야, 느(너) 이디(여기) ㄱ찌(같이) 눠 주라(누워 달라)."

"계난(그러니), 혼디(같이) 누렌 말이우꽈(누우라는 말입니까)?"

변인태는 상전 부인을 끼고 누웠다.

날이 밝아 집에 가는데, 부인은 걱정이 태산 같았다.

"이야, 느(너), 집의 가서 ㄱ딱 이런 말 허영은(해서는) 큰일 난다. 느도 죽곡 나도 죽을 거니 조심ㅎ라."

"예."

부인은 단단히 타일러 놓았다.

그 후부터 변인태는, 그저 술을 먹고 싶거나 돈이 필요하거나 할 때마다 부인한테 가서 졸라 대었다.

"나 본벵〔本病〕 도점직 ㅎ우다(돋아날 것 같습니다)."

"이 ㅈ석(자식)아, 이디(여기) 술 있저(있다). 혼저(어서) 먹엉 가라."

"나 본벵 도점직 ㅎ우다."

"이 ㅈ석아, 마(자), 돈. 혼저(어서) 앗앙 가라(가지고 가거라)."

그저 돈이고 술이고 아니 내놓는 것이 없더라고 한다.

(변인태의 일화는 많다. 이것은 그저 한두 가지만 말한 것뿐이다)

(1974·10·19 성산면 고성리 김석보(남) 제공)

변인태는 목사(牧使)가 먹을 고기를 꾀를 써서 **빼앗아** 먹기도 했다 한다.

어느 날 목사에게 진지상을 차려 올리게 되었는데, 변인태는 일부러 고기를 타게 궈 올렸다. 목사는 '이놈, 고기는 먼 불에 은근히 궈야 하느니라. 새로 궈서 가져오니라' 하고 고기를 내쳤다.

변인태는 얼싸 좋다 하며 그 고기를 다 먹고, 이번엔 새 고기를 들고 바깥으로 나갔다. 마침 망대(望臺)에 불이 활활 타오르고 있었다. 변인태는 고기를 두 손에 들고 망불(망대의 불)을 향해 잠시 섰다가 목사한테 올렸다.

"엣기놈, 왜 생고기를 가져 왔느냐? 대체 어떻게 궜느냐?"

목사의 책망이 떨어지자,

"예, 먼 불에 은근히 구워라 하시기로 멀리 있는 망불에 궜습니다."

하도 어이가 없어, 목사는 욕도 아니하고 '어서 내가거라' 하며 고기를 내치니, 변인태는 좋아라 하고 그 고기를 다 먹었다 한다.

(1975·3·2 남원면 태흥리 김기옥(남·70세) 제공)

42 월계(月溪) 진좌수

조선조 어느 때 한림읍 명월리에 진좌수(秦座首)가 살았다. 진좌수의 이름은 국태(國泰)요, 호는 월계(月溪)로서 의술이 능하여 유명하였다.

진좌수는 어릴 적에 한 10리쯤 떨어진 서당에 글공부를 다녔다(그 서당이 한경면 청수리에 있었다고도 한다). 아침이면 그 먼 들길을 걸어 혼자서 서당에 가고, 저녁이면 또한 혼자서 그 길로 집에 돌아와야 했다. 도중에는 우거진 숲과 침침한 개울이 있어, 어린 소년으로서는 좀 무시무시한 길이었다.

하루는 글공부를 마치고 집으로 돌아오는데 이상한 일이 일어났다. 우거진 숲을 들어서니, 난데없이 으리으리한 기와집이 서 있고, 아담한 방 안에서 예쁜 처녀가 창문을 바스스 열며 이쪽을 바라보고 있는 것이다. 차차 가까이 가자 처녀는 손뼉을 치며 소년을 불렀다. 소년은 마음이 끌려 처녀의 방으로 들어갔다.

처녀는 다정히 소년을 맞아들이고 놀이를 시작했다. 오색이 찬란한 구슬을 입에 물고 도글도글 굴리다가 소년의 입으로 넘겼다. 소년이 입에 물어 도글거리느라니 처녀는 제 입술을 소년의 입술에 갖다 대고 구슬을 받아 가는 것이다. 입술을 마주 대고 구슬을 주고 받는 이 놀이가 소년은 한없이 달콤했다.

얼마나 놀았을까? 해가 비양도(飛揚島) 건너편 바다로 떨어지고, 어스름이 찾아들 때야 소년은 바쁜 걸음으로 집으로 향했다.

이튿날도 처녀는 기다리고 있었다. 놀이는 역시 반복이 되었다. 다음 날, 또 다음 날……. 수십 일이 계속되어 가니 소년의 몸에 이상이 일어났다. 핏기가 점점 말라 들어 창백해지고 공부할 정신이 아니 나는 것이다.

서당의 훈장은 이를 눈치 채고 소년을 불러 앉혔다.

"너 요새 핏기가 통 없고 글공부가 자꾸 떨어지니 어떤 일이냐? 바른 대로 일러라."

훈장이 다그치는 바람에 소년은 머뭇거리다가 사실을 일러 바쳤다. 훈장은 이야기를 듣고 나서, '그러면 그렇지!' 하며 무릎을 탁 쳤다. 그러고는 내일 그 처녀를 만나거든 이래이래 하라고 가르쳐 주었다. 즉, 처녀가 구슬을 물려 주거든 입 속에서 굴리는 척하다가 꿀꺽 삼켜 버리고, 즉시 하늘을 본 다음에 땅을 보고, 마지막에 사람을 보라는 것이다. 소년은 그 말대로 이행할 것을 단단히 다짐했다.

이튿날도 처녀는 어김없이 기다리고 있었다. 소년은 처녀가 입술로 넘겨 주는 구슬을 받아 물고 몇 번을 굴리다가 꿀꺽 삼켜 내리었다. 그런데 이게 웬일인가? 그 순간 으리으리한 기와집도 사라지고, 처녀는 꼬리가 아흔 아홉 개 달린 여우로 변해서 달려드는 것이었다.

소년은 겁이 덜컥 났다. 하늘을 볼 겨를도 땅을 볼 겨를도, 없었다. 겁결에 내달으며 사람 살리라는 소리만 외친 것이다.

훈장은 걱정이 되어 미리 그 근처에 가 숨어 있었다. 사람 살리라는 비명 소리에 훈장은 얼른 내달아 담뱃대를 휘두르며 호통을 쳤다. 여우는 도망쳤다.

“음, 내 하라는 대로 했느냐?”

“너무 겁이 나서 하늘을 볼 것도 땅을 볼 것도, 잊어버리고, 살려 줄 사람만 찾다 보니, 선생님을 뵈었습니다.”

“허! 정히 아쉽다. 하늘과 땅을 보았더라면 상통천문(上通天文)·하달지리(下達地理)할 것인데, 너는 사람만 보았으니 의술만은 능하겠다. 그만하면 되었으니 내일부턴 서당에 오지 않아도 좋다. 내 가르칠 것은 전부 가르쳐 줬으니…… .”

훈장은 이렇게 말하고 가 버렸다.

그로부터 소년은 의술(醫術)을 스스로 통달하여 명의가 되고 좌수를 지냈으므로 월계 진좌수라 부르게 된 것이다.

진좌수는 신기하게 사람의 병을 잘 고쳤다.

어느 날, 진좌수는 성 안(제주시 내)에 볼일이 있어 말에 채찍을 놓고 있었다. 어느 마을에 이르니 사람들이 와글와글 모여 대성통곡하고 있었다. 진좌수는 말에서 내려 사정을 물어 보았다. 여인이 해산 도중 그만 죽어 버렸다는 것이다.

“거, 내 살려 주이.”

하며, 진좌수는 집으로 들어갔다. 사람들은 ‘이미 숨이 끊어졌는데, 어떤 행인인지는 몰라도 살려 낼 도리가 있겠느냐?’고 비웃었다. 진좌수는 들어서면서 산모의 복부에다 침(鍼) 한 대를 놓고는 밖으로 나왔다. ‘조금만 있으면 숨이 돌아와서, 순산할 것이다’라고 말하면서 말을 탔다.

　조금 길을 가노라니 뒤에서 그 주인이 달려오며 마구 부르는 소리가 들렸다. 진좌수가 말을 멈추니 '산모가 숨이 돌아와서 아이는 순산했다'고 하며, 집에 꼭 들려 주십사고 청하는 것이었다. 진좌수는 길이 바쁘다면서 또 말을 타려 했다. 주인은 '어떻게 해서 죽은 산모가 살아났고, 선생은 어디 사는 누구인지, 그것만이라도 말해 달라'고 애원했다.

　"아기가 왼쪽 손으로 산모의 숨통을 막아 버린 것이오. 가서 아기 왼쪽 손가락이나 보시오."

　한 마디를 남기고 진좌수는 가 버렸다. 집에 와서 보니 과연 아이의 왼쪽 손가락이 침에 찔려 피가 볼쏙 나 있었다 한다. 숨통을 막은 아이 손에 침을 주어 떼어 놓으니, 아이를 순산하고 죽은 산모가 살아난 것이다.

　어느 날 진좌수가 아직 잠도 깨지 않은 이른 아침이었다. 동네 사람이 헐레벌떡 달려왔다. 부인이 해산을 못하여 죽게 되었으니 와 봐 주십사는 것이다.

　"거, 문지방을 깎아 살라 먹이지."

　진좌수는 누운 채로 잠꼬대처럼 말하였다. '우스운 방문(方文)도 다 있다'고 생각되었으나, 사정이 급한지라 곧 문지방을 깎아서 살라 먹여 보았다. 그게 신기스럽게도 주효(奏效)하여 곧 순산하였다.

　이 비방이 곧 동네에 좍 퍼졌다.

　그로부터 얼마 뒤에 동네의 어떤 부인이 해산하게 되었다. 예상대로 난산이었다. 이틀째가 되어 날이 저무는데 산모의 고통이 이만저만이 아니었다. 이대로 가면 산모는 밤을 넘길 것 같지 않았다.

집에서는 진좌수의 비방을 쓰기로 하였다. 곧 문지방을 깎아다 불살라 산모에게 먹였다. 금방 순산하려니 하고 먹였는데, 순산은커녕 산모는 더욱 고통이 심해졌다. 할 수 없이 주인은 진좌수에게 달려가 사실을 말하였다. 진좌수는 말을 듣고 나서,

"저녁때는 문을 닫을 때인데, 문지방을 살라 먹이면 더 곤란할 게 아닌가. 예끼 사람! 건 아침이라야지."

하고 웃더라 한다.

하루는 진좌수가 집에 있으니 대정 고을 젊은 여인이 찾아왔다. 이 여인은 남편이 병중이어서 3년간을 구병해 봐도 낫기는커녕 점점 심해만 간다는 것이다. 이제는 구병도 지쳐서 그만둬야겠다고 할 무렵, 명월(明月)의 진좌수가 잘 안다 하니 찾아가 보라는 동네 사람의 권유를 받고 찾아온 것이다.

진좌수가 병세를 듣더니 여인의 얼굴을 잠시 보다가,

"네 남편은 병이 다 나았어, 그냥 돌아가. 그런데, 오는 길에 어떤 남자를 만났지? 그 남자는 죽었어. 가다가 그 남자나 잘 묻어 주고 가! 얌전치 못하게시리!"

욕을 하며 돌려보내는 것이었다. 여인은 얼굴이 벌개져 나갔다.

사실은 이 여인이 진좌수를 찾아오는 도중에 부정(不貞)을 범했던 것이다. 대정 고을에서 명월은 먼 거리다.

오다가 마침 외밭이 있으니, 참외나 사 먹고 가자고 외밭
에 들렀다는데 참외를 사 놓고 외밭 주인과 한말 두말 나
누다가 그만 정을 통하게 되었던 것이다.

여인은 돌아가는 길에 외밭에 들러 보았다. 과연 외밭
주인이 죽어 있었다. 여인은 저고리를 벗어 시체 위에 덮
어 주고 집으로 걸음을 재촉했다. 집에 이르러 보니 남편
은 과연 병이 선뜻 나아 걸어다니고 있었다 한다.

후에 동네 사람이 진좌수에게 그 이유를 물어 보았다.
진좌수는 '그 여인은 살기(殺氣)가 있는 여자여서 남편이
항상 앓아 누웠었는데, 외밭 주인과 정을 통함으로써 살
기가 외밭 주인에게 옮아가, 그 남자가 죽고 남편은 살아
난 것이라'고 말해 주더라는 것이다.

하루는 만만찮은 좋은 집안에서 부인이 다 죽어 간다고
찾아왔다. 이야기를 들어 보니, 베틀에서 명주를 짜는데
꾸리박(북)이 떨어지자, 그것을 주우려 하다가 그만 기절
해 버렸다는 것이다.

진좌수는 그 집에 따라갔다. 환자의 방에 들어가지도
않고, 실로 환자의 팔목을 묶고 그 실을 문틈으로 내보내
라고 했다. 아무리 환자지만 부인의 팔목을 잡을 수 있느
냐는 것이다. 진좌수는 실을 잡아 잠시 진맥하고는 문을
조금만 열도록 했다. 그래서 침통을 꺼내어 환자의 복부
를 향해 침을 던졌다. 침이 부인의 배에 가 꽂혀졌다. 부
인은 곧 숨을 내쉬고 살아났다. 진좌수는 그 남편더러 침
을 빼어 오도록 하여 가지고 나와 버렸다.

남편은 너무나 신기하여 백배사례를 하며 그 이유를 물었다. 설명은 간단했다. 명주를 짜는데 힘을 내어 짜면 실이 끊어지겠으므로, 배를 매우 고프게 하여 짜다가 꾸리박을 주우려고 허리를 굽힌 순간 빈 창자가 맞붙어 버렸다는 것이다. 그러니 침으로써 붙은 창자를 떼어 놓으니 살아날 게 아니냐고 하더라 한다.

한 번은 진좌수가 말을 타고 성 안으로 가다 보니 어느 집에서 대성통곡하는 소리가 들려 왔다. 말에서 내려 내막을 들어 보니, 여편네가 하는 말이 '어제 남편이 술을 몹시 먹었는데 지금까지 깨어나지 않는다'는 것이다.

진좌수는 잠깐 환자를 들여다보더니 '사람은 이미 죽어 버렸으니 어쩔 도리가 없다'고 하며 나가더라는 것이다. 친족들이 죽은 원인이라도 말해 달라고 사정하니, '산돼지의 큰 털이 옆구리 땀구멍으로 들어가서 내장을 찔러 버려 죽은 것이라'고 설명하더라 한다.

이 사내는 산돼지를 잡아 술을 취하도록 먹고, 그 자리에 쓰러져 자다가 그만 죽어 버린 것이었다.

하루는 어떤 소년이 늙은 어머니를 업고 달려왔다. '대정 고을에서 선생님 명성을 듣고 찾아왔으니 어머님을 살려 주십시오' 하고 애원하는 것이다.

진좌수는 '에게, 호로자식〔胡奴子息〕 같으니, 이러다가 길가에서 객사시킬라고!' 하며 욕을 하면서, '지금 온 길을 곧장 가다 보면 두인골(頭人骨)에 쌍룡수(雙龍水)가 있으니 그 물을 먹이라'고 지시하여 돌려보내는 것이었다.

소년은 무슨 뜻인지도 모르고 그냥 어머니를 업고 돌아섰다. 한참 산길을 걸어가는데, 어머니가 몹시 목이 마르다면서 물을 찾았다. 물이 어디 있을 것 같지가 않았다. 그러나 하도 물을 먹고 싶어하므로 주위를 여기저기 찾아보았다. 거기에는 백년 해골이 하나 뒹굴고 있는데, 그 속에 물이 괴어 있는 것이 보였다. 그 물이라도 드릴까 하고 보았더니, 그 속에는 지렁이마저 두 마리나 죽어 있었다.

어머니는 그 물이라도 먹겠다고 졸랐다. 소년은 더럽지만 어쩔 수 없이 그 물을 먹였다. 그랬더니 이상하게도 어머니는 몸이 거뜬히 가벼워졌다고 하면서, 등에서 내려서 스스로 걸어가더라는 것이다. 그 더러운 물을 마시고 그만 병이 나아 버린 것이다. 그제야 소년은 진좌수가 말한 인두골의 쌍룡수가 바로 이 물임을 깨달았다 한다.

이때, 서울에서 임금님이 병이 나서 팔도의 명의(名醫)들을 부르게 되었다. 전라 감사(全羅監使)는 진좌수의 명성을 아는지라 곧 진좌수를 추천하였다.

진좌수는 가난한지라 의관도 제대로 없었다. 허름한 옷차림 그대로 궁중에 들어갔다. 팔도에서 모인 명의들은 진좌수의 옷차림을 보고는 곁에 들어앉지도 못하게 하였다. 진좌수는 할 수 없이 바깥에 쭈그리고 앉아 있었다.

잠깐후 어떤 사람이 달려오더니, '아무개 정승의 집에서 왔는데, 어머님이 길쌈을 짜다 죽어 가니 방문(方文)을 하나 내어 달라'고 황급히 서둘렀다.

팔도의 명의들은 주춤하여 말이 없었다. 진좌수는 혼자

바깥에 쭈그려 앉은 채로 '쌀 일곱 알을 물에 담가 먹이시지요' 했다. 안에 앉은 의원들은 미친 녀석이라고 웃어 댔다.

조금 있더니, 그 사람이 다시 와서 '덕택으로 어머님이 살아났습니다. 정승께서 청해 오시랍니다' 하며 억지로 진좌수를 청해 갔다.

정승 집에 가니, 정승이 몸소 마중 나오고 극진히 사례하며 사흘 동안이나 융숭한 대접을 했다. 그리고 진좌수를 안내하여 임금님께 들어갔다.

임금님의 병은 등창병이었다. 팔도 명의들의 약방문이 모두 효력 없어 탄식하는 판이었다. 진좌수는 곧 방문을 내었다. 집 상마루에 있는 거미집과 거미 일곱 마리를 잡아 오도록 하였다. 그것을 찧어서 임금님의 등에 붙여 드렸다. 그러자 3일 만에 임금님의 등창병은 완전히 나아 버렸다.

임금님은 크게 기뻐하여 그 의술을 높이 칭찬하고 궁중에서 벼슬을 하라고 하였다. 그러나 진좌수는 '부모님이 늙으셔서 언제 돌아가실지 모르므로 고향에 가야 하겠습니다' 하고 사양하였다. '그러면 원하는 벼슬이 무엇이냐?'하고 임금님이 물었다. 진좌수는 '아무 벼슬도 원치 않습니다' 하고 그대로 궁중을 떠났다. 그러자 임금님이 '할 수 없으니 좌수 직함이라도 내리라'고 하명하여 좌수가 된 것이라 한다.

진좌수가 고향으로 돌아올 때 배를 타려고 보니, 뱃사공이나 손님들이 다 내일 모레 죽을 사람이었다. '이 배를 타서는 안 되겠구나' 하여 잠시 있더니, 또 한 사람이 배를 탔다. 기상을 보니 이 사람만은 죽을 사람이 아니었다. 이 사람하고 같이 타면 괜찮겠다 하여 진좌수도 배를 탔다.

배는 무사히 제주에 닿았다. 먼저 진좌수하고 그 사람이 내렸다. 그 순간 돌풍이 한 번 휘몰아치더니, 배는 저만큼 몰려가 엎어지고 마는 것이었다.

진좌수는 고향에 돌아와 여전히 의원을 계속하였다.

진좌수가 하도 병을 잘 안다 하므로 여기저기 사람들이 종종 그를 시험해 보려는 장난들도 하였다.

하루는 한림〔翰林里〕엘 다니러 가노라니, 그 동네 사람들이 진좌수가 오는 것을 보고 장난을 꾸몄다.

"저 사람이 잘 안다 하니 얼마나 아는가 시험해 보자."

진좌수가 가까이 와 가니, 한 사람이 옆사람 가슴팍을 툭 쥐어 박으며 '자네는 죽은 체하고 있게' 하였다. 맞은 사람은 툭 쓰러졌다.

"하, 이 사람이 갑자기 아파 쓰러졌으니 봐 주십시오."

"응, 그 사람은 이미 죽었어, 살릴 수가 없는걸."

진좌수의 말에 모인 사람들이 다 웃음을 터뜨렸다. 진좌수는 가까이 가서 침통을 꺼내며 '웃지 말고 얼른 가서 이 사람 가족이나 데려와야지. 뭣 장난을 그렇게 해!' 하고 야단을 했다. 그제야 자세히 보니 과연 그 사람은 숨이 끊어지고 있었다.

그제야 겁을 내고 가족을 데려 왔다. 진좌수는 '가슴을 때려 버리니 간이 떨어져 버리지 않았나' 하며, 침을 놓아 떨어진 간을 잠시 이어 붙였다.

"가족이 왔으니 할말이나 있거든 하시지."

죽었던 사람이 숨을 돌려쉬고 유언을 다하자 침을 빼어 버렸다 한다.

하루는 진좌수가 나들이 갔다 오는데 동네 청년들이 놀려 보려 했다.

저만큼 진좌수가 보이자, 한 청년이 '너 여기 드러누워 있어. 진좌수를 한 번 놀려 보자' 했다. 순진한 옆의 청년이 벌렁 드러누웠다.

진좌수가 가까이 오자 청년들이 황급히 달려가서 '저기 친우가 다 죽어 갑니다. 빨리와서 봐 주십시오' 했다. 진좌수는 본 척 만 척하며 '그놈은 죽었어. 누굴 놀리려는 거냐' 하며 그대로 가 버렸다. 청년들은 우스워서 한참 깔깔 웃다가 보니, 누운 청년이 영 일어나지 아니하는 것이었다. 이상하다 생각하며 가 보니 그 청년은 이미 죽어 있었다. 그놈은 좀 멍청한 놈이었다. 드러누우라니까 덜렁 자빠져서 마침 뽀족한 돌멩이에 뒷머리를 부딪쳐 즉사해 버린 것이었다.

진좌수는 일생 동안 돈 한 푼 받지 않고 의술을 베풀어 수많은 인명을 구하였다. 살았을 때뿐 아니라 죽은 후에도 병을 고쳐 주었다 한다.

어느 해의 일이었다. 정의(旌義)에 사는 어떤 사람이 부친의 병이 위독하여 진좌수를 찾아 집을 떠났다. 명월리의 성(城) 남문 밖에 와 보니, 어떤 노인이 백마를 타고 지나가고 있었다. 정의 사람은 노인에게 물었다.

"월계(月溪) 진좌수댁은 어디로 갑니까?"

"내가 진좌순데 어째서 찾으시오?"

그 사람은 부친의 병세를 말하고 방문(方文)을 부탁했다. 진좌수는 이미 찾아올 줄 알았다면서 내 방에 아무 책 틈에 방문을 적어 두었으니, 그대로 약을 쓰라고 지시하고 그대로 가 버렸다.

진좌수의 집에 가 보았더니 이상한 일이었다. 진좌수는 방금 죽었다는 것이다. 염습을 해 놓고 상제들이 한창 울고 있는 것이다.

이 정의 고을 손님은 우선 조문을 하고 자초지종을 이야기하였다. 상제가 그 책 틈을 찾아보니 과연 약방문을 쓴 종이가 끼워져 있었다고 한다. 진좌수는 죽어서 저승으로 떠나면서도, 이미 찾아올 손님을 알고 약방문을 적어 놓고 떠난 것이다.

이 정의 고을 손님이 본 백마는 진좌수가 살았을 때 항상 타는 애마였다 한다. 진좌수의 집 외양간엔 남문 밖에서 본 그 말과 똑같은 백마가 매어져 있었다 한다.

(1959·7·28 애월면 애월리 장응선 1960·8 한림읍 수원리 김성인 제공)

43 가시오름 강당장

가시오름(표선면 가시리)에 강당장(康當長)이라는 부자가 살고 있었다. 부근 일대의 밭이 모두 그의 밭이어

서, 남의 밭을 밟으며 걷는 일이 없고, 고래등 같은 기와
집들이 수십 채가 있어서 비복(婢僕)을 갖추었을 뿐 아니
라, 황소가 1백 마리나 되어 가축으로도 그를 따를 자가
없었다.

강당장은 제가 하고 싶은 일이면 무엇이든지 안 되는
일이 없었고 부러운 일이 없었다. 그러나 단지 하나 승마
용 말 1백 두를 가져 봤으면 하였으나, 말 1백 두는 잘
되지가 않았다. 그래서 항상 하는 소리가 '부룽이(황소)
1백 필은 쉬워도 몰(馬) 1백 두는 어렵네' 하는 탄식뿐이
었다.

강당장이 이렇게 부자가 된 것은 지독한 구두쇠라는 이
유도 있었다. 강당장은 재산이라면 손톱의 물도 아니 내
려는 위인이어서, 거지에게 쌀 한 줌 주는 것조차 아까워
했다. 그래서 기발한 고안을 하나 해 내었다.

그는 마당에 허벅(물을 져 나르는 항아리)을 놓고, 그
속에 좁쌀을 반쯤 넣어 두었다. 거지가 오면 강당장은 대
청에 앉아서 '저 허벅 속의 좁쌀을 마음대로 쥐어 내어 가
져가라' 하는 것이다. 허벅은 부리가 좁으니까, 손가락을
펴면 손이 수월하게 들어가지만, 좁쌀을 쥐어 꺼내려고
하면 주먹이 걸려 나오지 않게 되어 있는 것이다. 그래
서, 거지는 좁쌀을 쥐었다가도 결국 꺼내지 못하여 빈손
으로 돌아가게 마련이다. 강당장은 이 광경을 보며, 자기
의 기발한 고안을 흐뭇해하곤 했다.

어느 날, 육지에서 어떤 중이 시주를 얻으러 왔다. 강

당장은 대청에서 벗들과 한담하다가, '그 허벅 속에 좁쌀이 있으니 마음대로 쥐어 가거라' 했다.

중은 허벅 속에 손을 집어 넣어 좁쌀을 쥐어 내려 했지만, 주먹을 쥐니 꺼내지 못하고 빈손만 빼내었다. 몇 번 되풀이해 봐도 꺼낼 도리가 없었다. 중은 몹시 고약하게 생각하며 강당장의 말에 귀를 주었다. 강당장은 일상 하는 대로 '부룽이 1백 필은 쉬워도, 말 1백 필은 어렵다'는 말을 벗들에게 하고 있었다. 중은 고맙다는 인사를 하고 빈손으로 돌아섰다.

중은 이런 부자는 기세를 꺾어 주어야 하겠다고 생각하며 동네를 나오다 보니, 큰 부자가 날 묘소가 하나 있었다. 지리풍수에 능한 이 중은, 이 묘가 강당장네 선묘임은 알아내었다.

중은 묘 곁에 서서 잠시 궁리를 하다가, 사람이 곁을 지나는 기회를 보아 무심코 중얼거리는 척했다.

'허, 그것 참. 산이 좋긴 좋아 부자가 나겠다마는 정자릴 못 앉았구나. 부룽이 백 필은 해도 타는 말 백 두는 어렵겠다. 아깝다.'

이렇게 되뇌며 지나갔다.

이 말이 곧 강당장의 귀에 들어갔다. 강당장은 펄쩍 뛰었다. 곧 종들을 풀어 놓아 그 중을 찾아 들이라 했다. '이만하면 곧 나를 찾겠지' 하고 이집 저집으로 어슬렁거리던 중은 강당장 앞에 불려갔다.

"소승 뵈입니다."

"아, 올라 앉이라."

"소승은 밖이 좋습니다."

"그대는 지리를 잘 아는가?"

"예, 소승이 뭘 알겠습니까?"

"들으니, 아까 우리 선산을 보고 튼는 몰 백 둔 못ᄒ키엔(못하겠다고) 허였다는대, ᄉ실인가?"

"예, 소승의 눈엔 그리 뵈입니다."

강당장은 지리에 능한 중을 만난 것을 크게 기뻐하고, 타는 말 1백 두까지 할 수 있는 묏자리를 구해 달라고 부탁했다.

중은 겸손해하는 척하면서 땅을 골라 주었다. 강당장은 타는 말 1백 두가 문제 없다는 말에 곧 그곳으로 이장했다.

그 후, 강당장네 집엔 별의별 흉사가 일어나고, 집안에 불화가 끊이지 않고, 날로 가세가 기울어져 얼마 안 있어 홀랑 망해 버렸다.

그래서 제주도의 맷돌 노래·방아 노래에 이 강당장 집이 망해 가는 것을 노래하게 된 것이다.

그 민요 구절을 보면 이러하다.

가시오름 강당장 집의
ᄉ콜 방애 새글럼서라.
전ᄉ 궂인 이내 몸 가난
ᅌᆞᆺ클 방애도 새맞아 간다.

〈풀이〉
가시오름(伽時里) 강당장(康堂長) 집에
세클 방아(세 사람이 마주 찧는 방아) 새그르고 있더라(여러 사
람이 절구 방아를 찧는 경우, 찧는 리듬이 맞지 않는다는 말).
전생(前生) 궂은 이내 몸 가니,
여섯클 방아(여섯 사람이 마주 서서 찧는 방아)도 새맞아 간다.

가시오름 강당장 집의
숭시 제와 들이젠 ᄒ난
튼은 둑이 고기약 ᄒ곡
베낀 개가 옹공공 ᄒ고
그스린 돗이 둘음을 돋고
앚진 솟이 걸음을 것나.

〈풀이〉
가시오름 강당장 집에
흉사 재화(災禍) 들자고 하니,
털을 뜯어 놓은 닭이 고기약 울고,
가죽을 벗겨 놓은 개가 옹공공 짖고,
불로 그을어 놓은 돼지가 달음을 닫고,
앉혀 놓은 솥이 걸음을 걷는다.

　이런 노래는 강당장 집에 종들이 일을 못하고, 집안에
불화가 일고, 갖은 재화(災禍)가 일어나 망해 가던 사실
을 노래한 것이다.

(1975·3·3 중문면 중문리 김승두(남·62세) 제공)

44 심돌 부대각

심돌(성산면 시흥리)에 '부대각'이라는 장사가 있었다. 그의 아들도 또한 힘이 세었으니 '부주사'라 불렀다. 아버지 부대각은 경자생이고 부주사는 갑자생이었다.

부주사도 몸집이 워낙 커서 소소한 문으로는 출입을 못 하였는데, 아버지에 비하면 아무것도 아니었다. 그래서 세인이 '호부견자(虎父犬子)'라 했으니 부대각의 풍채는 가히 알 만하다.

부대각은 심돌 동네 어귀에 살았었다. 아침에 일어나면 집 곁 큰 팽나무 밑에 나와 기침을 '어험' 한다. 그러면 심돌 상하 동민들은 누구나 그 기침 소리를 알아들었다고 한다. 그 만큼 음성도 컸다.

부대각은 심심하면 거리에 나와서 '우리 추렴ᄒ주' 하여 그 나이 또래 벗들과 돼지를 잘 잡아먹었다. 추렴하는 목적은 몇이서 돈을 모아 돼지 따위를 잡아 갈라 먹는 일이다. 부대각이 제안하면 그의 벗들은 거절하는 법이 없었다 한다. 그래서 돼지가 크든 작든간에 서너 명이 앉으면, 그 자리에서 말끔히 먹어 치웠다 한다. 아마 반 이상을 부대각이 먹었을 게 분명하다.

부대각은 육지 장사를 자주 다녔다. 미역을 싣고 가 팔고 쌀을 사 오는 것이다.

어느 해 강경(江景) 장판에서의 일이었다. 부대각은 어디 가도 그랬지만, 강경 장판에서도 좀 거만하게 설치고

다녔다. 힘이 세니 무서운 데가 없어 그럴 법도 한 일이
다. 강경 사람들은 저게 누구인가 하다가 제주 사람임을
알았다.

"제주 섬놈이 거만하다!"

이구동성으로 입을 모으고는 이놈을 단단히 골려 줘야
겠다고 생각했다.

20여 명이 꽁무니마다 방망이를 차고 부대각이 머무는
주막에 몰려들었다.

먼저 겁이 난 건 주인이었다.

"부선달, 몸을 좀 피하시오. 위험합니다."

"사람이 한번 나면 죽는 법. 그들 소원이 꼭 나를 죽이
고 싶다면 소원대로 하게 내버려 두오."

부대각은 눈도 깜짝하지 않았다. 이 광경을 보고 아들
부주사가 문 밖으로 나갔다. 아들은 이때 열아홉 살로 아
버지를 따라간 것이었다.

"이번만 아버지를 살려 주십시오. 다시는 거만한 짓을
안 하시도록 제가 명심하겠습니다."

뭘 하러 나가는고 했더니 사정하고 있는 것이었다. 부
대각은 화가 버럭 치밀었다.

"못된 자식하곤. 그까짓 놈들에게 빌면서 목숨은 살아
서 뭘 할 것이냐!"

야단을 쳤다. 청년들이 우르르 들어왔다.

"나를 때려 죽이고 싶거든 저 바깥으로 끄집어 내어서
죽여라. 집 안에서 때려 죽이면 주인에게 폐가 되지 않느

냐!"

부대각의 말에 청년 대여섯이 들어오더니, 양쪽으로 갈려서 부대각의 팔을 잡아 끌었다. 부대각은 등을 벽에 딱 붙이고 끄떡도 하지 않았다. 한참 동안 온힘을 다해 끌었으나 청년들은 부대각의 등을 벽에서 떼어 볼 수가 없었다.

이것을 보던 어른 한 사람이 청년들을 만류했다.

"너희들 대여섯이 벽에 붙인 등도 떼지 못하는데, 만일 저 양반이 힘을 낸다면 너희들은 다 죽을 게 아니냐."

청년들은 슬금슬금 물러서서 사과를 해 왔다.

부대각은 사과를 받아들이고, 덕분에 그 청년들을 시켜 미역을 수월히 팔고 쌀을 사 싣고 돌아오게 되었다.

배를 놓아 섬 하나 안 보이는 바다에 온 때였다. 수적(水賊) 배가 나타났다. 수적을 만났다고만 하면 물건을 다 빼앗김은 물론, 목숨까지 잃는 판이었다.

뱃사공들은 새파랗게 질려 버렸다. 부대각은 짐짓 모른 체하고 '웬일이냐?' 하고 큰소리를 질렀다.

"목숨이 아깝거든 그 무곡(貿穀)을 다 이 배로 실어라."

수적들의 호통 소리가 떨어졌다. 부대각은 벌떡 일어서며 배 닻을 잡아 북 무질러 끊어 허리띠로 턱 묶었다. 그러고는 두 손으로 쌀 멱서리를 휙휙 잡으며 공 던지듯 수적의 배로 내던졌다. 수적의 배가 나무 이파리 출렁이듯 출렁이며 금방 침몰할 것 같았다.

그제야 수적들이 새파랗게 질려서 '과연 목숨만 살려

주십사'고 빌어 왔다. 부대각은 도리어 수적 배의 물건까지 빼앗아 싣고 돌아왔다고 한다.

(1975·2·28 성산면 시흥리 양기빈(남·69세) 제공)

45 평대 부대각

구좌면 평대리(坪垈里)에 부씨(夫氏)가 살고 있었다.

어느 날 부인이 이상한 꿈을 꾸었다. 하늘에서 커다란 용이 내려와 자기 몸 속으로 들어오는 꿈이었다. 부부는 꿈을 의논하고 귀한 자식을 얻을 꿈이라 생각했다.

그 후, 부인은 임신했는데, 하도 식욕이 좋아 소 한 마리를 잡아 젓을 담가 놓고 이것을 다 먹었다. 그러고서 해산을 했는데 아들 쌍둥이를 낳았다. 낳은 아이가 어찌나 큰지 보는 사람마다 다 놀랐다.

쌍둥이는 열 살이 못 되어 숙성함이 십팔구 세 소년 같고, 힘이 장사일 뿐 아니라 머리가 영리하여 하나를 들으면 열을 통하였다.

부모는 자식이 너무 뛰어난 것이 다소 걱정스러웠다. 풍모나 행동거지가 너무 영웅스러웠기 때문이다. 집안에 영웅이 나면 역적으로 몰리기가 일쑤고, 역적으로 몰리는 날이면 삼족이 멸하는 때이니 걱정함도 당연했다.

어느 날 부모는 아들들의 거동을 살피기로 했다. 둘이서 나들이옷을 입고 '오늘은 어느 마을에 다녀올 터이니 집을 잘 보고 있으라'고 아들들에게 타이르고 집을 나갔다. 그러고는 살짝 돌아와 집 안에 숨어서 아들들의 거동을 살폈다.

어린 쌍둥이는 부모가 나간 줄 알고 저마다 재주를 부리기 시작했다. 먼저 두 아들이 옷을 벗는다. 가슴은 명주로 돌돌 감겨 있다. 이게 웬일인가? 가슴의 명주를 푸니 겨드랑이에 날개가 첩첩이 접어져 있지 않은가. 쌍둥이는 날개를 펴서 파닥파닥하고는 한 놈이 날아가면 다른 놈이 그 뒤를 날아 쫓아가는 것이었다. 한 시간쯤 이렇게 놀다가 아들들은 다시 날개를 접은 후, 명주로 감싸고 옷을 입는 것이었다.

부모는 걱정이 태산 같았다. 관가에서 아는 날이면 집안은 망할 것이다. 며칠을 생각한 끝에 아들들의 날개를 자르기로 작정했다.

아들들의 생일을 기다려 부모는 맛이 있는 음식에 좋은 술까지 마련하여 아들들을 먹였다. 쌍둥이는 아무것도 모르고 술도 먹고 밥도 먹었다. 얼마 없어 술에 취해 쌍둥이는 깊은 잠이 들었다.

아버지는 장도칼을 가져다가 눈물을 머금고 작은아들의 날개를 딱 찍었다.

순간 쌍둥이는 깜짝 놀라 후닥닥 일어났다. 날개를 끊는 줄 알자 큰아들은 날개를 펴고 퍼뜩 밖으로 빠져 나가 훨훨 멀리 날아가 버리고, 작은아들은 마당까지 날아가다가 날개가 한쪽 잘렸기 때문에 더 날지를 못하고 떨어졌다.

그 후, 큰아들은 영영 돌아오지 않고 작은아들만이 남
았다. 이 아들은 어떻게 힘이 세었던지 그 힘을 당할 자
가 세상에 없었다. 이 작은아들이 부대각이다. 그래서 사
람들은 지금도 힘센 사람을 보면 '부대각 ㅈ손'이라 한다.

부대각의 묘는 현재 평대리 남쪽 3킬로미터 떨어진 곳
에 있다.

(1959·8 구좌면 평대리 김우현(남) 제공)

46 날개 돋친 밀양 박씨

지금부터 약 130년 전, 제주시 외도2동(外都二洞)에
밀양 박씨(密陽朴氏) 부부가 살고 있었다.

나이 마흔이 넘도록 슬하에 일점혈육이 없어 허허 탄식
하였다. 여기저기 정성을 드려 돌아다녔는데 그 덕인지
부인이 포태를 했다.

집안의 기쁨은 이루 말할 수 없었다.

열 달만에 아이를 낳으니 아들이었다. 아이는 보통 아
이보다 몸이 훨씬 컸다. 삼승할망〔助産巫〕이 아이를 받아
내어 목욕을 시키다 보니, 아이 겨드랑이에 병아리 날개
만큼한 날개가 돋친 것을 발견했다. 삼승할망은 순간 놀
랐으나, 말이 번지면 위험한 일이므로 모른 척하고 가 버
렸다.

아이는 날로 무럭무럭 자라났다. 날개도 날로 커 가서
아이가 앉고 기고 할 때가 되니 큰 새 날개만큼 되었다.

부모의 걱정도 날로 커져 갔다. 날개 돋친 아기가 태어난 것을 관가에서 알게 되면 역적으로 몰려 삼족이 멸할 게 분명하다.

아이는 나서 서너 달이 채 못 되었는데, 제 발로 바깥을 뛰어다녔다.

어느 날 아이는 어머니가 없는 틈에 혼자 밖으로 뛰어나갔다. 어머니는 가만히 아이 뒤를 밟아 가 보았다. 아이는 그 마을에 있는 '나라소'라는 큰 소(沼)에 가서 날개를 벌리고, 이쪽에서 저쪽으로 날아갔다 날아왔다 하는 것이었다. 아마 날기 공부를 하는 성싶었다. 어머니는 겁이 나서 아버지에게 알렸다.

그날 저녁 아버지는 아이가 잠든 새에 옷을 벗겨 보았다. 과연 커다란 날개가 겨드랑이에 돋아 있었다. 아버지는 얼른 인두를 달구어다가 아들의 날개를 지져 버렸다.

그 후, 아이는 다소 기운이 떨어지고 얌전해졌지만, 성장하여 감에 따라 힘이 장사요 머리가 남달리 총명하였다. 그래서 동네에서는 장차 나라를 바로잡을 일꾼이 될 것이라고 칭찬하였다.

그러나 날개를 지져 버린 자국이 아물지 못하고 조금씩 아프기 시작했다. 여러 가지 조약을 써 보았지만 효험이 없어, 결국 스물아홉 살에 이 세상을 떠나고 말았다.

지금, 그 무덤은 외도 1동에 있는데, 그 자손들이 벌초하러 갈 때마다 이 조상의 일을 이야기하며 아쉬워한다.

(1959·8 제주시 외도동 박용하(남) 제공)

47 닥밭 정운디

정운디는 안덕면 사계리 요산(遙山) 이씨(李氏)댁 종이었다. 닥밭(사계리의 옛이름)에 살았기 때문에 '닥밭 정운디'라 불렀다.

정운디는 체구도 크려니와 힘이 장사였다. 어느 날 이씨댁에서 남방애(절구방아)를 해 오라고 하니, 정운디는 나막신을 신은 채 연장을 가지고 산방산(山房山:안덕면)으로 올라갔다. 저녁때가 되니, 혼자서 몇 아름의 나무를 베어 방아를 다 만들고, 그것을 마치 갓을 쓰듯 머리에 이고 나막신을 신은 채 내려왔다. 그래서 이씨댁 집 뒤에 와서 방아를 울 안 대밭에다 던져 두고, 앞문으로 들어오면서 '저디(저기) 개 도고리(함지박) 흐나 허여단 데꼈수다(던졌습니다)'고 하였다 한다.

안덕면 사계리에 '흑곳'이라는 데가 있는데, 지금도 여기에는 열두 사람이 목도를 메어도 들지 못할 큰 바위가 하나 있다. 이 바위는 정운디가 옆구리에 끼고 와서 던진 바위라 한다.

당시, 사계리에서 큰 못을 팠다. 못을 다 파 놓고 팡돌(사람이 디디고 앉는 크고 넓적한 돌)을 옮겨다 놓으려고 했는데, 그 팡돌이 어떻게 무거웠던지 스무명이 들어도 들지를 못했다. 정운디가 옆에서 보다가 '용 비껍서 보저(이리 비키세요. 봅시다)' 하며, 혼자 그 돌을 들어다 놓았다 한다.

　이러한 장사였으니, 씨름판이 벌어져도 정운디를 당해 낼 사람이 없었다.

　이때, 대정(大靜)에서 힘이 세다고 소문 난 사람으로 오찰방(吳察訪)이 있었다. 오찰방은 그 어머니가 임신했을 때 소 아홉 마리를 잡아먹고 낳았다 하고, 겨드랑이에 날개가 돋쳤다고 하는 장사다(전설 '오찰방' 참조).

　오찰방은 정운디하고 자주 씨름을 붙었지만 한 번도 이겨 보지 못했다. 오찰방은 좋은 집안의 자식이요 정운디는 천한 종이다. 천한 종놈과 씨름을 하여 이겨 보지 못하니, 오찰방으로서는 억울하기 그지없는 일이었다.

　'한 번만이라도 정운디를 이겨 봤으면…….'

　오찰방은 항상 이렇게 벼르고 있었다.

　어느 날, 오찰방은 들판에 다니다가 정운디가 무거운 짐을 지고 쭈그려 앉아 있는 것을 발견했다. 가만히 보니 그는 똥을 누고 있는 중이었다. 등에 진 짐은 집 재목인데 이만저만한 분량이 아니었다. 실은 정운디의 주인이 집을 지으려 해서 그를 시켜 나무하러 보냈더니, '구제기 옷'이란 곳에 가서 나무를 끊어 놓고 삼간 집 재목을 한 짐에 전부 짊어지고 내려오는 길이었다. 도중에 대변이 보고 싶어져 짐을 부릴까 하다가, 나무가 흐트러질 염려가 있어, 그대로 쭈그려 앉아서 변을 보는 중인 것이다.

　오찰방은 순간 '옳지, 이때다' 했다. '이제 요놈을 뒤로 누르면 꼼짝없이 뒤로 나자빠지려니' 하고, 뒤로 달려들어 정운디 짐을 잡아 눌렀다. 그런데 웬걸, 정운디는 끄떡도 않고 가만히 앉아 '끙끙' 하며 대변만 다 보고 우뚝 일어서서 바지 허리띠를 매었다. 그 바람에 오찰방은 그만 뒤로 굴러 떨어지고 말았다.

집에 돌아와서 오찰방은 한탄이 말이 아니었다. 연일 한탄하는 것을 보고 아버지는 측은한 생각이 들었다. 저 놈을 배었을 때 소를 몇 마리만 더 잡아먹였어도 저런 한탄은 없었을 것이 아닌가 하는 후회마저 생겼다. 그래서 이 아들의 소원을 한 번 풀어 주고 싶은 생각이 들었다.

오찰방의 부친은 며칠 후 쌀섬이나 정운디에게 실어 보냈다. 물론 아들은 모르게 했다. 그러고는 찾아가서, '내 아들 소원을 한 번만 풀어 달라'고 부탁을 했다.

배는 크고 살림은 궁한 정운디이니, 쌀섬을 보자 얼른 이를 수락하였다. 그래서 다음 씨름판에 오찰방이 한 번 정운디를 이겨 봤다고 한다.

이 무렵, 한림읍 명월리와 애월면 어음리 사이에 있는 움부리라는 큰 굴에 도둑 떼가 살고 있었다. 그 수는 70명이 넘어서 횡포가 말이 아니었으나 잡을 도리가 없었다.

이때, 대정(大靜)의 모슬포진(摹瑟浦鎭) 조방장(助防將)이 수원(水源里:翰林邑)에 있는 자기 집에 쌀섬이나 보내어야 할 일이 생겼다. 수원리로 가는 데는 이 도둑의 소굴을 지나야 한다. 웬만한 사람을 시켜 보냈다가는 쌀을 빼앗김은 물론, 사람까지 다 죽을 것이니 걱정이 아닐 수 없었다.

조방장은 관원들의 의견을 좇아 정운디를 보내기로 했다.

　정운디는 쾌히 수락하고 쌀섬을 지고 홀로 길을 떠났다. 움부리 궤(굴)에 당도해 보니, 도둑 떼들은 소를 훔쳐다 잡아 놓고 푸짐하게 먹는 중이었다.

　정운디는 굴 입구에 짐을 부려 놓고 '담뱃불 좀 빌자' 하며 들어갔다. 의외의 손님에 도둑놈들은 머뭇머뭇한다. 정운디는 담뱃대를 가지고 불을 붙이는 척하며 굴 속의 장작불을 이리 찍 저리 찍 헤쳐 놓았다. 굴 속이 불똥으로 가득했다.

　도둑놈들은 그제야 우르르 달려들었다. 정운디는 얼른 바깥으로 나와서 굴 입구에 서 있는 굵은 나무를 뿌리째 쑥 뽑아 들고는 동서로 핑핑 내둘렀다. 굴 밖으로 쫓아 나오던 도둑놈들이 한 놈씩 두 놈씩 나무에 얻어맞아 저만큼씩 나가 자빠졌다. 그래서 정운디는 이 70명 도둑 떼를 모조리 잡았다 한다.

　또 한경면(翰京面) 무릉리(武陵里) 오잔이궤(굴 이름)에도 이 무렵 도둑 떼가 살았는데, 이 도둑 떼도 정운디가 잡았다 한다.

1975·3·4 대정읍 안덕리 강문호(남)·안덕면 사계리 김봉석(남) 제공

48　새샘이와 정운디

　새샘이란 사람이 있었다. 몸집이 보통 사람의 두세 배는 되고 힘이 워낙 장사였다. 본래 천민 출생이어서 이집 저집으로 돌아다니며 종 노릇을 하고 살아 보았으나 배가

고파 살 수가 없었다.

새샘이는 드디어 도둑놈이 되어 나섰다. 당시 목안〔牧內:제주〕과 대정(大靜)의 교통로는 웃한길이었다. 이양현(兩縣)의 경계가 되는 웃한길 목에 '넙은팡'이라는 곳이 있다. 여기에 굴이 하나 있는데 새샘이는 이 굴 속에 살았다. 그래서 이 길로 날라 가는 곡식을 다 털어먹고, 육소장(六所場)의 마소를 다 잡아먹곤 하였다.

민간의 피해는 말이 아니었다. 드디어 목사(牧使)에게 진정이 들어갔다. 그러나 새샘이 힘이 워낙 세어 놓으니 목사도 쉬 잡아 낼 의견이 나지 않았다.

목사는 대정(大靜) 원(員)에게 이 새샘이를 잡아 올리라고 하명하였다.

대정 원님은 걱정이 태산 같았다. 목사도 잡지 못하는 도둑놈을 잡아 올리라는 것이 좀 부당해 보였으나, 새샘이가 숨어 사는 넙은팡이 대정현(大靜縣)의 경계이므로 감히 거역할 수가 없었다.

대정 원님은 관 내에서 가장 힘센 사람을 찾았다. 검은질(안덕면 사계리) 정운디가 가장 힘이 세다고 추천되어 올라왔다. 원님은 곧 정운디를 불러들였다.

"너가 대정에서 질(제일) 기운이 세다 ᄒᆞ니 새샘일 잡을 수 있겠느냐?"

"놈은(남은) 기운이 세다 홉네다마는 새샘이 혼 폴(한쪽 팔)을 못 이깁네다."

"기영 허여도(그래도) 네 대정현 관 내에 살 뿐 아니

라, 대정현에서 질(제일) 기운이 세다 ᄒ니 어떵(어떻게)
허였던간에 잡아 내냐 ᄒ다."

정운디는 자신이 없었으나 원님 명령을 거역할 수가 없
었다.

"예, 기영 ᄒ민(그러면) 밧갈쇠(큰 수소) 싀 머리(세
마리)만 ᄒ곡, 백미쑬〔白米〕 닷 섬만 주십서. 먹어 가지
고 ᄒ 번 허여 보겠습네다."

큰 수소 세 마리와 백미 닷 섬이 내려졌다. 그날부터
정운디는 쌀밥에 쇠고기로 힘을 돋우었다.

쌀과 고기가 거의 다 떨어져 가니, 정운디는 다시 원님
에게 들어갔다.

"그걸로는 기운이 모지래니 다간 부룽이(두 살짜리 수
소) ᄒ나만 ᄒ곡 쑬 열 말만 더 주십서. 먹어서 기운 출
령(차려서) 허여 보겠습네다."

원님은 다시 요구하는 대로 쌀과 수소를 내리었다. 정
운디는 이것을 다 먹자 다시 원님에게 들어갔다.

"씸배(소의 등심으로 만든 밧줄) 열다섯 장만 ᄒ곡 대
정 3면에서 건장군(건장한 사나이) 서른 명만 천거허여
주십서."

원님은 장정 서른 명을 모아다 정운디에게 주었다.

정운디는 서른 명의 사나이를 거느리고 넙은팡 굴로 갔
다. 멀리서 동정을 살피고 사나이들에게 지시했다.

'내 믄저 들어가겠는데, 너희들은 여기 대기허영 있당
(대기해 있다가) 무슨 야단 소리가 나건(나거든) 왈칵 들

어오라."

정운디는 태연히 굴 속으로 들어가,

"성님(형님), 나 왔수다."

하며 너붓이 절을 했다.

"왜 왔느냐?"

"살단살단 버쳐 가지고(힘겨워서) 배가 고프니, 홀 수 웃이 성님안티(형님한테) 왕(와서) 부름씨(심부름)나 ᄒ젠(하려고) 왔수다."

"기위(旣爲) 오라고 ᄒ니까 이제사 왜 왔느냐?"

새샘이는 욕을 버럭버럭 해 놓고, '이왕 네 형편이 그리 되었으니 어쩔 수 없다' 하며 앉으라고 하는 것이었다.

굴 안에는 소를 잡아다가 다리며 대가리며 한 구석에 수북이 쌓여 있었다.

"성님, 시장허영 못 살쿠다(못 살겠습니다)."

정운디의 말에 새샘이는 구석의 쇠 다리를 하나 잡아 던졌다. 정운디는 피가 득득 나는 쇠다리를 잡아 날째로 뼈다귀까지 바삭바삭 다 씹어 먹었다. 새샘이는 다시 다리 하나를 던져 주었다.

"성님, 칼 줍서(주십시오)."

"칼 허영(해서) 뭘ᄒ겠느냐?"

"막 시장ᄒ디 ᄒ 뼈 먹으난(먹으니) 어귀(입아귀) 아판, 꽝(뼈)을 볼라뒁(깎아 두고) 먹쿠다(먹겠습니다)."

"못 생긴 ᄌ식, 쇠 꽝을 깎아?"

욕을 하며 칼을 내어 주었다. 정운디는 뼈다귀를 깎는

척하다가 와지끈 칼을 꺾어 버렸다. 칼을 없애 버리려 한 것이다.

"아이고, 그만 칼이 꺾어져 부렀수다."

"아니, 이 못생긴 놈. 그 칼이 어떤 칼이라고 꺾어 놓았느냐?"

정운디는 퍽 미안한 얼굴을 하며 쇠 다리를 쥐고 뜯다가, 틈새를 보아 새샘이의 오른쪽 팔을 쇠 다리로 후려갈겼다. 팔은 뚝하고 꺾어졌다.

"하, 이놈의 ㅈ식, 날 잡센(잡으러) 왔고나!"

새샘이는 눈을 부릅뜨고 달려들었다. 왼쪽 팔로 잡아 후리니 정운디는 이쪽 벽에 툭 부딪치고 저쪽 벽에 툭 부딪치곤 한다. 머리가 터지고 기진맥진해 갔다. 이때 야단 소리를 듣고 사나이들이 왈칵 모여들었다. 새샘이는 썸배로 꽁꽁 묶여졌다.

"새샘이 잡아 왔습네다."

원님은 크게 기뻐하고 새샘이를 곧 하옥시키라 했다. 정운디는 하옥하려는 것을 보자 큰일 났다는 생각이 번쩍 들었다.

"새샘일 여기서 죽이지 못홀 테이면 절(저를) 몬첨(먼저) 죽여 주십서."

정운디는 새샘이를 즉석에서 죽여 주도록 몇 번이고 요구했다. 그러나 원님은 사또가 처리할 문제이니 물러가 있으라고만 하는 것이었다.

'이제 나는 죽었다!'

정운디는 크게 탄식하며 물러 나와 비장한 결심을 하였다. 장검(長劍)을 가져다 시퍼렇게 갈아놓고 신발을 단속하였다. 밤이 깊어 가자, 정운디는 장검을 들어 눈을 부릅뜨고 대기하고 있었다.

한밤중이 지나자, 아니나 다를까. 새샘이가 어떻게 그 배를 끊었는지, 옥방(獄房)을 부수고 달려왔다.

"저가 잘못ᄒ 죄를 어떻ᄒ민 됩네까?"

이렇게 말하면서, 순간 정운디는 장검으로 새샘이의 왼쪽 팔을 싹 갈겼다. 팔이 뚝 떨어졌다.

"아, ᄒᆞᆯ 수 웃다. 내 운이 떨어졌다. 어서 잡아라."

그제야 새샘이는 순순히 정운디에게 몸을 맡겼다는 것이다.

(1975·3·3 중문면 중문리 김승두(남·62세) 제공)

49 다리 송천총과 심돌 부대각

ᄃᆞ리(橋來里:조천면)에 송천총(宋千摠)이라는 힘센 사람이 살고 있었다. ᄃᆞ리는 예로부터 사냥을 잘하는 산촌이어서, 송천총도 아들을 데리고 사냥을 잘 다녔다.

어느 날 산중을 다니다가 수사슴 두 놈이 찔래〔角逐〕를 하는 곳에 마주쳤다. 사슴은 서로 이기려고 안간힘을 다 내어 머리를 밀고 있는 판이라, 사냥꾼이 가까이 온 것도 몰랐다. 송천총은 미소를 띠며 아들더러 '얼른 가서 저 사슴을 잡으라'고 했다. 아들은 달려가서 양쪽 사슴의 뿔을 두 손으로 폭 잡고 옆으로 젖혔다. 그제야 사슴은 정신이 들어서 사람이 뿔을 잡고 있는 것을 알고 각각 뒷걸음질 쳐서 내달리려고 하는 것이다. 아들은 팔심을 다 내어 당기려고 했으나 기진맥진했다.

"아이고, 아바지. 나 가슴 부려집네다(찢어집니다)."

"그까짓 것에 가슴 부려질 게 뭣이 시니(있느냐)?"

송천총은 중얼대며 두 사슴의 뿔을 잡고 '찔래ㅎ라! 찔래ㅎ라!' 하며 사슴의 머리를 당겨다 몇 번이고 마주 부딪쳐 놓았다. 사슴은 머리가 터져서 피를 흘리며 쓰러졌다. 그래서 사슴 두 마리를 한꺼번에 잡았다고 한다.

송천총의 힘세다는 말이 심돌(성산면 시흥리) 부대각 귀에 들어왔다. 부대각은 세상이 다 아는 장사였다. ᄃᆞ리 송천총이 세다니 얼마나 센가? 부대각은 한 번 그 힘과 겨루어 보고 싶은 생각이 들었다.

어느 날 부대각은 ᄃᆞ리로 향해 출발했다. 첫길이라 길을 모르므로 산을 보며 방향을 잡아 들판을 가로질러 갔다. ᄃᆞ리 아래쪽 방애 오름굴왓이라는 띠밭에 이르렀다. 거기엔 어떤 사나이가 칡을 걷고 있었다.

"여보, 어디 사오?"

칡 걷는 사나이가 물어왔다.

"나 저디(저기) 동촌 역돌리(力乭里:'심돌'의 漢字 표기로 시흥리의 옛 이름) 사오."

"그러면 질(길)로 갈 것이지, 외방(外方) 나온 사람이 지름길은 왜?"

"질(길)은 모르고, 저 가름(동네)만 바래여서(보아서) ㄱ른질(가로길) 잡아 가는디."

"역돌리 부생돌(부대각의 이름)이가 세다 ᄒ더니, 그 동네나 된가?"

"음, 당신은 누군데?"

"나, ᄃ리 사는 송천총이라."

츰 걷는 사나이가 부대각이었다. 마침 잘 만난 것이다. 둘이는 그 띠밭에서 씨름을 하기 시작했다. 황혼이 내려 깔릴 때까지 해도 승부가 나지 않았다. 내일 다시 계속하기로 하고, 부대각은 송천총네 집에 인도되어 밤을 지냈다. 물론 탁배기(막걸리) 대접이 융숭했다. 날이 밝자, 다시 그 띠밭에 돌아와 씨름은 계속되었다.

날이 어두웠다. 사흘 동안 꼬박 씨름을 계속했으나 승부가 나지 않아, 두 사람은 씨름을 그만 하기로 합의하고 헤어졌다고 한다.

(1975·2·28 성산면 시흥리 양기빈(남·69세) 제공)

50 한연 한배임재

구좌면 김녕리 ㄴ물이 동네 '거욱대우영'이라는 곳에 한씨 묘(韓氏墓)가 있었다. 이곳은 풍수 지리적으로 지네 형국의 지형이라 하는데, 한씨 묘는 바로 지네의 머리에 해당하는 곳에 썼다 한다. 그래서 이 묏자리를 오공혈(蜈蚣穴)이라 한다. 지관(地官)은 이 묏자리를 봐 주며 틀림없이 장군이 날 것이라 했다.

이 묘를 쓰자, 얼마 안 되어 이상한 일이 벌어지기 시작했다. 매일 밤 자정께가 되어 가면 이 묘에서 한 장군이 많은 군졸을 거느리고 나오는 것이었다. 그래서 군악을 요란스레 치며 동네 구석구석을 돌아다니다가 걸핏하면 집에 불을 질러 버리곤 했다.

동네에서는 야단 났다고 하여 며칠간 회의를 한 끝에 그 방비책을 고안해 냈다. 그것은 큰 팻말에다 '악장군지묘(惡將軍之墓)'라고 써서 묘 앞에 막아 놓은 것이다. 그랬더니, 이번에는 그 팻말을 뽑아 부수어 버리고, 장군 일행이 여전히 동네에 행패를 부리는 것이었다. 동네 사람들은 다시 의논 끝에 이번엔 돌에다 새겨 세우기로 했다. 그랬더니, 과연 부수어 내지 못하고 그날 밤부터 동네가 조용해졌다. 묘의 영기가 눌려진 것이다.

그 후, 얼마 안 가 김녕 한씨 집안에 사내아이가 태어났다. 이 묘의 영기로 태어난 아이라고 동네 사람들은 입을 모았다. 아이는 날 때부터 보통 아이보다 크고 풍모가 달랐다.

어머니는 아이를 구덕(아이를 눕혀 재우는 기름한 바구니)에 눕혀 젖을 먹이고는 잠이 들면 밖에 나가 일을 본다. 그런데 바깥엘 나갔다 와 보면 아이는 눕혀 둔 대로 있는 것 같지가 않았다. 꼭 바깥에 나왔다가 저대로 황급히 들어가 누운 눈치였다.

이상히 생각한 어머니는 몰래 아이의 동정을 살피기로

하였다. 젖을 먹여 잠재우고 밖에 나와 문틈으로 몰래 살펴보았다. 아니나 다를까, 아이는 잠시 후에 아이구덕 밖으로 펄쩍 뛰어나왔다. 그래서는 겨드랑이의 날개를 펴고 천장을 휘휘 날아다니다가, 인기척이 나자 황급히 아이구덕 속으로 들어가 잠자는 척하고 눕는 것이었다.

어머니는 겁이 나서 아버지에게 곧 알렸다. 관가에서 알게 되면 역적으로 몰려 삼족이 멸하게 될 것이 뻔하다. 부부는 아이가 잠든 틈에 가만히 겨드랑이를 헤쳐 보았다. 과연 손바닥만큼한 날개가 나 있었다. 아버지는 얼른 숟가락을 불에 달구워 날개를 지져 버렸다. 날개를 그대로 두면 장수가 될 것이 뻔한 일임을 아버지도 알았지만, 만일의 경우 집안이 망할 것을 두려워하여 아까워하면서도 지져 버린 것이었다.

그 후, 이 아이는 예사 아이처럼 조용해졌지만, 점점 자라면서 힘이 남달리 세어서 소문이 났다.

김녕리는 해촌이라 어업이 성하였었다. 이 아이도 자라자, 다른 사람과 일반으로 큰 배를 한 척 지어 고기도 낚고, 육지에 장사 짐도 나르곤 하였다. 그로부터 한연 한배임재라 부르게 되었다.

한연 한배임재 배는 컸기 때문에 나라에 진상을 올리는 일이라든지, 육지에서 쌀을 날라 오는 일을 많이 하였다.

어느 해의 일이었다. 한연 한배임재는 육지에 가서 무곡(쌀)을 사서 한 배 가득 싣고 제주로 향해 오고 있었다. 육지와 제주의 중간쯤, 사방을 보아도 섬 하나 보이지 않은 바다에 왔을 때 수적(水賊)이 나타난 것이다. 수적들은 배를 가까이 대어 놓고 외쳤다.

"거 누구네 배냐?"

"짐녕 한영 한배임재 배다."

"뭣을 시꺼 오느냐(실어 오느냐)?"

"무곡을 시꺼 온다."

"목숨이 아깝거든 그 무곡을 이 배로 윙겨 시끄라(옮겨 실어라)."

한연 한배임재는 다리만큼 굵은 한닻(굵은 닻줄)을 맨손으로 바드득 무지러 끊어 머리띠를 턱 두르고, 다시 바드득 무지러 끊어 두 정강이의 바짓 가랑이를 올려 묶었다. 그래서 좁쌀 25말씩 넣어 묶은 먹서리를 한 손으로 잡아 던지기 시작했다. 돌멩이 내던지듯 좁쌀 먹서리를 내던져 가니, 수적의 배는 물 위에 뜬 나무 잎사귀처럼 이리저리 흔들거리다가, 바닷물 속으로 점점 잠겨 들어가기 시작했다.

한연 한배임재의 거동을 지켜 보던 수적 놈들은 그만 새파랗게 질려 버렸다. 처음 한닻으로 머리띠를 두를 때부터 '좀 힘이 센 놈인가보다' 했지만, 아무 말 없이 좁쌀 먹서리를 한 손으로 잡고서 휙휙 내던져 대는 데는 간장이 서늘해진 것이다. 어찌할 줄을 모르고 멍하고 서 있는 동안, 어느새 먹서리는 산같이 쌓여지고 배가 금방 가라앉게 되어 가는 것이다.

수적 놈들은 꼼짝없이 죽게 되었다. 거의 무의식적으로

일제히 꿇어앉아 빌었다.

"과연 목숨만 살려 주십서."   .

"이놈덜, 큰 배레(큰 배로) 올라오면 살려 주마."

한연 한배임재는 그제야 한 마디 크게 소리 쳤다.

수적 놈들이 큰 배로 올라오자, 한연 한배임재는 이놈들을 꽁꽁 묶어서 관가에 데려다 바쳤다.

당시는 바다에 수적이 꽤 많은 때였는데, 그 후부터 제주 사공들은 수적을 모면하는 방법이 생겼다. 바다에서 수적을 만나, '어딧 배냐?' 하면 '짐녕 한연 한배임재 배다' 하고 소리 치는 것이다. 그러면 수적 배는 모두 부리나케 도망가 버렸다고 한다.

한 번은 육지로 항해해 가다가 배에 식수가 떨어졌다. 한연 한배임재는 진도(珍島) 벽파진(碧波津)에 배를 대고 물을 길러 선창에 내렸다.

마침 선창에는 어부들이 큰 닻을 운반하고 있었다. 닻은 하도 커서, 한쪽에 오십 명씩 백 명이 들어 목도질을 해야 겨우 한 치를 띄울까말까 한 것이다. 한연 한배임재는 그 광경을 보고 무심코 중얼거리며 지나갔다.

"게염지(개미) 새끼덜처럼 복실복실 돌아젼(달려들어서) 뭘 ㅎ는 건가."

목도질하던 한 사람이 이 말을 듣고 '저기 물 질러 가는 놈이 우리를 모욕하더라'고 군중들에게 알렸다. 군중들은 일제히 분을 토하고, 내려올 때는 잡아 단단히 경을 쳐 주자고 벼르고 있었다.

한연 한배임재가 물을 길어 내려오다 보니, 군중들이 닻도 아니 메고 웅성웅성하고 있었다. 한 사람이 썩 나서서 길을 막아 서며 말을 거는 것이었다.

"아까 올라가며 뭐라 했느냐?"

"개염지(개미) 새끼덜처럼 복실복실 모여서 뭘 허염딘(하고 있느냐) 말하여십주(말했지요)."

"야, 이놈, 벨놈 다 본다. 너 그러면 이 닻가지를 들 수 있겠느냐? 못 들면 넌 목을 베일 거고, 들민 우리가 술 한잔 멕인다."

한연 한배임재는 군중들을 쳐다보다가 닻이 있는 데로 걸어갔다. 닻을 한 손으로 잡고서 왈카닥왈카닥 흔들어 보고는 두 손으로 잡아 번쩍 들어 휙 내던져 버렸다. 닻은 저 멀리 개펄에 가 푹 박히고 끄트머리만 삐죽하게 개펄 위로 보였다. 군중들은 얼굴이 파래지고 약속이나 한 듯이 일제히 엎드렸다.

"아이고, 몰라봤습니다. 과연 용서하십시오."

간절히 빌고는 '저 닻가지를 뽑아서 주십사'고 애원하는 것이었다. 사실 평지에 있는 것도 운반을 못하여 개미 떼처럼 달라붙었는데, 이젠 개펄 속에 박아 놓았으니 정말로 큰일이 난 것이다. 한연 한배임재는 '그럼, 고소를 지내야 하지' 하며 털썩 앉았다.

군중들은 막걸리 통을 날라 왔다. 한연 한배임재는 막걸리 서너 통을 훅훅 들이마시고는 다리를 걷고 개펄 속으로 들어가더니, 닻가지를 잡아 쑥 뽑아 내어 휙 내던졌다. 닻가지는 저만큼 가서 덜컹 떨어지면서 그만 한 쪽 가지가 툭 부러지고 말았다.

이 광경을 보던 벽파진 사람들은 역적이 났다고 관가에 보고해 버렸다. 그만한 장사면 역적이 될 법도 한 일이다. 관가에서 즉시 잡아다 서울로 보내었다.

조정에서 조사를 해 보니 한연 한배임재였다. 이제까지 제주에서 진상(進上)을 올릴 때, 다른 배는 수적에게 진상품을 자주 빼앗겨 못 올리는 일이 많았지만, 한 번도 빼앗기는 일 없이 잘 올려 바친 한연 한배임재가 잡혀 온 것이다. 조정에서 조사를 해 본 후 '이 사람은 나라의 공로자다'라고 하여 후한 상을 주고 돌려 보내었다 한다.

(1975·2·25 구좌면 서김녕리 안용인(남) 제공)

51 토산 당팟당장

약 150년 전, 표선면(表善面) 토산리(兎山里) 광산 김댁(光山金宅)에 당팟당장이라는 이가 있었다.

키가 후리후리한데 몸피는 보통 사람의 두 배나 되었다. 탁배기(막걸리)는 한꺼번에 한 허벅(물 긷는 동이)을 먹어도 모자랐고, 밥은 한 말어치를 한꺼번에 먹었다. 이런 체구였으니 힘이 장사일 것은 두말할 것도 없다.

그런데 당팟당장은 좀 심술이 고약스러운 데가 있었다.

그는 농사를 지으면서 목수 일을 하고 있었는데, 어느

해 부모가 연만(年滿)해 가는 것을 보고 관을 미리 짜 놓았다. 그랬다가 아버지가 돌아가시자 손수 짠 이 관에 입관하여 장사를 지냈다.

동네에서 담뱃대나 내두르는 어른들은 이것을 보고 야단을 했다. 제가 목수니까 공정을 서두르지 않으려고 제 애비의 관을 손수 짰으니, 이런 고약한 놈이 어디 있느냐는 것이다. 당시는 상사가 나면 관을 짜준 목수에겐 삼년상에 돼지 뒷다리 하나와 떡을 한 채롱 가득 가져가고, 묏자리를 봐 준 지관에겐 돼지 앞다리 하나와 떡을 한 채롱 가져가게 되어 있었다. 이 음식물을 가져가는 것을 '공정 서른다'고 했다. 그러니 동네 어른들은 이놈이 구두쇠여서 인사 예법도 모르고, 관을 제 손으로 짰으니 벌을 줘야 하겠다고 나온 것이다.

벌은 당팟당장네 집에 대사가 났을 때, 동네에서 일체 도와 주지 않는 것으로 결정이 되었다.

그 후, 얼마 안 가 당팟당장은 집을 짓게 되었다. 당시는 집을 짓게 되면 동네에서 사흘 동안 노력협조를 해 주었었다. 하루는 소들을 몰고 나가 산의 나무를 날라다 주고, 이틀째는 흙칠을 해 주고, 사흘째는 울타리 담장을 쌓아 주는 일이다.

당팟당장은 한라산에 가서 나무를 베어 놓고 동네에 와 소를 빌려 달라고 했다. 그러나 이미 벌칙이 내려진 대로 아무도 소를 빌려 주지 않았다.

당팟당장은 심술이 조금 생겼다. 홀로 산에 올라가더

니, 삼간집 지을 나무를 전부 한짐에 짊어지고 동네로 내려왔다. 동네 길은 물론 좁았다. 긴 집재목을 진 당팟당장은 동네 길을 내려오면서 이리저리 내저어 댔다. 동네의 밭담, 울타리 할 것 없이 모든 담장이 미끈하게 허물어져 갔다. 그리고 소를 아니 빌려 준 한 집에 들어가 툇마루를 턱 밟고 올라섰다. 이 마루는 한 뼘 두께는 될 가시나무의 마루인데, 이 마루가 그만 우지끈 부러져 버렸다는 것이다.

이것을 본 동네 어른들이 '이놈 벌을 풀어 줘 버려야 하지, 안 되겠다' 하여 다 소를 내놓아 나무를 실어다 주고 집을 지어 주었다 한다.

당시는 산 다툼(묏자리 다툼)으로 싸움이 잘 벌어졌는데, 이런 때 당팟당장은 단단히 한몫을 했다 한다.

어느 해, 동네 사람의 상사가 나서 운구를 해 가고 광중을 파고 있었다. 마침 그 옆에는 다른 동네 사람의 묘가 있었는데, 그 동네 사람들이 우르르 몰려와서 '우리 조상의 묘소 맥상에 장사할 수 없다'고 대들었다. 그래도 억지로 일을 진행해 가니, 저쪽 사람은 파놓은 광중에 드러누워 극력 저항하는 것이었다. 이젠 싸움이 날 판이다.

일이 난처해지자, 상제가 당팟당장에게 '이거 영장ㅎ게 허여 줘사주(해 줘야지) 어떵홀 거우까(어찌할 것입니까)' 하고 당부했다.

당팟당장은 탁배기(막걸리) 한 허벅을 쏙 들이마시고 나가더니, 앞에서 대드는 제일 단단하게 보이는 놈을 하나 꽉 잡았다. 그래서 광중을 파던 곡괭이를 꺼내어 곡괭이 가운데에다 그놈의 두 팔목을 놓고 쑤욱 꾸부리어 마치 포승을 묶듯 채워 버렸다. 그러고는 옆에 있는 더부룩한 나무를 뿌리째 획 뽑아 내어 덤벼드는 놈을 그냥 후려갈겨대니, 상대방은 어디 갔는지 순식간에 도망쳐 버렸다는 것이다.

어느 해엔 나무 방아를 만들려고 한라산에 가 몇 아름 되는 나무를 베어 방아를 파고 있었다. 이때 뜻밖에 산감(山監)이 나타났다.

산감은 말할 것 없이 체포하겠다고 달려들었다. 당팟당장은 가운데를 반쯤 파 놓은 방아를 획 쳐들어 머리에 툭 썼다. 마침 비가 부슬부슬 오고 있었다. 당팟당장은 그 무거운 방아를 쓴 채 두어 발자국 앞으로 나서며, '비 맞지 말커건(아니하겠거든) 이래 오키여(이리 오지)' 하니, 그만 산감이 도망가 버렸다 한다.

(1975·3·2 표선면 토산리 김태구(남·71세) 제공)

52 막 산 이

3백 년쯤 전, 중문면 중문리 무우남밭 이좌수(李座首)네 집에 '막산이'라는 종이 있었다. 체구가 크고 아주 힘이 장사였으며 일도 잘했다. 오십 명이 먹을 점심을 한꺼번에 먹고 오십 명이 할 일을 혼자서 했다 하면 가히 알 만하다.

막산이는 배가 커서 항상 배가 고팠다. 그래서 밤마다 동네 집에 들어 도둑질을 아니하는 날이 없었다.

하루는 이좌수네 집의 제삿날이었다. '오늘은 제삿날이니 요놈을 잘 지키겠거니' 하니, 주인은 제사를 모시고 앉아서 연해 막산이를 불렀다.

"막산이야."

"예."

"막산이야."

"예."

부를 때마다 막산이는 대답했다.

"오늘은 잠을 아니 자고 지키니 도둑질을 못 나가는구나."

이렇게 생각하며 계속 불러 보기를 게을리 하지 않았다.

제(祭)를 지낼 시간이 되었다. 주인은 제를 지내노라고 잠시 부르지 못하고 제가 끝나자 곧 '막산이야' 하고 불렀다. 역시 '예' 하고 대답했다. 주인은 '오늘 저녁은 잘 지켜졌다'고 안심했다.

날이 밝자, 한 집에서 막산이가 간밤 도둑질을 해 갔다고 찾아왔다. 주인은 '간밤만은 집에 제사가 있어 잠을 아니 자고 지켰으니 도둑질할 리가 없다'고 대들었다. 그래도 틀림없이 도둑질을 해 갔다고 우겨 대는 것이었다.

주인은 막산이를 불렀다.

"너 언치냑(어제 저녁) 도적질을 허였다 ㅎ니, 어느 시간에 허였느냐?"

"예, 밴 고프고, 할 수 웃이 제 지내는 틈에 장간(잠깐) 어디 갔다 왔수다."

막산이는 시무룩하고 머리만 북북 긁더라 한다.

이좌수네 집(알칩이라 한다) 뒤에는 '큰머들왓'이라는 이좌수네 밭이 있었다. 이 밭은 약 1정보쯤 되는 넓은 밭인데 어느 해 조를 갈았다.

가을이 되어 조를 다 베어 놓았는데, 밤중에 빗방울이 뚝뚝 떨어지기 시작했다.

"막산이야."

"예."

"빗방울이 뚝뚝ᄒ고, 저 밧디(밭에) 졸(조를) 어떵ᄒ느니(어떻게 하느냐)?"

"거(그것) 느람지(이엉) 더꺼시난(덮었으니) 괜길치 아널 듯ᄒ우다(괜찮을 듯합니다)."

"무스거(뭐)?"

"비 왐직허연(비가 올 것 같아서) 묶어단 눌왓디(낟가리 자리에) 눌었우다(가리었습니다)."

주인은 어이가 없었다. 그 새에 그 많은 조를 혼자 묶어서 운반해다가 가리었다는 게 믿어지지 않았다.

이튿날 아침에 보니 과연 조는 가리어 있었는데, 집 뒤의 팽나무에는 조 묶음이 주렁주렁 과일이 달리듯 매달려 있지 않은가. 이좌수네 집과 큰머들왓은 약 1백 미터쯤 떨어져 있고, 그 중간에 큰 팽나무가 서 있다. 막산이는 비가 올 것 같으니, 조를 묶으면서 그 팽나무를 넘겨 울타리 안으로 휙휙 던진 것인데, 그 조 묶음이 나뭇가지에 걸려 매달린 것이었다. 그러니 낟알은 얼마나 붙었을지 모를 일이다.

주인은 어떻게든 막산이를 먹여 살려 보려 했지만 너무 배가 커서 힘겨웠다. 어느 해엔가 '넌 멕이지 못홀 테니 다른 디로 가라' 하고 집을 내보냈다.

그때 이름난 부자로 안덕면(安德面) 창천리(倉川里) 배염바리 강(姜)씨 집이 있었다. 막산이는 이 배염바리 강씨 집으로 갔다.

강씨 집에서는 새 종을 데려 온 김에 군산(軍山) 앞 고느레굴이라는 곳에 논을 만들려고 했다. 강씨네 밭 옆으로 물은 찰찰 잘 흐르고 있었다.

"막산이야, 느(너) 저 군산 앞의 강(가서) 논 맹글라(만들어라)."

"예."

"거(그것) 믄(모두) ㅎ젱ㅎ민(하려고 하면) 삼백 놈은 들어사 홀거여. 저 난드르(大坪里) 강(가서) ㅎ를(하루) 쉰 놈씩만 놉(일꾼)을 빌라."

막산이는 갔다 오더니 일꾼 쉰 사람을 빌었다고 하는 것이었다.

주인은 부지런히 차려서 쉰 사람 먹을 점심을 하여 막산이에게 보내었다. 막산이는 점심을 지고 꺼떡꺼떡 나갔다.

주인이 한낮쯤 되어서 일이 어떻게 진행되나 보려고 밭에 가 보았다. 이게 무슨 일인가? 일꾼은 하나도 없고 막산이는 혼자 낮잠만 자고 있는 것이다.

하도 기가 막혀 말을 할 수 없었다. 못 본 체하고 그냥 집으로 돌아와 버렸다.

조금 있다가 군산(軍山) 쪽을 바라보니 이상한 현상이 보였다. 군산 앞이 먼지로 보얗고 가만히 보니 솔개가 하늘에 휘휘 날고 있는 것이다.

"저게 무슨 일인가?"

무슨 변이(變異)가 일어난 것이라 생각했다. 저녁때가 되니 막산이가 들어왔다.

"오늘 일 어떻게 되였느냐?"

"예, 다 허였우다."

"다 허여?"

주인은 '낮에 가서 뻔히 봤는데 괘씸하다' 생각하고 날이 밝자 곧 밭에 가 보았다. 과연 논을 다 만들어 놓고 있었다.

당시는 나무삽을 쓰던 때였다. 막산이는 쉰 사람 먹을 밥을 혼자 다 먹고 난 후에, 그 논을 혼자서 다 만들어 놓은 것이었다. 나무삽으로 흙을 파 던지는데 먼지가 하늘을 뒤덮고, 계속 파 던지는 돌맹이가 하늘을 날아, 솔개가 나는 것처럼 보였던 것이다.

주인은 그제야 '이놈 무서운 놈이로구나'고 생각했다. 그 논에서는 벼가 한 70석은 족히 난다.

한 번은 술을 빚으려고 차좁쌀로 오맥이떡을 해 놓았다. 좁쌀 닷 말어치 떡이다. 이것을 안 막산이가 얼른 부엌에 들어갔다 오더니 그만 떡이 하나도 없었다. 어느 새 그 떡을 다 먹어 버린 것이다.

하다하다 배염바리 강씨 집에서도 먹여 살릴 수가 없어 막산이는 쫓겨나는 신세가 되었다.

어쩔 수 없이 막산이는 한경면(翰京面) 경(境) 원(院) 곁에 갔다. 여기는 제주(濟州)와 대정(大靜)간의 중요 교통로였다. 곡식을 나르는 소도 지나고 돈을 가진 손님도 지난다. 막산이는 여기에 숨어 살면서 지나가는 곡식 짐도 뺏아 먹고, 마소도 때려 잡아먹고 하다가 결국은 여기서 굶어 죽었다. 막산이가 죽은 곳이라서 그때부터 이곳을 '막산이 구석'이라 부르게 되었다 한다.

(1975·3·3 중문면 중문리 김승두(남·62세) 제공)

53 논 하 니

남원면(南元面) 웃귀〔衣貴里〕 경주 김씨댁은 역대 감목관(監牧官)을 지낸 집안으로 유명한데, 이 집안에 '논하니'라는 종이 있었다.

논하니는 원체 체구가 크고 힘이 세어 일을 잘했다. 그에 맞추어 또 배의 크기가 이만저만이 아니어서 제대로 배를 채워 본 적이 없었다.

상전인 김씨댁에서도 이 종이 얼마나 배가 크고 얼마만한 힘을 가졌는지를 잘 모르고 있었다.

어느 해 가을, 꼴을 베어 들일 즈음이었다. 김댁에는

'오맛'이라는 꼴밭이 있는데, 약 2만 평쯤 되는 밭이다. 상전은 이 밭의 꼴을 베어 들이기 위해 논하니를 불렀다.

"너 오맛에 강(가서) 촐(꼴) 돌아방(돌아보고) 오너라."

밭을 돌아보고 온 논하니는 '혼 백놈이면 비것습데다(베겠습니다)'라고 보고했다.

"너 그러면 놉(일꾼)을 백 놈 빌어 놔야 홀 게 아니냐."

"예, 다 빌어 놓고 왔습니다."

이튿날은 동이 트자 부산하게 백 사람 먹을 점심을 준비해서 논하니를 깨웠다. 논하니는 소에 점심을 싣고 밭으로 나갔다.

낮이 가까워서 상전은 작업 광경을 보기 위해 말을 타고 밭에 가 보았다. 백 명 일꾼이 부리나케 일을 하고 있으리라 생각했는데, 일꾼은 하나도 없고 논하니만이 앉아서 낫을 슬슬 갈고 있는 것이었다.

"너 이놈아, 어느 게 백 놈 놉이냐?"

"그 나 아둘놈의 주석덜(자식들), 오기엔(오겠다고) 허여 놓고 혼 놈이나 오랐답데까(왔답디까)."

상전은 기가 막혀서 욕도 못하고 그대로 내려와 버렸다.

논하니는 그저 무심코 앉아 낫만 갈았다. 낮이 훨씬 넘도록 낫을 갈아 놓고는, 머리털을 하나 뽑아 날을 향해 푸우 불었다. 머리털이 싹 끊어져 날아가는 것이다. 그제야 '되었다' 하고 낫을 놓은 후, 백 사람의 점심을 혼자

말끔히 먹어 치웠다. 그리고 잠시 숨을 내리쉬고는 꼴을 훔쳐 베기 시작했다. 어떻게 베어 제쳤는지 해가 질 무렵이 되자, 백 사람이 벨 꼴을 다 베어 제쳤다.

집에 들어온 종을 보고, 상전은

"너 츨(꼴) 어떵(어떻게) 허였느냐?"

"다 비였우다(베었습니다)."

다 베었다는 말이 곧이들리지 않아 상전이 곧 말을 타고 가 보았더니, 백 사람이 벨 꼴을 혼자서 다 베어 놓았더라는 것이다.

상전은 그제야 무서운 놈이라고 감탄했다 한다.

이튿날은 또 논하니를 불러 물었다.

"그 츨 몇 놈 역(役)이나 ᄒ민(하면) 묶어지겠느냐?"

"예, 기자(그저) 쉰 놈 역이민 묶으것습네다."

일꾼 쉰 사람을 빌어 놓으라 하고, 이튿날은 쉰 사람의 점심을 해서 밭에 보내었다. 논하니는 역시 쉰 사람의 점심을 소에 싣고 밭으로 갔다.

낮쯤 되어서 상전은 또 말을 타고 밭을 보러 나갔다. 가다 보니 이상한 일이 보였다. 솔개 여남은 마리가 꼴밭 위 하늘을 빙빙 맴돌고 있는 것이다.

"하, 종놈이 죽어 솔개 놈들이 뜯어먹나 보다."

이렇게 생각하며 밭에 가 보았더니 그게 아니었다. 논하니가 꼴을 묶으면서 한 군데에 모아 놓느라고 한 묶음을 묶어서는 휙 내던지고, 또 묶어서는 휙 내던지곤 하는 것을 워낙 빨리 해놓으니까, 꼴 묶음 여남은 개가 쉬지 않고 하늘에 나는 것이었다.

그날은 쉰 사람 먹을 점심을 다 먹고 쉰 사람이 할 일을 해치운 것이었다.

이때 논하니가 처음으로 먹고 싶은 대로 배부르게 한 번 먹어 보았다는 것이다.

또 어느 해 가을의 제삿날에 바람이 설렁설렁 일기 시작했다. 바람이 불기 시작하면 염치 없이 셀 때가 많으므로, 상전은 제사만 끝나면 곧 밭벼를 베러 가려고 준비했다.

상전은 제(祭)가 끝나자마자 곧 논하니를 불렀다.

"이야(얘야), ㅎ저(어서) 멧밥 먹어그네(먹어서) 산뒤(山稻) 비레 가라."

"산뒤 비렌(베러) 뭣ㅎ젱(뭣하려고) 간답네까? 보름(바람) 안 납네다."

논하니는 가려고 하지 않았다. 상전은 종이 말을 아니 들으니 할 수 없이 손수 가야겠다 하여 분주히 밭에 갔다.

컴컴한 밤중에 밭에 와 보니 이상하게도 밭벼가 모조리 땅바닥에 납작하게 쓰러져 있는 것이다. '이상하다. 바람이 그리 세지는 않았는데…….' 하며 만져 보니 베어 놓은 것이었다. 그제야 바람이 일기 시작하자, 논하니가 혼자 와서 제사 때 전에 모조리 베어 놓은 것을 알았다는 것이다.

(1975·3·2 남원면 태흥리 김기옥(남·70세) 제공)

54 문만호 며느리

약 150년 전 구좌면 세화리(細花里)의 문만호(文萬戶)가 구좌면 김녕리(金寧里) 색시를 며느리로 데려왔다.

며느리는 시집 오면 집안 일을 돕는 뜻에서 으레 물을 길어 날라야 한다. 문만호의 며느리도 허벅(물을 길어 나르는 항아리)을 지고 물을 길러 다녔다. 물을 길러 갈 때 네거리를 지나노라면 동네 청년들이 모여 서서 들음돌을 드는 데에서 늘 마주치게 되었다. '들음돌'이란 둥그렇고 큰 바윗돌로서, 사람이 많이 모이는 길거리에 놓아 두어서 젊은이들이 힘 내기로 항상 들어 힘을 기르는 돌이다. 들음돌은 큰 것을 두면 반드시 그것을 들 수 있는 힘센 사람이 난다 하고, 그것은 동네의 힘의 과시도 되어서 큰 들음돌이 놓여 있으면 딴 동네 사람이 감히 넘보지를 못한다.

문만호의 며느리는 물 허벅을 지고 가며 오며 들음돌 드는 광경을 곁눈질로 보았다. 그렇게 무거울 것 같지도 않은데, 청년들은 들지 못하여 바득바득하는 것이다. 문만호의 며느리는 얼마나 무거운 것이기에 저러는가, 한 번 들어 봤으면 하는 생각이 들었다.

하루는 아침 일찍 물을 길러 가게 되었다. 네거리엔 이른 아침이라 청년들이 하나도 없었다. 문만호의 며느리는 아무도 안 보는 이때에 들어봐야겠다 하고, 물 허벅을 진 채로 들음돌을 번쩍 들어보았다. 그렇게 무거워서 청년들이 땅에서 뗄까말까 하는 들음돌이 가뿐하게 들렸다. 재미가 있어서 몇 발자국 걸어 보다가 윗밭으로 휙 내던져 버렸다. 들음돌은 흙이 움푹 패어지며 떨어졌다.

그날부터 청년들이 모여들어 보니 들음돌이 없어졌다. 찾아 보니, 돌은 두어 밭 넘어 윗밭 구석에 던져져 있었다. 이게 뉘 짓인가? 동네에서는 갖가지 추측이 돌기 시작했다.

마침 아침 일찍 문만호의 며느리가 물 길러 가는 것을 본 사람이 있어, 결국 이 며느리밖에 그럴 사람이 없다는 결론이 내려졌다.

소문은 번져서 문만호의 귀에 들어갔다. 문만호는 그럴 리가 있느냐 했다. 그래도 혹시나 하여 며느리를 불러들여 물어봤다.

"느(너) 혹시 들음돌 건드련디야(건드렸느냐)?"

"예, 하도 청년덜이 무거완 ᄒᆞᆫ고태(무거워 하길래), 얼마나 무거운가 하연 들러 보난(들어 보니) 개뿐ᄒᆞᆫ고태(가뿐하길래) 웃 밭데레 데껴부렀수다(던져 버렸습니다)."

문만호는 한편 놀라고 한편 집안이 창피스러워졌다. 곧 며느리에게 회초리를 가져오라고 야단했다. 그러고는 다리를 걷어 세워 그 연한 다리를 대여섯 대 때리면서 야단을 쳤다.

"다시도 그런 장난 ᄒᆞ겠느냐! 남ᄌᆞ들이 노는 물건은 예ᄌᆞ(女子)가 손 대는 법이 아니다. 썩 가서 들러다 놓지 못ᄒᆞ겠느냐!"

시아버지의 호통 소리에 며느리는 곧 들음돌을 제 자리
로 들어다 놓았다 한다.

(1975·2·28 구좌면 세화리 김시화(남·80세) 제공)

55 심돌 강씨 할망

약 1백 년 전, 심돌(始興里 :성산면) 강씨(姜氏) 할망
이 같은 마을 부씨(夫氏)댁에 시집을 왔다. 강씨 할망은
어렸을 때부터 힘이 세었다.

강씨 할망의 시집 앞길에는 들음돌이 놓여 있었다. 젊
은이들이 매일과 같이 모여들어 들음돌을 든다. 이 들음
돌은 이 근리(近里)에서 제일 무거웠다 한다. 시흥리 사
람들이 힘이 세었음을 의미한다. 가령 시흥리 사람들이
이웃 마을 오조리(五照里)의 들음돌을 보고는 '저것사(저
거야) 조배기(수제비) 주들음돌이라(들음돌이냐)?'고 나
무랐을 정도였다.

강씨 할망은 시집 와서 얼마 아니 된 때, 아침 일찍 물
을 길러 나가다가 이 들음돌이 발에 채었다. 아직 채 밝
지 않은 때에 생소한 길을 걷는 것이라 발에 챈 것이다.
강씨 할망은 '귀찮은 돌을 길거리에 놓아 발을 채게 한다'
고 투덜대며, 물 허벅을 진채 들음돌을 번쩍 들어다 옆의
논밭에 던져 버렸다. 들음돌은 흙 속에 움푹 패어져 들어
갔다.

이튿날, 청년들이 논밭에 들어간 들음돌을 발견하고, 이

것이 누구의 힘인가를 찾기 시작했다. 찾을 수가 없었다.

청년들은 이 돌을 꺼내려고 논밭에 들어가 힘을 다 내어 봤으나 꺼낼 수가 없었다. 이 광경을 바라보던 강씨 할망은 하도 우스워서 다리를 걷어 올리고 들어가 번쩍 들어 길거리로 내던져 주었다고 한다.

(1975·2·28 성산면 시흥리 양기빈(남·69세) 제공)

56 시흥리 현씨 남매

약 5백 년 전, 심돌〔始興里〕이 현 위치에 부락이 이루어지기 전 일이다. 당시는 멀믜〔斗山峯〕 뒤쪽 '대섬머세'라는 곳에 인가가 몇 있을 뿐이었는데, 이때 현씨(玄氏) 부부가 여기에 살고 있었다.

현씨는 자식을 낳으면 힘이 센 자식을 낳아야겠다고 늘 생각했다. 그래서 어느 해 부인이 임신을 하자, 계속 소를 열 마리나 잡아먹였다. 아들을 낳으리라 믿고 열 마리씩이나 잡아먹인 것인데, 낳은 것을 보니 딸이었다. 현씨는 '아차!' 했다. 이 딸아이의 힘은 이만저만한 것이 아니었다.

다음에 또 부인이 임신을 했다. 다시 현씨는 소를 잡아먹이기 시작했다. 그러나 아홉 마리만 잡아먹이고나서 생각해 보니, 혹시 딸을 다시 낳을지도 모르겠다는 생각이 들었다. 한 마리라도 아껴야 하겠다고 해서, 이번엔 아홉 마리만 잡아먹이고 중단했다. 그런데 낳은 것을 보니 아들이었다. 현씨는 '아뿔싸!' 했다. 이 아들도 힘이 세었다.

당시 대섬머세에 살 때는 현재의 시흥리 입구에 있는 '큰물'이라는 샘물을 길어다 먹었다. 현씨의 딸도 남과 같이 허벅으로 이 물을 져 날랐다. 그 길은 좁고 험한 길이었다.

어느 겨울, 설한풍이 몰아치는 날, 현씨 딸은 허벅에 물을 지고 그 길을 오르고 있었다. 몰아치는 눈발을 헤치며 가다 보니 내려오는 사슴 한 마리가 눈앞에 딱 마주쳤다. 그때는 인가가 많지 않은 때였으니, 한라산의 사슴들이 눈을 피해서 해변까지 흔히 내려왔다. 사슴은 사람을 보자 길을 꺾어 도망가려 했다. 현씨 딸은 허벅을 진 채 훌쩍 내닫더니, 뛰는 사슴을 앞질러 가서 두 뿔을 잡고 휙 돌았다. 사슴이 벌렁 쓰러지는 것이었다. 이렇게 하여 사슴을 잡아 둘러메고 들어가니 현씨도 과연 딸의 힘에 놀랐다 한다.

이 무렵, 구좌면 김녕리에서 씨름판이 벌어진다는 소문이 들려 왔다. 현씨는 이 기회에 아들의 힘과 딸의 힘을 견주어 보고 싶었다. 그래서 아들을 씨름판으로 보내고, 뒤이어 딸을 남장(男裝)시켜 좇아가 보라 했다.

씨름판은 현씨 아들을 이기는 자가 없었다. 완전 독판을 모는 것이었다. 현씨 아들은 기세 등등하여 휘둘러 가니, 여기저기서 수군수군하기 시작했다. 드디어 군중들은 와아 하고 일어섰다. 정의(旌義) 놈이 목안(牧內:제주시내)에 와서 독판을 치다니, 이놈 발모듬(군중의 발길질)

을 해 버려야 하겠다는 것이다.

이때 남장한 누님이 턱 나섰다.

"보자ᄒ니 보잘것없는 놈이 남의 ᄆ을에 와서 독판을 모니 이게 될 말이냐. 나ᄒ고 붙어 보자."

씨름이 붙었다. 누님인 줄 모른 현씨 아들은 가소롭다는 듯 달려들었다. 그러나 소 열 마리를 먹고 낳은 딸이 이길 것은 뻔한 일이었다.

동생을 쓰러뜨린 누님은 군중을 향해 말했다.

"난 저 목안 서촌에 사는 사름인디, 정의 놈이 와서 독판을 모니 목안 사름으로서 괘씸허여 가지고 붙어 보니 하찮은 놈이로고만(놈이로군). 기냥(그대로) 내 부주(내 버립시다)."

그제야 김녕 사람들의 울분이 가라앉았다. 이렇게 하여 동생의 위기를 구해 주었다 한다.

㊀
당시 제주도는 제주(濟州)·정의(旌義)·대정(大靜)의 삼현(三縣)으로 행정 구역이 나누어져 있었는데, 제주목(濟州牧) 사람들은 정의·대정 사람들을 얕잡아 보는 풍조가 있었다.

(1975·2·28 성산면 시흥리 양기빈(남·69歲) 제공)

57 태흥리 경김댁 며느리

백 여 년 전, 남원면(南元面) 태흥리(泰興里) 경주 김 씨(慶州金氏)댁에 새 며느리를 데려왔다.

경김댁(慶金宅) 앞은 큰길이어서 들음돌이 놓여져 있어, 젊은이들이 모여서는 매일같이 이 돌을 들곤 했다.

새 며느리는 여기 모이는 젊은이들이 귀찮았다. 매일 허벅을 지고 물을 길러 집을 나서면, 여기의 젊은이들과 마주치는 것이다. 방금 시집 온 몸이라 내외도 해야 하는 처지인데, 집을 나서기만 하면 이들과 마주치게 되어 딱했다.

하루는 물을 길어 오다 보니, 젊은이들이 한 사람도 없었다. 이 아무도 없는 기회에 돌을 치워 버려야 하겠다는 생각이 들었다. 며느리는 물 허벅을 진 채로 들음돌을 들어 보았다. 젊은이들이 그렇게 무거워서 와와 하던 돌인데 가뿐하게 들 수가 있었다.

그 들음돌이 그리 가벼운 것은 아니었다. 동네에서 꽤 힘이 세다는 젊은이가 겨우 테역을 가르고(겨우 잔디의 이파리 위까지 들어 올린다는 말), 더 힘센 사람이면 한 치, 가장 힘센 사람이 한 뼘을 겨우 들어 올리는 돌이었다.

며느리는 이 돌을 들어서 이웃집 울타리의 대밭으로 던져 버렸다.

동네에서는 들음돌을 잃어버렸다고 야단이었다. 찾다보니 돌은 대밭에 가 있었다. 이것이 누구의 힘인가 하고 찾기 시작했다. 결국엔 이 며느리가 들어다 던진 것이 알려졌다.

젊은이들은 어떻게 저들의 힘으로 이것을 옮겨 놓아 보

려고 애를 썼다. 그러나 도리가 없었다. 할 수 없이 젊은 이들은 이 며느리에게 와서 사정을 했다. 며느리는 퍽 부끄러워하며 젊은이들을 보내 놓고는, 이 밤과 저 밤 새에 살짝 그 돌을 들어다 집에서 좀 떨어진 길 구석에 놓아 주었다 한다.

(1975·3·2 남원면 태흥리 김기옥(남·70세) 제공)

58   산호 해녀

옛날 모슬포(摹瑟浦:대정읍)에 한 해녀가 살고 있었다. 누구나 거쳐야 하는 마마를 겪지 않은 해녀였다.

어느 날 해녀는 금로포(金露浦:안덕면 사계리)에 갔다가 대모(玳瑁:바닷거북의 일종)가 바닷가 웅덩이에 빠져 있는 것을 발견했다. 밀물에 올라왔다가 물이 빠지자 나가지 못한 것이 분명했다. 해녀는 퍽 불쌍한 생각이 들어서 대모를 잡아서 바다에 놓아 주었다. 대모는 기쁜 듯이 조금 헤엄쳐 가다가, 잠시 뒤돌아서 마치 절하며 감사하듯이 머리를 꺼떡하고 다시 유유히 물 속으로 사라지는 것이었다.

그 후 얼마 뒤에 해녀는 용머리(龍頭岩:안덕면 사계리) 아래에서 전복을 따러 바다에 들어갔다. 큰 전복을 겨냥하여 물 속으로 잠수하여 얼마간을 들어가니, 이상하게도 조개로 반질반질하게 장식한 대궐이 바다 속에 보였다.

'이게 어떤 대궐인가?'

생각하며, 조금 더 들어가 보니 기이한 꽃들이 난만해 있고, 으리으리하고 화려한 궁궐이 차분히 자리잡고 있는 것이었다.

해녀는 대궐의 문 가까이 갔다. 이때 대궐 속에서 어떤 할머니가 나오더니,

"당신께서 내 자식을 살려 줘서 무어라 고마운 말씀 다 이를 수 없습니다. 어서 들어오십시오."
하고 해녀를 영접해 들어갔다.

해녀는 후히 대접받고 나오려고 하니, 할머니는 선물로 꽃 한 가지를 꺾어 주면서

"이 꽃을 가지고 가십시오. 이 꽃만 가지고 있으면 마마는 면할 수 있습니다."
고 하는 것이었다.

해녀는 꽃을 얻어 물 밖에 나와 보니, 그것은 산호(珊瑚) 꽃이었다. 해녀는 그 꽃을 소중히 간직했다. 과연 늙어 죽도록 효험이 있어, 해녀는 마마를 앓지 않고 넘겼다 한다.

(1975·3·4 대정읍 안성리 강문호(남) 제공)

59 관 덕 정

제주 시내 중심에 있는 관덕정(觀德亭)은 호남 제일정 (湖南第一亭)이라 부를 만큼 매우 웅장한 정자이다. 이 건물은 세종 30년(1448)에 당시 목사(牧使)였던 신숙

청(辛淑晴)이 군사 훈련청으로 창건했다는데, 그 상량식(上梁式)에 대해 다음과 같은 전설이 전한다.

이 정자를 지으려고 할 때 목사는 전국에서 유명한 목수들을 불러들였다. 그러나 집은 다 지으면 쓰러지고, 지으면 쓰러지곤 하였다. 일류 목수들이지만 그 이유를 알 수가 없었다.

목수들은 이번만은 쓰러지지 않게 지으려고, 더욱 치밀한 계산을 하고 다시 공사를 시작하였다.

한참 공사가 진행되고 있는데, 어느 날 어떤 중이 지나다가 삿갓을 들어 바라보며,

"또 쓰러지겠는걸."

하고 중얼거렸다. 목수들이,

"저가 뭣을 안다고 불길한 소리를 하느냐!"

라고 야단을 치자, 중은 묵묵히 삿갓을 덮어쓰고 가 버렸다.

이상한 일이었다. 집은 완공이 되자마자 다시 쓰러지고 말았다. 그제야 전번 중의 이야기가 뜻이 있는 말임을 깨닫고 그 중을 사방으로 찾았다. 한 달 만에 겨우 그 중을 찾고 가르쳐 주기를 극구 애원했다. 중은

"닭이나 돼지 상량식으론 안 되고 인상량식(人上梁式)을 해야 합니다."

라고 하는 것이었다.

"어떻게 사람을 희생하여 상량식을 합니까?"

"어렵지 않습니다. 아무 날 아무 시에 상량을 할 것으로 준비하여 '상량!' 하고 큰소리를 지르면 지나가던 솔장

수가 죽을 것이니, 그를 희생으로 하여 상량식을 하면 됩니다.”

중의 가르침이 이치에 닿지 않은 것 같지만, 그대로 할 것으로 하여 다시 공사를 시작했다.

상량할 날짜가 되었다. 목수들은 상량할 준비를 진행하고 있었다.

이때 마침 동쪽에서 솥장수가 큰 솥을 머리에 이고 이쪽으로 오고 있었다. 솥장수가 꼭 관덕정 앞 마당까지 이르렀을 때 군중들이 웅성웅성하고, ‘상량!’ 하는 큰소리가 울렸다. 솥장수는 이게 무슨 소린가 하고 머리를 들어 쳐다보려고 했다. 순간, 솥이 무거워 넘어지며 솥장수는 솥의 언저리에 목이 깔려 그 자리에서 죽었다.

과연 중의 말대로였다. 목수들은 이 솥장수를 희생으로 하여 상량식을 지냈다. 그제야 관덕정은 다시 쓰러지지 않고 완공이 되었다 한다.

(1960·1·10 제주시 용담1동 홍순흠·박용하 제공)

60 연북정

남제주군 조천면(朝天面) 조천리 바닷가에 연북정(戀北亭)이라는 정자가 있다. 이 정자는 가경(嘉慶) 25년(순조 20년:1820)에 지은 것으로서 ‘임금을 그리워한다’는 뜻으로 ‘연북정’이라 이름하였다.

이 정자 자리는 본래 바다여서 ‘조천석(朝天石)’이라는 바위가 하나 있었을 뿐이었다. 이 바위 위를 돌과 흙으로 메워 정자를 지은 것이다.

정자를 지은 후 얼마 안 되어 육지에서 어떤 지관(地官)이 왔다. 조천에 이르러 만세동산(조천리에 있는 언덕으로 3·1운동 때 맨 처음 만세를 불렀던 곳)에 올라 바닷가의 연북정 쪽을 보더니,

"저쪽에 바위가 하나 있을 터인데 이상하다."
라고 했다.

"예, 조천석이라는 바위가 있는데, 그것을 메우고 연북정을 지었습니다."

"그러면 그렇지. 칠성(七星)의 마지막 별이 저기 가서 떨어진 것이요."

내용인즉, 조천면 함덕리 쪽으로부터 언덕 위의 큰 바위가 띄엄띄엄 주천 쪽으로 벌여져 있는데, 만세동산이 여섯번째요, 마지막 일곱번째가 연북정 자리의 조천석이라는 것이다. 이 바윗돌이 바로 일곱 개의 별들로서, 그 마지막 별자리에 정기가 온통 모여져 있으니, 연북정 같은 큰 정자를 지을 자리가 된 것이라는 말이다.

(1975·2·24 조천면 조천리 김돈환(남) 제공)

조천리의 옛 이름은 조천관(朝天館)이었다. 조천관은 부산·인천과 더불어 우리나라 삼관(三館) 중의 하나로서 제주목(濟州牧)의 출입 항구였다.

이 선창 가에 큰 바위가 있는데 이것이 조천석(朝天石)

이다. 조천관이라는 이름도 여기서 나온 것이다. 이 바위에다 닻줄을 걸어 배들을 매곤 하였다.

어느 해엔가, 중국에서 유명한 지관이 와서 이 바위를 보고,

"저 바위를 보이지 않게 감추시오. 만일 감추지 않으면 조천에는 불량한 사람이 많이 나서 이민(里民)이 못 살게 될 것이요, 감추면 인물이 끊이지 않겠소."
라고 했다.

그래서 당시 조천면 관내 9개 리의 백성을 부역시켜 성을 쌓는 동시에 이 조천석을 흙으로 덮어 메워 둥글게 높이 쌓아 올렸다. 여기에 정자를 지어 '쌍벽정(雙碧亭)'이라 했다가 연군(戀君)의 의미를 붙여 연북정이라 고쳤다.

그 후로 조천에는 삼대문학(三代文學:安小柏·浮海·堯讚)이 나고, 현감(縣監)·군수(郡守)가 다수 배출되고, 명월만호(明月萬戶)만도 열여덟 명이나 나왔다.

(1975·2·24 조천면 조천리 김병화(남·77세) 제공)

61 대림의 선돌

한림읍(翰林邑) 수원리(水源里)와 대림리(大林里) 사이 경계선에 큰 바윗돌이 서 있다. 이 바위는 약 250년 전에 대림리에서 세워 놓은 것이라 한다.

대림리는 그 지형으로 봐서 서쪽이 허(虛)하므로, 이를

방비하기 위해 큰 바위를 세워 놓는 게 좋겠다고 하여 대림리 이민들이 동원되어 이 바위를 굴려다 놓고 겹쳐 올려 놓으려 했다. 그러나 힘이 모자라 올려 놓지 못하는 것을 보고, 그 마을 박천총(朴千摠)이라는 이가 나섰다. 박천총은 원래 힘이 장사여서,

"그까짓 바위를 몇 사람이 들어도 못 드는 건가."

하면서, 혼자 번쩍 들어 올려 놓았다는 것이다. 이렇게 하여 돌을 세워 놓으니 대림리의 옛 이름을 '선돌'이라 부르고 입석리(立石里)라 했다.

대림리는 선돌을 세움으로써 좋아졌는데 서쪽 마을인 수원리로서는 곤란해졌다. 수원리는 지형으로 봐서 선돌을 세워 버리니, 그 바위가 막혀 마을이 망하겠다는 것이다. 그래서 수원리 사람들은 밤에 몰래 몰려가 그 선돌을 떨어뜨려 굴려 버렸다.

이것을 안 대림리에서는 다시 그 바위를 올려 세우고, 며칠 있으면 수원리에서 떨어뜨리곤 하여 몇 번이나 거듭했다. 이렇게 하여 이 선돌은 두 마을의 힘과 더불어 올려지기도 하고 떨어뜨려지기도 하며, 오늘날까지 내려오고 있는 것이다.

(1959·7·28 애월면 애월리 장응선(남) 제공)

62 우도 득성이코지

구좌면 소섬(牛島)에 '득성이코지'라는 곳(岬)이 있다.

이 지명이 붙은 것은 구좌면 종달리(終達里) 김 모씨의
종 이름에서 딴 것이라 한다.

　약 백 여 년 전에 살던 이 김씨는 인물이 호걸이고 풍
채가 좋았을 뿐 아니라, 특히 목소리가 크고 쟁쟁하여 유
명하였다.

　김씨는 안종달(종달리 地尾峯 뒤쪽) '민동산'이라는 곳
에 밭이 있었다. 하루는 종인 득성이더러 이 밭을 갈라고
해 놓고, 자신은 볼일이 있어 소섬에 건너갔다. 그날 돌
아오려고 한 것인데, 마침 풍파가 세어 김씨는 돌아올 수
가 없었다. 할 수 없이 소섬에서 묵었는데, 이튿날은 날
씨가 아주 청명하였다. 안개가 환히 걷히고 종달리가 보
이므로, 김씨는 오늘도 종놈이 밭을 잘 가는가 보려고 득
성이코지에 서서 바라보았다. 머슴은 밭을 가는 게 아니
라, 쟁기 옆에 기대어 잠을 자는 것이 아득히 보였다. 밭
을 갈다가 담배를 한 대 피우면서 쉬는 게 그만 잠이 들
어 버린 것이다.

　김씨는 큰소리로 고함을 쳤다.

　"이야, 득성이야. 일어나 밭갈라!"

　소섬과 종달리 사이는 3킬로가 넘는 거리이다. 그런데
그 소리가 얼마나 컸던지, 잠자던 득성이가 알아듣고 벌
떡 일어나 다시 밭을 갈더라 한다. 그 후부터 김영감이
잠자던 곳을, 득성이를 불러 깨운 코지(곶)라 해서 '득성
이코지'라 부르게 되었다는 것이다.

(1975·2·27 구좌면 종달리 고인봉(남·63세) 제공)

63 개 무덤

표선면 성읍리(城邑里) 경(境)에 개동산 개 무덤이 있다고 한다. 이 개 무덤에는 매우 영리한 개가 묻혀 있다고 하니 그 이야기는 다음과 같다.

옛날 성읍리에 사는 어떤 사람이, 살림이 궁해서 서촌(西村) 어느 동네에 양식을 꾸어 먹었다. 가을이 되어 추곡을 거두어 들이자, 그 빚을 갚으려고 서촌 그 동네로 가고 있었다. 들판에는 아직 늦은 추수들이 남아 있었고, 길가 어떤 밭을 보니 메밀을 한창 타작하고 있었다.

서촌에 와서 빚을 갚고 성읍으로 돌아가는 길엔 날이 거의 저물고 있었다.

일찍 메밀을 타작하던 밭까지 이르렀다. 메밀을 다 타작하여 사람들은 돌아갔고, 집채만큼 쌓인 메밀짚더미에선 연기가 모락모락 나고 있었다.

성읍리의 이 사람은 그저 불이 타나 보다 생각하며 그 곁을 지나치려 했다.

이때였다. 타오르는 연기 속에서 강아지 한 마리가 졸랑졸랑 뛰어나왔다. 강아지는 털이 반은 그을리어 있었다. 주인이 타작을 할 때, 메밀짚더미 속에서 잠을 자다가 주인이 가는 줄도 모르고 그만 불 속에 휩싸인 것이 분명했다.

강아지는 몸을 털며 이 사람을 따랐다. 강아지는 정성스레 키워졌다.

이 개는 사냥을 이만저만 잘하는 것이 아니었다. 나가기만 하면 노루니 사슴이니 한두 마리씩은 꼭꼭 잡아 왔다.

이 개 소문이 점점 퍼졌다. 어느 예촌(禮村 남원면-上·下禮里) 사람이든가 효돈(孝敦：서귀읍)사람이든가가 이 개를 팔라고 찾아왔다. 몇 번 찾아와도 개 임자는 팔지 않았다.

개 임자에게는 여든이 가까운 노친이 있었다. 몇 해 후에 이 노친의 상을 만났다.

'부모의 상을 만나면 사냥을 못하는 법이므로 이제야 개를 팔겠지.'

라고 생각하며, 그 사람이 다시 찾아왔다. 하도 사정을 해 가니,

"팔지는 않을 터이고, 그저 데리고 가서 사냥을 시키다가 내 탈상하거든 돌려 보내라."

하고 주었다. 그 대신 사냥을 하거든 뒷다리 하나씩은 보내 줘야 한다고 덧붙였다. 개는 옆에서 그 말을 듣고 있었다.

개는 역시 사냥을 잘했다. 첫날 나가서 노루 한 마리를 잡아 왔다. 뒷다리 하나는 베어내어 성읍의 개 주인에게 보내려고 뒷문에 걸어 두었다.

날이 밝아서 보니 걸어 둔 뒷다리가 없어졌다.

'이상하다. 다시 사냥을 해서 보내야지.'

이렇게 생각하고 다시 사냥을 나갔다. 역시 잡았다. 뒷

다리를 또 뒷문에 걸어 두었다가 날이 새어서 보니 없어 졌다. 몇 번 되풀이해도 개 주인에게 보내려는 고기는 꼬박꼬박 없어져 버리는 것이었다. 이상한 일이었다.

이번엔 직접 가져가기로 했다. 노루와 사슴이 한 마리씩 잡혔다. 사슴은 간수해 놓고 노루 한 마리를 둘러메고 직접 성읍으로 갔다. 뒷다리 하나씩을 꼭꼭 보내려고 했는데, 자꾸 잃어버려 못 보냈다고 사과했다.

"어, 난 볼써 먹엄서(먹고 있네)."

개 주인은 매일 고기를 받아먹었다는 것이다. 개가 꼬박꼬박 밤중에 뒷다리를 물어다 준 것이었다. 감탄이 저절로 나왔다.

삼년상이 끝나 개 주인이 탈상하는 날, 가라 오라 말도 없이 개는 주인에게로 가 버렸다.

그 후, 얼마 안 되어 개 주인은 병이 났다. 병은 점점 무거워져 주인은 꼬박 자리에 눕게 되었다. 주인이 일어날 수 없게 되자, 개는 주인 방의 창문 밖을 떠나지 않았다. 정말 꼿꼿이 앉아서 밥도 아니 먹고 눈물을 뚝뚝 흘리며 주인의 임종을 지켜 보는 것이었다.

하도 오래 굶어선지 너무 슬퍼해서인지 주인이 죽자 개도 같이 죽고 말았다. 개 임자 친족들은 그 개를 너무나 기특하다 하여, 주인의 묘소 옆에 같이 묻어 주었다. 그래서 '개 무덤'이라고 전하는 것이다.

(1975·2·25 구좌면 동복리 김두익(남·70세) 제공)

64 신선 고장의 개

옛날에 제주도에는 명견(名犬)이 상당히 많이 있었다. 그저 사람처럼 말을 하지 못할 뿐인 개들이다. 신선 고장의(高掌議)의 개도 그런 개였다.

신선 고장의는 본래 표선면(表善面) 세화리(細花里) 사람인데, 성산면(城山面) 신산리(新山里)에 살다가 구좌면 송당리(松堂里)에 와 사니까 '신선 고장의'라 불렀다. 그는 목수질을 하면서 사냥을 썩 잘 다녔다.

고장의는 사냥을 나갈 적마다 집에 기르는 개를 앞장 세워 다녔다.

하루는 사냥을 돌아다니다가 송당(松堂) 지경 백약이 오름에 오니 그만 날이 어두워졌다. 빨리 걸음을 재촉하는데 사방이 캄캄하여 지척을 분간할 수가 없었다.

사냥꾼은 으레 긴 지팡이를 가지고 다니는 법이라, 지팡이로 앞길을 툭툭 짚어 보며 발걸음을 옮겨 놓곤 하였다.

'이쯤 왔으면 방애굼부리 가까이는 왔으려니.'

고장의는 이렇게 생각하며 지팡이로 발 앞을 연방 짚어 대었다. 이때였다. 개가 바짓 가랑이를 물고 징끗 뒤로 당겼다. '왜 이러나?' 생각하며 발을 옮겨 놓으려 하니, 다시 개가 바짓 가랑이를 징끗 물어 당기는 것이었다. 개가 한 걸음도 앞으로 발을 못 옮겨 놓게 하는 것이다.

'무슨 곡절이 있는가보다.'

할 수 없이 고장의는 그 자리에 주저앉고 담배나 한 대 붙이기로 했다. 담배를 담아 물고 부싯돌을 작작 갈겼다. 부싯돌 끝에서 일어나는 불살이 바로 사타구니 밑으로 건 건이 내려가는 것이었다.

"아차불쌍, 큰일 날 뻔했다."

고장의는 머리털이 거시싱해졌다. 부싯돌의 불살이 이처럼 수직으로 수백 길 내리는 것을 보고, 바로 방애굼부리 가에 앉아 있음을 직감적으로 알았다.

방애굼부리는 바로 방아 확(臼)처럼 옴폭하게 생긴 분지인 것이다. 한 발자국만 옮겨 놓는다면 몸은 수백 길 굼부리(분지) 밑으로 떨어져 버릴 판이었다.

고장의는 앉은 채로 엉덩이를 뒤로 끌어 겨우 위기를 모면해 살았다 한다.

(1975·2·25 구좌면 동복리 김두익(남·71세) 제공)

65 매고 무덤

애월면 광령리(光令里)는 현재 이싱굴(有信洞)·즈중이(自種洞)·진밭(長田洞)·광령(光令) 등 여러 자연부락으로 이루어져 있지만, 아주 옛날 성촌(成村) 당시에는 이 마을의 위쪽에 있는 '비시니굴'이라는 곳에 인가가 있을 뿐이었다.

이 성촌 당시의 이야기다. 비시니굴에 매고할망이라는 여인이 남편과 둘이서 행복하게 살고 있었다. 이 당시는 사냥이 매우 성하던 때여서 남편은 거의 매일같이 사냥을 다녔다.

매고할망은 젊었을 때 얼굴이 매우 예뻤다. 동네 사나이들은 물론, 지나가는 사람들도 한번 보고는 그 미모에 반해 돌아보곤 했다.

매고할망의 이웃집엔 젊은 산쟁이(포수)가 살았다. 이 포수는 매고할망의 남편과 퍽 친했다. 이 포수는 늘 매고할망의 미모에 눈을 쏟고 있었다.

어느 날 이 포수는 남편을 어떻게든 죽여 버리고, 매고할망을 차지해야겠다고 생각하고 계략을 꾸며 댔다. 그래서 할망의 남편을 꾀내어 같이 사냥을 나갔다.

두 사나이는 활을 메고 개를 데리고 심심산중으로 들어갔다. 노루·사슴을 몰아서 이 골짜기 저 언덕을 뛰고 넘었다. 짐승은 쉬 잡히지 않았다.

포수는 짐승을 잘 잡을 수 있는 방법을 제안했다.

"당신이 저쪽으로 가서 노루 사슴을 몰아오고, 내가 여기 숨었다가 쏘아 대면 틀림없이 잡을 것이 아니냐."

하는 것이다. 할망의 남편은 그럴싸하다고 곧이듣고 멀리 가서 소리를 지르며 짐승을 몰아 대었다. 노루 몇 마리가 포수 있는 쪽으로 달려오고 할망의 남편은 그 뒤를 쫓아 가까이 내려왔다. 포수는 노루를 겨냥하였다가 할망의 남편을 쏘았다. 활에 맞은 남편은 그 자리에 쓰러졌다. 포수는 피거품을 토하며 죽어 가는 것을 확인하고 돌아왔다.

집에 돌아온 포수는 먼저 매고할망에게로 갔다.

"남편은 사냥을 같이하다가 머리가 아프다면서 중도에
내려오던데, 어째 괜치않으냐?"
라며 시치미를 떼었다.
남편은 영영 돌아오지 않았다. 매고할망은 남편이 어느
산골짜기에서 아파 죽은 것이라 생각하고 체념했다.
몇 해가 지나갔다. 그 동안 포수는 할망의 살림을 친절
히 돌보아 주었다. 할망은 포수를 조그만치도 의심하지 않
게 되고, 살림을 돌보아 주는 데 고마움을 느끼게 되었다.
어느 날 포수는,
"당신도 홀몸, 나도 홀몸, 우리 같이 위로하며 살아 나
가는 게 어떠냐?"
라며 할망을 달랬다. 할망의 마음도 돌아서서 새살림이
시작되었다.
세월이 흘러 두 사람 사이에는 아들이 아홉 형제나 태
어났다. 젊었던 이 부부도 이젠 거의 할머니·할아버지가
되었다. 재산도 꽤 모으고 살림도 넉넉해졌다.
하루는 비가 몹시 쏟아지는 날이었다. 늙은 남편은 마
누라의 무릎에 머리를 기대고 이를 잡아 달라고 했다. 늙
은 마누라가 머리털을 가르며 이를 뚝뚝 잡아 준다. 남편
은 적이 행복한 마음으로 마누라 무릎에 머리를 파묻은
채 과거를 더듬고 있었다. 마당에는 쏟아지는 빗물이 괴
어 못처럼 물이 넘실거리고, 빗발에 중(물거품)이 일어
둥둥 떠가다가 폭폭 사라지곤 했다. 남편은 곁눈으로 그
물거품을 바라보다가 부인의 전 남편이 자기 활에 맞아

피거품을 토하며 죽어 가던 모습을 생각했다.

'사람이 산다는 건 재미있는 것이다. 그때 그렇게 죽였으니, 이 고운 마누라와 아들 아홉씩이나 낳으며 재미있게 산 것이 아닌가.'

남편은 무심중에 웃음이 피식 나왔다. 매고할망은 남편의 웃음이 전에 없는 이상한 웃음으로 느껴졌다.

"무사(왜) 피식 웃엄수까(웃습니까)?"

"아무것도 아니라."

아무것도 아니라 해도 마누라는 자꾸만 캐어 묻는 것이다. 남편은 말문이 막혔다.

'이젠 아들을 아홉씩이나 낳고 이만큼 늙도록 살았으니 고백한다 해도 괜찮겠지.'

하는 생각도 들었다. 어쩔까 망설이다가 입을 열었다.

"다른 게 아니라, 저 마당에 떠 가는 중(물거품)을 보난(보니), 자네 전 남편 사냥 갔단(갔다가) 나안티(나한테) 활 맞안(맞아서) 죽어 갈 때 피 바끄는(뱉는) 것 닮안 웃엄서(웃고 있어)."

내용을 캐어 들은 마누라는,

"거 잘하였수다. 그놈 나ㅎ고 살 때 어떵사(어떻게나) 날 못살게 허여신디(했는지)."

하며, 오히려 시원하다는 눈치를 보였다. 그러고는,

"그놈 죽은 데를 가리켜 주면, 죽은 놈이지만 분풀이라도 하고 싶다."

라고 하였다. 남편은, 말하기를 잘했다 생각하고 죽인 장소를 말해 주었다.

부인은 전 남편이 죽었다는 장소를 찾아갔다. 뼈만 살그랑해 있었다. 흩어진 뼈를 도리도리 모아 치맛자락에 싸 들고 관가로 가 고발했다. 관가에서는 형장(刑杖)을 내어 주며,

"이것을 가지고 네 마음대로 분이 풀리게 처형하라."
라고 했다.

매고할망은 그 형장으로 분이 풀릴 때까지 남편을 때려 죽여 두고, 아들 아홉 형제를 모두 집 속에 가두어 문을 잠갔다. 그리고 집 네 귀에 불을 놓았다. 삽시에 집은 불길로 뒤덮이고, 아들 아홉 형제는 잿더미 속에 타 죽었다.

그 후, 매고할망은 이웃 언덕에 손수 무덤을 파고들어가, 눈비야기쿨(풀 이름)에서 뽑은 기름으로 불을 켜고 들어앉았다.

하도 어이가 없어 동네 사람들이 모여드니,

"이디(여기) 불이 꺼지건(꺼지거든) 내 죽은 중(줄) 알고, 돌로 어귀를 막앙(막아서) 흑(흙)이나 지쳐 줍서."

한 마디 하고 다시 말이 없었다. 그날부터 동네 사람들은 그 무덤을 지켰다.

며칠이 지나자 무덤 속에 불빛이 사라졌다. 동네 사람들은 돌로 어귀를 막고 흙을 덮어 무덤을 만들어 주었다. 이 무덤을 '매고 무덤'이라 하며, 이때부터 '아홉 아이 낳아도 혼 보람 웃다(없다)'는 속담이 생겨났다.

이런 일이 있은 후, 비시니굴 사람들은 이싱굴[有信洞]

로 집들을 옮기고, 오늘날의 광령리가 이루어지게 된 것이다.

왜정 때 이 무덤을 파 보았는데, 단지 숯 몇 조각이 나왔을 뿐이라 한다.

1965·1·25 애월면 광령리 고대휴(남) 제공

Ⅲ 신앙전설

66 고전적(高典籍)

고전적(高典籍)은 조선조 현종(顯宗:1660~1674) 때의 사람으로 제주시 이호동(梨湖洞) 가물개라는 곳에 살았다. 그는 어렸을 때부터 머리가 총명하여 명도(明道) 선생의 제자로 들어가 학문을 닦고 후에 지리에 크게 통달했다. 당시 국지리(國地理)로 유명했던 소목사〔蘇斗山牧使〕도 같은 문하에서 공부한 사람이다.

고전적이 아직 전적(典籍) 벼슬을 아니했을 때는, 가물개 고생원(高生員)이라고 불렸다. 고생원의 지리 실력은 너무나 유명해서, 그가 본 묏자리라면 도내에서는 누구도 티를 잡으러 드는 사람이 없을 정도였다.

고생원은 서자 태생이었다. 그래서 집안에서도 적잖은 서러움을 받았고 글공부할 때 벗들에게는 물론, 명도 선생에게까지도 적잖은 차별을 받았다. 그게 고생원에게는 뼈에 사무치는 한이었다 한다.

어느 해, 명도 선생이 세상을 떠났다. 장사를 치르게 되었는데 구산(求山)을 누구에게 맡기느냐가 논의되었다.

제자인 가물개 고생원이 너무나 지리로 유명하니, 그에게 의뢰할 것은 당연했다.

고생원은 서귀읍(西歸邑) 토평리(吐坪里) 서쪽 큰ᄃ리굴이라는 곳에 자리를 보았다. 여기는 국세(局勢)가 좋기로 이름 난 곳이어서 다들 쓸 만한 곳이라 수긍할 뿐 아니라, 고생원이 골랐으니 틀림없다고들 하였다.

장사는 치러졌다.

몇 년 후에 소목사가 제주 목사로 부임해 왔다. 목사는 첫 순력(巡歷)을 하기 시작했다. 동쪽으로 돌아와 서귀(西歸)에 이르니, 선생의 묘소에 참배를 하겠다고 했다. 부임하자 곧 선생의 소식을 듣고 여기에 모셨다는 걸 이미 알고 있었던 것이다.

관아에선 곧 명도 선생댁으로 전갈을 부치고 참배 준비를 하도록 하였다. 선생의 아들은 향화 준비를 하고 앞장서서 소목사를 안내하였다.

묘소 앞에 가 젯자리를 깔고 참배 준비를 해 가니, 소목사는 한 번 주위를 둘러보더니,

'안 되었다. 요쪽으로 와서 배석(拜席)을 펴라'고 지시했다.

거기는 묘에서 몇 발 떨어진 평지였다.

영문을 모르고 그 자리에 배석을 펴 준비하니, 목사는 거기에 와 분향하고 배례를 하는 것이었다.

선생의 아들은 묘소 앞에서 참배를 아니하고 외딴 데 가서 참배하는 것을 보고 이상히 여겨 그 사유를 물었다.

“이 묘소를 누가 보았느냐?”

“예, 아버님 제자 가물개 고생원이 보았습니다.”

“음, 그리어.”

목사는 아무 말도 아니하고 가 버렸다.

묘소는 풍질에다 쓴 것이었다. 그러니 시체가 봉분 밑에 있지 않고 저만치 바람 길에 이동하여 옆의 평지에 가 있는 것이다.

소목사는 곧 선생의 묘소를 이장하여 모셔야 하겠다 생각하고, 제주 3읍의 신안(神眼)을 가진 지관(地官)들을 전부 불러들였다. 지관들은 명도 선생의 묘가 있는 큰드리굴로 다 집합하였다.

목사는 선생의 묘소 근처에 군막을 쳐 좌정하고, 지관더러 정자리를 찾으라고 했다.

“여기가 정자리옵니다.”

“여기가 쓸 만하다고 봅니다.”

지관들은 저마다 정자리를 짚어 대는 것이다. 그런데 가물개 고생원은 목사 앞쪽에 가만히 앉아서 머리만 수그리고 자리를 보려고도 하지 않았다.

목사는 다른 지관들이 다 가리키는 것을 보고는,

“고생원은 어찌하여 가만히 있는고?”

고생원에게 정혈을 가리켜 보라고 했다.

“예, 황송하오나 목사님이 기좌(起坐)하시면 정혈(正穴)을 보고자 합니다.”

실은 목사가 정혈을 이미 보고 꼭 그 자리에 앉아서, 지관들의 눈에 얼른 띄지 않도록 하여 시험하는 것이었다.

고생원의 말을 듣고 '과연!' 하고 속으로 감탄하며 소목사는 어성을 높였다.

"음, 그리어. 그러면 네 이렇게 잘 알면서 선생의 묘는 어째 그렇게 썼을꼬?"

"예, 황송하오나, 아무리 선생님인들 전감(前憾)이야 없으리까?"

고생원이 글공부할 때 선생이 서자라 해서 학대하니, 그게 억울해서 일부러 풍질에다 자리를 보아 놓은 것이다.

"이놈, 아무리 전감이 있은들 스승을 그럴 수 있느냐! 곧 결박 하옥하라."

고생원은 즉시 하옥되었다.

며칠 후, 소목사는 이상한 꿈을 주었다. 인통(印筒)을 무릎에 올려 놓으면 떨어지고, 올려 놓으면 떨어지고……. 세 번이나 연달아 떨어져 뵈는 꿈이었다.

'이상하다. 제주 목사로 왔다가 무슨 봉변을 당하려는 것인가?'

소목사는 은근히 겁이 났다. 이튿날 조회 때는 곧 해몽자를 천거하라 했다.

신통한 해몽자가 제주에 있을 리 없었다. 결국 옥에 들어 있는 고생원이라야 해몽이 될 것이라는 것이었다.

소목사는 고생원을 불러들이라 했다.

"왜 사또가 하나지 둘이냐? 어느 사또는 하옥시키고 어느 사또는 나오라고 하느냐?"

관속이 부르러 가도 고생원은 나오지 않았다.

"그리 말고, 목사가 의논할 일이 있어 청해 오랍신다고 해라."

관속이 정중히 가서 청하니, 그제야 고생원은 목사에게로 갔다.

소목사는 얼른 고생원을 맞아들여 옆에 앉이고 해몽을 청했다.

"예, 지금 하옥중이라, 정신이 혼미하니 며칠 여유를 주십서."

고생원은 후히 대접을 받으며 휴양을 하고 해몽을 했다.

"모레 사·오시(巳午時)가 되면 좌익(左翼將) 유지(諭旨)를 대령할 게고, 다음은 우익(右翼將) 유지, 세번째는 어영도대장(御營都大將) 유지가 당도하겠습니다."

"그리어. 그게 틀림없는가?"

"예, 만일 저의 해몽이 틀리면 이 목을 베겠습니다."

목사는 모레 사·오시를 일일삼추(一日三秋)로 기다렸다.

그날 사·오시가 가까워 가자, 소목사는 고생원과 같이 만경루(萬慶樓)에 올라 눈이 빠지게 바다를 응시하고 있었다. 유지(諭旨)를 가져오는 배를 보자는 것이다. 사시가 되어도 감감, 오시가 되어도 감감, 바다 위엔 배 한 척 보이지가 않았다.

소목사는 그만 실망해 버렸다. '이놈을 선참후결(先斬後決)해야겠다'고 마음 먹고 누를 내려오려 했다. 오시(午時) 말(末)이었다. 이때, 바다의 저 물마루(수평선)

쪽으로 배 한 척이 떠오는 것이 보였다. 배는 차차 들어오더니 포구로 대는 것이었다.

목사는 누에서 내려 기다렸더니 과연 좌익 유지를 바치는 것이다. 얼마 있더니, 다시 배가 한 척 들어와 우익 유지가 들어오고, 세번째 배에는 어영대장의 유지를 갖다 바치는 것이었다.

소목사는 고생원의 신안(神眼)에 감탄했다. 곧 차비를 해 어영대장으로 부임차 서울로 올라가며 고생원을 같이 데리고 갔다.

"고생원 공은 무엇으로라도 갚겠으니 소원이 무엇이오?"

"소원이 뭐 있겠습니까? 문과(文科)에나 한 번 참예해지면 좋겠습니다."

고생원이 이렇게 문과 벼슬을 원하니, 소목사는 곧 전적(典籍:성균관의 정6품) 벼슬을 시켜 주었다는 것이다.

(1975·3·3 중문면 중문리 김승규(남·57세) 제공)

67 고전적 부친 묘

조선조 현종 때 풍수(風水)로 유명했던 고전적(高典籍)이, 전적 벼슬을 하게 된 것은 그의 부친의 묘를 잘 썼기 때문이라 전한다.

고전적은 작은아들이었다. 아직 전적 벼슬을 아니하고 고생원(高生員)이라 불리고 있을 때 부친상을 당했다.

　형은 동생이 지리로 유명하니 구산(求山)을 해 주리라 믿고, 고생원은 형님이 계시니 내 앞장 서서 걱정할 게 아니라 생각해서 서로 방심하고 있었다.

　장사는 토롱(假葬)을 해 놓고 1년이 가까워 갔다. 하루는 형수가 남편더러 뜻을 물었다.

　"아바지 상을 만나 기년(朞年)이 되여 가는디, 장사 걱정 ᄒᆞ는 양이 웃더니(없으니) 어떤 일이우꽈?"

　"아시가 큰 정시(風水) 난 걱정하염시카부렌 ᄒᆞ는디(동생이 큰 풍수니까 걱정하고 있는가 하는데)."

　"족은아둘도 아둘이사 아둘이주마는(아들이지만) 큰 아둘이 걱정ᄒᆞ는 법 아니우꽈? 족은아둘이 큰 정시주마는 그것도 고생ᄒᆞ멍(고생하며) 배운 거난(배운 것이니) 강(가서) ᄉᆞ정허영 청허여당 보는 게 도리 아니우꽈?"

　그제야 형은 동생을 찾아가 묏자리를 보도록 얘기했다.

　고생원은 형님과 같이 여기저기 돌아다니다가 서귀읍 쇠돈〔孝敦里〕 ᄃᆞ래미〔月羅峯〕에 가서 자리를 하나 골랐다.

　"형님, 이만ᄒᆞ민 아버지 묻을 만ᄒᆞ우다."

　"이게 무슨 형인고?"

　"역두형(力頭形)이우다."

　역두형이란 남자의 성기(性器) 귀두(龜頭)의 모양이란 말이다.

　"음, 역두형이라? 그러면 배(配)가 이시카(있을까)? 옥문(玉門)이 있어야 홀건디."

　"예, 저기 제제기오름이 옥문형이우다."

바닷가 쪽 서귀읍 보목리(甫木里)에 있는 산을 가리켰다. 이 산은 여인이 활딱 벗은 알몸으로 앉아 있는 형국이다.

"그러면 저 옥문이 살아 이시카?"

"예, 물이 남수다(나고 있습니다)."

내려가 보니 산기슭 밑으로 생수가 졸졸 흘러 내리고 있었다.

이만하면 쓸 만하다 해서 장사를 하게 되었다.

광중을 파기 시작했다. 거의 다 파가니 땅에 구멍이 툭 터졌다. 역군들이 구멍이 터져 장사를 못하겠다고 수근거렸다. 고생원은 얼른 달려가더니 상복을 재빨리 벗어 돌돌 말아서는 그 구멍을 꽉 막았다.

"그대로 하관(下棺)ᄒ십서. 갑반 과거(甲班科擧) ᄒ나는 날 테니 그만ᄒ민 되였지."

이렇게 하여 장사를 치렀더니, 과연 얼마 안 가 고생원이 전적(典籍)이 되었다.

전적이 된 후, 고전적은 '터진 땅에서 갑반 과거 ᄒ나 났으니 그만 떠나자' 하고 아버지 묘를 이장해 버렸다.

그 후, 얼마 안 가 구좌면 뒷개(北村里) 이만경(李萬頃)네 집에서 그 이상한 자리에 장사를 지내고 싶다고 양해를 구하러 왔다. 아직 만경령(萬頃令)이 되기 전 일이다.

고전적은 '우리는 이미 떠났으니 어서 쓰라'고 허락하며, '제열(정자리를 고르는 일)은 다른 사람 빌지 말면 내가 해 주겠다'고 했다.

고전적은 원래 묻었던 자리에서 한 광중 내리앉혀 개광하도록 했다. 흙을 파 가니 오색토가 질질 나왔다. 고전적이 원래 장사했던 자리는 정자리가 못 되었던 것이다.

정자리에 묘를 쓴 이만경네 집에는 그 후 얼마 안 가 만경원이 나고, 이어서 무과(武科) 벼슬이 많이 쏟아져 나왔다는 것이다.

(1975·3·3 중문면 중문리 김승규(남·57세) 제공)

68 오훈장과 정지관

250여 년 전, 오조리(五照里:성산면)에 오훈장(吳訓長)이라는 사람이 있었다. 한학이 능하여 삼읍(三邑) 도훈장(都訓長)을 지내니, 제주 목사도 무시 못할 만큼 그 명성이 높았다. 오훈장은 또한 지리에도 능했다.

이때 고성(古城里:城山面)에 유명한 정지관(鄭地官)이라는 사람이 있었다. 지리로 말하면 정지관이 오훈장보다도 훨씬 밝았다. 그러나 오훈장은 정지관을 어렸을 때 가르쳤기 때문에 정지관의 지리를 인정하지 아니하고 항상 나무라는 말을 하고 다녔다.

'정서방 따위가 뭘 알아 가지고…….'

이런 말이 가끔 귀에 넘어 들려 와도 정지관은 선생의 말이라 한 마디 말대꾸를 아니하는 처지였다.

정의현(旌義縣) 안에서는 으레 상사가 나면 정지관을 청했다. 또한 동시에 오훈장도 청하지 않으면 안 되었다.

만일 정지관만 청하여 묏자리를 보았을 경우엔 반드시 오훈장을 청하여 의논을 한 후 장사를 치르곤 한 것이다. 이는 두 사람이 다 지리에 능통했다는 이유도 있으려니와 다른 이유도 있었다. 만일 오훈장에게 의논을 아니하면 자기를 하시하였다 하여 오해를 받게 되기 쉽고, 그렇게 되는 날은 삼읍 도훈장인 오훈장의 도움을 받기 어려워 처세가 불리할 것이기 때문이다. 이런 눈치를 알아서 그런지 오훈장은 항상 내로라하여 정지관을 누르고 다녔다.

어느 해 난산리(蘭山里:성산면) 김씨댁에 상사가 났다. 김씨는 정지관과 친한 사이여서 묏자리를 보아 달라고 청하였다. 역시 오훈장도 같이 청하는 것을 잊지 않았다.

두 사람은 묏자리를 보러 들판으로 나섰다. 난산리 남쪽 '잣도'에 가서 자리를 보게 되었다. 정자리가 어디냐를 찾는 것이다.

오훈장은 사방을 두루 살피다가 잣(목장의 담장) 안으로 가서 턱 앉으면서 '좋다!' 했다. 그러자 정지관은 잣 바깥으로 가서 앉으면서 '여기도 홀만 아니ᄒ카마씀(할 만하지 않을까요)?' 하는 것이었다.

"뭘 거기허여. 욤(이렇게) 올라앉아야 되지."

"경 ᄒ카말씀(그럴까요)?"

상주(喪主) 김씨는 얼른 판단을 못하고, 우선 점심이나 먹자고 하여 오훈장이 앉은 자리에 점심을 갖다 풀어 놓았다.

"벗도 올라앉주(올라앉게)."

"난 이디(여기)가 좋아."

정지관은 점심이 놓인 데로 올라앉으려고 하지 않았다. 이번엔 오훈장이 권했다.

"정서방도 이레 올라앉아."

"난 이디(여기)가 좋아마씀(좋습니다)."

역시 고집을 부렸다. 김씨는 '여기가 좋다'는 정지관의 고집을 잘 몰랐다. 그저 점심을 먹는데 아래쪽에 앉아 먹어도 좋다는 겸양의 말로만 받아들인 것이었다.

장사는 오훈장이 본 자리에 치러졌다.

그 후, 이삼 년이 지나가자 김씨 집엔 흉사가 자주 나서 큰 손해를 당하였다. 묘의 정자리를 잘못 본 때문이었다.

어느 날 김씨가 정지관을 찾아왔다.

"장사 허연 3 년 미만에 대흉패를 보고, 난 망ㅎ게 되였네."

"왜 내 잣(목장의 담장) 아래 앉아둠서(앉아서) 이디(여기)가 좋다, 이디가 좋다 ㅎ지 아니허였는가."

그제야 김씨는 그때 정지관의 말을 해석하지 못한 것을 후회하였다 한다.

이 말이 오훈장의 귀에 들어갔다.

"그따윗 게 뭘 알아서 그런 소릴 ㅎ는 거라."

오훈장은 이렇게 나무라 주면서 이 기회에 톡톡히 정지관의 기를 죽여 놓아야 하겠다고 궁리했다. 그래서 우선 시험부터 하기로 했다.

오훈장이 정지관을 찾아갔다.

“자네 산터 잘 본다니 우리 어머님 산터 봐 주게.”

정지관은 순진하게 받아들이고는,

“선생님, 산 천리(遷移)십서.”

“무사(왜)?”

“천리허영 봅서마는 눈 버룽ㅎ게 텃수다(떴습니다).”

“천리허영 봐그네(보아서) 눈 버룽ㅎ게 아니 터시민(떴으면) 어떵ㅎ코(어떻게 할까)?”

“저 목숨 선생님에게 바칩주(바치지요).”

급히 차려서 이장을 하고 보니, 과연 시체가 눈을 벌름하게 뜨고 있었다.

그 땅은 양시지지(養屍之地)여서 살아 있는 사람처럼 시체가 눈을 뜨고, 손톱·발톱이 점점 커 가고 하는 땅이었던 것이다.

오훈장은 그제야 놀랐다.

“어떵ㅎ민(어떻게 하면) 좋암직 ㅎ고(좋을 것 같은가)?”

사정을 했다. 정지관은 낫을 가져오라고 해서 시체 위를 덮은 장막 끈을 뚝뚝 끊어 햇빛이 비치게 했다. 잠시 햇빛을 쐬니 시체가 눈을 감고 원상으로 환원되었다.

오훈장은 묏자리를 하나 봐 달라고 사정을 했다. 정지관은

“선생님, 나 본 산 써지카 말씀(써질까요)?”

하면서, 노공이술이란 곳에 가서 ‘저 미들(돌 무더기) 치워서 쓰십서’ 했다.

이곳은 정지관이 이미 좋은 땅임을 알고 남이 묘를 쓰지 못하도록 돌멩이를 모아 눈가림을 해 둔 것이다. 정지관은 큰 마음으로 선생에게 양보해 드리려 한 것이었다.

그런데 오훈장은 한참 보더니, 아무래도 자리가 좋지 못하다 해서 장사를 아니했다.

그 후 얼마 안 있어 정지관의 모친이 죽었다. 정지관은 돌 무더기를 치우고 그 자리에 모친을 묻었다. 장삿날 오훈장이 와서 자세히 보니 묏자리가 참 좋았다. 묘를 써 놓고 보니 확실히 좋은 게 눈에 띈 것이다.

그제야 오훈장이 정지관을 한 쪽으로 불러 통꽂이를 내어 놓으며 '요 통꽂이로 내 눈 빼어 주게' 하며 크게 후회하였다 한다.

(1975·2·28 성산면 시흥리 양기빈(남·69세) 제공)

69 현 지 관

약 250년 전 성산면(城山面) 온평리(溫平里)에 현지관(玄地官)이 살았다. 지리에 능하여 그 명성이 전 도(全島)에 미쳤다.

당시 지리에 유명한 이로 고성(古城里:城山面)에 정지관이 있었는데 현지관과 정지관은 친분이 두터운 사이였다. 또한 오조리(五照里)에 오훈장(吳訓長)이라는 학자가 있었는데, 그는 어릴 적의 스승이고 또 지리에도 밝아서, 세 사람은 어딜 가나 항상 어울려 다니는 처지였다.

현지관은 그의 조부가 죽자 손수 묏자리를 보아 나시리오름(표선면 성읍리境)에 장사 지냈다. 그 후, 증손 때 그 묘를 이장하였는데, 묘 앞에 파묻은 지석(誌石)에 '유아증손 천이차묘(唯我曾孫遷移此墓)'라고 씌어 있었다 한다. 미리 증손 때가 되면 이장할 것까지 알고 있었던 것이다.

현지관은 이만큼 아는 지관이었다.

어느 해, 현지관은 정지관과 더불어 어떤 집의 청을 받아 묏자리를 보러 갔다. 낮에는 상주와 같이 명당을 찾아 돌아다니고, 밤에는 상주네 집에서 잠을 자며 대접을 받고, 날이 밝으면 다시 명당을 찾아 떠나는 것이었다.

어느 날 아침이었다. 두 지관은 조반을 마치고 출발에 앞서 잠시 한담을 즐기고 있었다. 그때 마침 이웃집 여인이 그 집에 들어왔다. 여인은 부엌으로 들어가는 것이었다. 두 지관이 여인을 보자 누군가가, '저 여인이 뭘 하러 이 집에 왔는가?'를 알아맞혀 보자고 제의했다. 그거 재미있겠다고 맞장구를 치고 두 지관은 다 파자(破字)에 능하였으므로 각기 한자(漢字) 한 글자를 골라 그것을 풀기 시작했다.

"홍두깨를 빌러 왔군."

정지관이 먼저 대니, 이어서

"아니, 솥뚜껑을 빌러 왔어."

현지관이 응수했다.

"그러면 두고 보자."

여인은 솥뚜껑을 빌어 가는 것이었다. 현지관이 이긴 것이다.

정지관은 감탄하며 '어째서 솥뚜껑을 빌러 온 줄 알았는가?'하고 물었다.

"뱀 사(巳) 자가 나오니 솥뚜껑 빌러 온 것을 알았지."

"아, 나도 뱀사 자가 나왔는데, 뱀은 긴 놈이니 홍두깨가 틀림없는 줄 알았는데……."

정지관은 더욱 기이하여 물었다.

"아니야, 시간이 있잖아. 지금은 뱀이 돌돌 감고 누워서 대가리만 위로 치켜들 시간 아닌가. 그러니 그 모습이 솥뚜껑이지."

현지관은 이렇게 대답하며 껄껄 웃었다 한다.

현지관은 한번 큰 봉변을 당할 뻔한 일이 있었다. 어느 해엔가 지나다 보니, 어떤 묘에 벌초를 하고 있었다. 자손들이 와글와글 많이 모여 벌초를 하니 자연 눈에 띈 것이다.

현지관은 지나면서 얼른 보기에도 체백(體魄:땅 속에 묻은 송장)은 벌초하는 봉분 밑에 없고 얼마쯤 떨어진 곳에 물러가 있는 게 분명했다.

"헛, 거, 자손들은 많지만, 공연호 곳에 벌초를 허염고 (하고 있군)."

무심중에 중얼거리며 현지관은 지나갔다.

벌초하던 사람들은 이 말을 듣고 '거 어떤 놈이냐? 잡아 오라'고 야단했다.

현지관은 끌려갔다. '아까 무슨 말을 했느냐?'고 벌떼같이 달려들었다. 현지관은 사실이 그런데 무슨 죄냐고 따졌다.

"만일, 이제 파 봐서 시체가 있으면 어떨 거냐?"

자손들은 성급하게 무덤을 파려 들었다. 현지관은 그리 서두르지 말고, 택일을 해서 파헤치도록 타이르며, 신분을 밝히며 도망갈 사람이 아님을 단단히 일러 주었다.

그제야 자손들이 누그러지고 시체가 있다는 곳을 확인했다.

그 후, 실제 무덤을 파 보니 시체는 없고 현지관이 지적한 장소에 불려가 있었다. 소위 '풍질'에 묻은 묘인 것이다.

그제야 그 자손들이 과연 잘 아는 지관임을 알고, 말 몇 필에다 쌀과 술을 싣고 와서 사정하였다. 현지관은 그들의 청에 따라 묏자리를 하나 보아 주었다 한다.

현지관은 세상을 떠날 때가 되니 '개미 동산'이라는 곳에 묏자리를 보고 '내가 죽거든 여기 묻으라'고 유언했다. 또 5대손이 죽거든 바로 이 곁에 묻도록 전승시키라 했다. 그래서 개미 동산에는 현지관의 묘와 그의 5대손의 묘가 있다.

현지관이 손수 개미 동산에 자신의 묏자리를 본 것은 자손의 수가 많아야 하겠다고 생각했기 때문이다. 그래서 그의 자손들은 개미처럼 번창하였다는 것이다.

(1975·2·28 성산면 온평리 현장수(남) 제공)

70 지관 김귀천

약 3백 여 년 전, 광산 김씨댁에 귀천(貴泉)이란 사람이 있었다. 어릴 적부터 학문에 힘써 풍수에는 신안(神眼)이란 평이 자자했다.

김지관은 지차 아들이었다. 어느 해엔가 아버지 상을 만났다. 우선 임시 토롱(假埋葬)을 해 놓았다.

그러나 형제간에 아무도 장사 걱정을 하는 눈치가 없었다. 형은 '동생이 유명한 지관이니 묏자리를 보아 놓겠지' 하여 동생을 믿고, 또 동생은 '형님이 장자(長子)이니 걱정을 하고 있겠지' 하여 서로 미루고 있는 것이었다.

이 눈치를 알아차린 형수가 하루는 남편더러 타일렀다.

"소상이 돌아와 가도 장사 걱정을 아니ᄒᆞ니 어떤 일이우꽈?"

"아시(아우)가 큰 정시〔地官〕난 산털(묏자리를) 봥(봐서) 장ᄉᆞ 지냅중(장사 지냅시다고)ᄒᆞᆯ 테이주."

"거 무슨 말이우꽈? 무사 큰상제옝(큰상제라고) 흅네까? 큰상제가 몬저 아시안티라도 산털 봐도랭(봐 달라고) 허여삽주(해야지요)."

형은 부인 말이 옳다 생각하고 아우에게 가서 의논했다.

"아시, 소상은 근당(임박)ᄒᆞ는디, 장술(장사를) 어떵허여 보젠 허염서(어떻게 해 보려고 하는가)?"

"거(그것), 난 모르쿠다(모르겠습니다). 성님(형님)이 어떵(어떻게) 걱정ᄒᆞ카부덴 허엾주마(걱정할까보다고 했지요)."

형은 조금 섭섭했다. 같은 아버지의 자식인데, 신안이라고 이름 난 동생이 저렇게 무심히 앉아서 형에게만 떠맡기는 것이 되었느냐는 생각이 들었다. 그러나 말을 시작하면 궂은 말도 나올 것 같고 꾹 참기로 했다.

"경ᄒ민(그러면) 아시가 언제 산털 봐 주주(봐 주게)?"

"경홉주(그럽시다). 성님(형님) 봐 도렝 ᄒ민(봐 달라고 하면) 봅주. 산을 보젱 ᄒ민(보려고 하면) 지관안티 튼는 물 안장에 맹지(명주) 바지저고릴 허영 입저사(해 입혀야) 홉네다."

차마 동생이 이렇게까지 말할 줄은 몰랐다. 어이가 없어 더 말을 못하고 돌아와서 부인에게 자초지종을 이야기했다. 어디 자기도 자식인데, 묏자리를 봐 준다고 하여 타는 말에 안장을 차려 내놓고, 거기에다 명주 바지 저고리까지 해 입혀야 봐 주겠다는 게 돼 먹었느냐고 투덜대었다. 그러면서 아무 데나 가서 감장(勘葬)해도 동생을 빌어 묏자리를 볼 수 없겠다고 하는 것이다.

형수는 아량이 있어 남편을 달랬다. 큰상주로서 부모의 장사 걱정은 당연히 해야 옳은 일이고, 아무리 동생이라도 큰 지관을 청하려면 그만한 대우를 하는 것은 당연하다면서 그대로 부탁을 하자고 했다.

형은 다시 마음을 돌려 동생에게 구산을 부탁했다. 구산 나갈 날짜가 약속되었다.

형은 동생을 청해다 쌀밥을 잘 해 먹이고, 명주 바지

저고리를 좋게 하여 입혀서, 좋은 말에 좋은 안장을 차려서 동생을 태웠다. 형이 그 말을 이끌고 갔다고 하니(차마 그렇게까지야 했는지 몰라도) 어떻든 형이 극진히 동생을 모시고 들판으로 나선 것이다.

형제는 여기저기 돌아다니다가 구좌면(舊左面) 지경의 '조노기'라 하는 곳에 가서 자리를 하나 골랐다.

"여기 좋수다. 이만ㅎ민 우리 아바님 감장ㅎ올 만ㅎ우다."

"음, 경ㅎ민(그러면) ㅈ열ㅎ게."

형이 정자리에 방위를 보아 무덤 자리를 정하라는 것이다.

"ㅈ열(正穴)은 못ㅎ네다."

"어떵허연 말이라(어째서 말인가)?"

"ㅈ열제(정혈을 정하는 삯) 천 량(냥)을 놔사 ㅎ네다."

동생에게 명주 바지저고리에다 타는 말에 안장까지 갖추어 바친 일도 기가 막히는데, 이제 삯을 천 냥이나 내라는 것이 아닌가. 실로 어처구니없는 일이었다. 그뿐 아니라. 백 냥이면 몰라도 천 냥을 마련하려면 재산을 거의 팔아야 할 판이니, 설사 동생이 아니라도 해 낼 재간이 없는 노릇이다.

형은 탄식하며 돌아왔다.

"어디 산천 봐집데까?"

"산천은 봤주마는 장ㅅ는 못ㅎ는 거로고."

부인이 사정을 듣고는 '우리 집 밭문서가 천 냥은 될 것이니, 이 문서함을 가져다 드려서 정자리를 고르고 장사를 하자'고 타일렀다.

형은 매우 못마땅해 보였지만, 부인이 자꾸 타이르므로 재산 문서함을 들고 동생을 찾아갔다.

"아시, 돈 천 냥은 웃고(없고), 이 문세함을 가져와시메(왔으니), 받아그네(받아서) ㅈ열허여 주게."

"기영 ㅎ서(그리 하십시오). 이레(이리) 가져옵서."

문서함을 받아서 궤 속에 들여 놓고 탁 잠근 후 '이제랑 나갑주' 하는 것이다.

동생은 형과 같이 그곳에 가 나침의(羅針儀)를 놓아 정자리를 정해 놓고, 다시 어려운 조건을 내거는 것이었다.

"성님, 이딘(여기는) 산을 쓰젱 ㅎ민(묘를 쓰려면) 주판관(州判官)을 헌관(獻官)ㅎ곡 쇠(소) 잡앙 희생ㅎ곡 비단 폐백ㅎ곡, 경허영(그렇게 해서) 산제〔土神祭〕를 지내어사 ㅎ네다."

그게 말이 쉽지, 아무 때고 일반민이 주판관을 토신제 헌관으로 모신다는 것은 쉬운 일이 아니다. 꼭 주판관을 헌관으로 모셔야 한다 하니, 할 수 없이 다시 돈을 써 가며 겨우 주판관을 모셔 토신제를 지냈다.

드디어 장사가 끝났다.

"성님, 큰상제는 산소를 직허여사(지켜야) ㅎ는 법이우다."

역군들이 내려오게 되자 동생은 형에게 이렇게 말하고는, 다른 사람들과 같이 슬슬 내려와 버리는 것이었다.

형은 혼자 아버지 산소 앞에 앉았다. 날씨는 근래에 드문 추운 날씨인데 싸라기눈이 좍좍 갈겨댄다. 곰곰이 생각하니 생각할수록 형은 화가 났다. 같은 부모 자식인데, 제가 지관이노라 해서 명주 바지저고리에 타는 말까지 받았지, 거기에다 품삯으로 재산까지 가져갔지, 소 잡고 비단 폐백을 차려서 토신제 지내는 것도 다 형에게만 맡기지. 이럴 도리가 있는가 말이다. 그것까지도 좋다고 하자. 저녁에 산소를 지키는 것쯤이야 같은 부모의 자식으로서 응당 저도 같이 고생을 해야 할 것이 아닌가. 남의 일처럼 해서 저만 슬슬 내려가고, 이 형만 이 밤중에 고생시키는 법이 어디 있는가 말이다. 참 기가 막힐 일이었다.

형은 이렇게 울분을 토하고 가라앉히고 하면서 밤을 지내노라니, 무정눈에 잠이 잠깐 찾아들었다.

어떤 백발 노인 셋이 백마를 타고 구종을 거느려서 으리으리하게 저쪽 언덕에서 내려온다. 앞에 오던 노인이 턱 멈추면서,

"아, 우리가 노는 자리에 웬 놈이 작폐를 했다!"

그러자 둘째 노인이 아버지 묘를 보다가 큰소리를 지른다.

"에끼, 괘씸하다. 이놈 꺼내어야 흡네다."

심상치 않은 표정들이었다. 그런데 셋째 노인이 이를 말리는 것이었다.

"거(그것) 못흡네다. 저 주판관·토지관(土地官) 놈이 돈 천 량을 받아 풀아 먹었으니 법이 웃어 못흡네다. 우리 자릴 옮깁주(옮깁시다)."

이렇게 서로 의논을 하다가 자리를 옮겨가 버렸다. 그 땅은 삼신선(三神仙)이 밤마다 내려와서 노는 자리였다.

동생인 김지관은 이를 알고 그렇게 하지 않으면 이 땅을 차지할 수 없을 것이기 때문에 형에게 그리 혹독히 군 것이다.

형은 아직도 그것을 모르고, 그저 '묘한 꿈도 다 있다'고만 생각하며 날이 밝기를 기다렸다.

아침이 되자 동생이 조반을 들고 올라왔다.

"성님, 간밤에 무슨 꿈이나 웃입데까?"

"무슨 꿈 말인고? 아무 꿈도 못 봐고(못 꿔지더군)."

화가 가라앉지 않은 형은 거친 소리로 짐짓 이렇게 대답했다.

"계건(그렇거든), 성님이랑 이십서(계십시오). 난 ᄂ려 갔다가 또 오쿠다(오겠습니다)."

동생은 다시 저 혼자 내려가 버리려고 하는 것이었다. 형은 다시 혼자 고생할 생각을 하니 어이가 없어, 동생을 부르고 꿈 이야기를 했다.

"예, 그럴 거우다. 이젠 되여시니 ᄂ려걸읍서(내려가십시다)."

형제가 나란히 집으로 왔다. 그제야 동생은 재산 문서 함을 형에게 가져왔다.

"성님, 이 문세함 받읍서. 그 땅은 이처록(이처럼) 아ᄂ호민 지탱 못홀 땅이였수다. 우리 아바님 ᄌ손이 근 만 명은 될 테이니 그보다 더 혼 디 이십네까?"

그때에야 형은 동생의 성의와 지혜를 알고 손목을 잡으며 탄복했다고 한다.

세월이 흘러서 형제는 일흔 살이 가까왔다.

어느 날, 형은 동생더러 '우리가 세상을 버릴 날이 멀지 않았는데, 신후지지(身後之地:죽은 뒤 묻힐 땅)라도 가르쳐 주지 않겠는가'고 했다. 동생은 이미 다 생각해 두었다면서 형을 모시고 신후지지 구경을 나갔다.

먼저 표선면 지경 게여기오름이란 곳을 가리켰다.

"여기 어떵ㅎ우까(어떻습니까)?"

"춤 좋다!"

또 구좌면 지경의 게여기ㅁ루라는 곳을 가서 가리켰다.

"여긴 어떵ㅎ우까?"

"춤 좋다!"

"성님 ㅁ음에 있는 디 먼저 가집서. 성님 아니ㅎ는 디 저가 눕겠습네다."

형은 표선면 지경의 게여기오름에 눕겠다고 했다.

"계민(그러면) 난 게여기ㅁ루에 눕겠수다."

이렇게 땅이 정해지자, 이제는 땅에 대해 토평(土評)을 하자고 했다.

"예, 게여기오름 산 좋수다. 천 명 속발지지(速發之地)로 문과(文科)가 연출(演出)ㅎ겠수다."

"여기는?"

"여기는 장원지지(壯元之地) 삼천명지지(三千名之地)우다."

형이 잡은 땅이 동생 김지관의 자리만 못한 것이다.

얼마 있자, 동생 김지관의 아들이 먼저 죽었다. 김지관은 자기가 누울 묏자리 곁에다 아들을 묻었다.

다시 몇 해가 지나자 장손이 죽었다. 김지관은 성산면(城山面) 종달리(終達里) 말산뫼[斗山峯]에 묏자리를 보아 장사를 지내게 되었다. 장손이 죽었으니, 김지관은 굴건제복(屈巾祭服)하고 상장(喪杖)을 짚어 조객(弔客)을 맞아야 한다. 그때 나이 여든한 살. 팔순 노인이 장손 장사에 곡을 해 가니 조객들이 다 측은해했다.

김지관은 이름이 높았으므로 제주 삼읍(三邑)에서 조객이 구름같이 모여들었다. 그 조객마다 '이런 억울한 일이 어디 있습니까?' 하며 위로를 하는 것이다.

김지관은 하관을 하여 개판을 턱 덮어 두고는 굴건제복을 휠휠 벗어 던지고 춤을 덩실덩실 추기 시작했다. 거기에다 노래까지 곁들였다.

여기 온 선비들이 나를 불쌍하다고 하지만 나는 불쌍한 사람이 아니오. 내가 먼저 죽어 버렸다면 내 손자는 여기 감장을 못할 것이 아니겠소. 이 땅을 차지하려고 내 손자가 먼저 죽은 거요. 나를 불쌍하다고들 하지만 나는 불쌍한 사람이 아니오. 내 자손 삼천 명이야 소가 밟아도 끄떡하지 않을 것이오. 이런 내용의 노래를 부르며 춤을 추었다는 것이다.

장손을 묻은 말산뫼는 과연 좋은 국세다. 산이긴 한데 오르고 보면 옴폭 패어져, 마치 달팽이가 돌려 앉은 것처럼 사방에 청룡·백호가 감겼고, 물이 한 곳으로만 굽이 돌아 흘러 나간다. 좋은 곳에 장손을 묻었다고 한다.

이렇게 장손까지 좋은 땅에 묻어 놓고 김지관은 세상을 떠났다. 역시 이미 보아 놓은 신후지지에 감장을 한 것이다.

김지관의 자손은 증손에 7형제, 현손에 9형제, 이렇게 7형제로 꽃 번성하듯 벌어져 갔다. 그리고 현손에 명도 선생(明道先生)이 나고 이어 대대로 벼슬이 끊이지 않았다.

형의 자손은 먼저 문과 급제를 했으나, 김지관의 말대로 동생의 자손만큼 수(壽)로나 명성으로나 발복하지 못했다는 것이다.

(1975·3·3 중문면 중문리 김승두(남·62세) 제공)

71 문국성과 소목사

애월면 납읍리(納邑里)에 문국성이라는 이가 있었다. 용모가 장군의 형세요, 풍채가 으리으리하고 힘이 장사였다.

문국성은 서울에 올라가 장안을 주름잡아 거리낄 데가 없었다. 임금님이 문국성의 행세를 보고는 은근히 걱정하였다. 이놈이 용모는 장군형인데 너무 협잡스럽게 행세하는 것을 보니, 국가를 해칠 우려가 있다고 생각한 것이다.

그래서 당시 국지리(國地理)로 있는 소목사(蘇牧使)를 제주 목사로 보내기로 했다. 지리에 능한 소목사가 문국성의 선묘(先墓)를 탐색하고 미리 조치를 강구하려 함이다.

소목사는 제주 목사로 부임해 왔다. 임금의 명을 잊지 않고 문국성의 선묘의 소재를 탐지해 냈다.

어느 해 소목사는 순력(巡歷)하면서 일부러 납읍리에

들렀다. 그래서 문국성의 부친을 불러들이고 그 선묘를 보겠다고 했다.

"내 서울에 있을 제 문국성과 친분이 두터운데, 그런 훌륭한 인물이 났으니 선묘가 좋은 곳이라 생각되오. 한 번 구경시켜 줄 수 없겠소?"

지리에 능한 사또가 구경을 청하니 이런 영광이 어디 있으랴 하고, 곧 납읍오름에 있는 선묘로 안내했다.

소목사는 주위를 휘 둘러보고는 퍽 아쉬워하는 눈치를 보였다.

"허허, 아쉽다. 이 묘는 호형(虎形)에 썼는데, 그만 호랑이 눈섶에 가 묻었구먼. 눈알에 묻었더라면 영웅 열사가 날 것인데 조금 아쉽게 되었군."

문국성의 부친은 이 때문에 아들이 서울에 가도 아직 벼슬을 못하는가 생각하였다.

"사또님, 그러면 어떻게 하면 좋겠습니까?"

"이 눈섶에 묘를 요만큼 눈알의 위치로 내려 묻으시오."

문국성 부친은 백배사례하며 곧 묏자리를 소목사가 이른 대로 내려 묻었다.

실은 호랑이의 눈알 위치에 묘가 써져 있는 것이었다. 그런데 소목사의 계략을 모르고 정자리를 떠서 내려 묻어 버린 것이다.

이로 인해서 문국성은 영웅이 되지 못하고 그 집안도 망해 버렸다 한다.

(1975·3·4 대정읍 안성리 강문호(남) 제공)

72 대정 고을의 형국

대정 고을(현 대정읍의 仁城·安城·保城里)의 지형은 옥녀탄금형(玉女彈琴形)이라 한다.

모슬봉(摹瑟峯)은 옥녀의 형국이고 금산은 거문고의 형국이어서, 모슬봉의 옥녀가 금산의 거문고를 타는 모습이라는 것이다.

고을 안에는 드렁물이라는 샘물이 있다. 자연적인 절벽으로 패어져 있는 샘물로서, 그 깊이가 열다섯 발의 줄로 두레박을 넣어 떠내는 정도다. 이 물은 이 옥녀의 하문(下間)이라 한다. 대정 고을의 현감(縣監)이나 군수가 선정을 베풀면 이 물이 콸콸 솟아나고, 만일 악정을 베풀면 그 물이 일시에 말라 버린다고 한다.

(1975·3·4 대정읍 안성리 강문호(남) 제공)

73 대정의 문과조사(文科早死)

대정현(大靜縣)에는 예로부터 문과(文科) 벼슬이 꽤 많이 났지만 모두 일찍 죽었다. 이것은 대정현의 산세(山勢)가 다 죽음과 관련되기 때문이다.

그 산세들을 보면 다음과 같다.

대정의 앞바다에 멀리 떠 있는 마라도(馬羅島)는 시체를 묶어 놓은 형국이고, 바로 앞바다에 있는 형제섬〔兄弟島〕은 상제가 울면서 그 시체를 향해 걸어가는 형국이다.

산방산(山房山)은 여인이 너울을 써서 시체 있는 데로 가는 형국이고, 창천리(倉川里)에 있는 군산(軍山)은 장밭에 장막을 쳐놓은 형국이다. 그리고 모슬봉은 상도꾼(역군)들이 봉분을 만들며 달구를 박는 형국이고 대정 고을의 바굼지오름은 상여 형국이며, 한라산 중허리에 보이는 영실(靈室)은 혼백상(魂帛床)의 형국이라 한다.

그렇기 때문에 대정현에서는 문과 벼슬이 나도 조사(早死)해 버린다는 것이다.

(1975·3·3 중문면 중문리 고영흥(남·67세) 제공)

74 두모(頭毛)와 지미(地尾)

구좌면 종달리(終達里)에 지미봉(地尾峯)이라는 산이 있다. 지미라는 이름이 붙여진 것은 이곳이 제주도 땅의 꼬리 부분에 해당되기 때문이다.

제주도는 고구마 모양의 타원형 섬인데, 구좌면 종달리와 정반대 방향에 있는 바닷가 마을이 한경면(翰京面) 두모리(頭毛里)이다. 두모라고 이름이 붙여진 것은 이곳이 섬의 머리 부분에 해당되기 때문이다.

이런 지명이 명지관의 지형 관찰에서 붙여진 것임을 알려 주는 것이다.

(1975·2·27 구좌면 종달리 고인봉(남·63세) 제공)

75 온평리의 청룡(靑龍)

옛날엔 온평리(溫平里 : 성산면) 사람들이 힘세기로 유명하였다. 씨름판이 벌어지면 온평리 청년들이 항상 독판을 몰아 이웃 마을이 당해 낼 수가 없었다.

이웃 마을에서는 온평리 사람들이 힘센 이유를 캐기 시작하였다. 여기저기 의논해 보니, 온평리 마을의 청룡(靑龍)이 세기 때문이라는 것이었다.

그래서 이웃 마을 사람들이 어느 날 밤에 온평리의 청룡을 그만 끊어 버렸다. 온평리 청룡은 그 마을의 왼쪽 주위를 둘러간 능선인데 진동산으로 가는 언덕이다. 이곳을 하루 저녁에 그만 파헤쳐 버린 것이다.

그로부터 온평리 사람들도 점점 힘이 줄어들어 버렸다는 것이다.

(1975·2·28 성산면 온평리 현장수(남) 제공)

76 산방산 금장지

안덕면의 산방산(山房山)은 예로부터 금장지(禁葬地)라고 해서 장사를 지내면 아니 된다고 전한다.

산방산 안에서도 질매톡이라고 하는 곳이 있는데, 특히 여기에는 장사를 지내서는 안 된다. 만일 여기에 장사를 지내면 한발(旱魃)이 심하여 백성이 못 살게 된다고 한다. 그래서 주민들은 가뭄이 심해 가면 이 산방산 질매톡에 누가 묘를 쓴 것이 아닌가 의심하게 되고, 그곳을 더 듬어 보면 과연 묘를 쓴 것이 있어, 이를 파헤치면 곧 비가 내리곤 한다.

여기가 금장지라고 하는데도 묘를 쓰는 이가 있는 것은, 여기가 매우 좋은 땅이라는 말이 전하기 때문이다. 옛날 어떤 신통한 사람이 지나다 말하기를 여기는 옥촉조천형(玉燭照天形)으로서 왕후지지(王侯之地)라고 했다 한다. 그래서 욕심 많은 사람들이 밤에 살짝 평장(平葬)을 하곤 한 일이 있다.

산방산엔 이 질매톡뿐 아니라, 그 꼭대기에 농사만 지어도 한발이 심해진다고 한다.

약 60년 전만 해도 한발이 심하여 질매톡에 누가 장사를 지낸 것이 아닌가 의심했다. 그래서 동네 사람들이 올라가 탐색해 보니 질매톡에는 암매장한 흔적이 없고, 꼭대기에 조를 간 것이 보였다. 여기는 사람 손이 미치지 않는 곳인데, 화전밭처럼 개간하여 조를 간 것이었다. 동네 사람들이 그 조를 모조리 매어 제쳤더니 즉시 억수로 비가 쏟아진 일이 있다. 당시 조를 간 이는 안덕면 사계리 안(安)모씨였다.

(1975·3·4 안덕면 화순리 안성필(남·77세) 제공)

77 군산 금장지

안덕면 창천리(倉川里)의 군산(軍山) 봉우리는 금장지

로 전해 내려온다. 여기는 쌍선망월형(雙仙望月形)이라 하여 예로부터 명당이라 전해진다.

약 60여년 전만 해도 여기에 암장한 일이 있었다. 여기에 묘를 쓰면 크게 가물거나 몹시 장마가 지어 못 살게 되는데 그때는 가뭄이 심했었다. 개천의 물이 다 마르고 밭에 곡식이 다 말라 가자, 마을 사람들은 군산 금장지에 누가 암장한 게 틀림없다고 입을 모았다.

그래서 마을 사람들이 군산으로 모여 가 그 쌍선망월형이라는 곳을 조사해 보니, 어린애 무덤만큼한 봉분이 만들어져 있었다. 군중들은 이것이 틀림없다 하여 파헤쳐 보았더니 아무것도 없었다. 이번에는 그 주위를 조사하기 위하여 저마다 막대기로 흙을 쑤시기 시작했다. 그 헛 봉분의 흙을 파헤쳐 덮어진 곳에 막대가 수월히 들어가는 곳을 발견해 냈다. 이상하다 해서 거기를 파 보았더니 과연 시체가 나왔다. 헛 봉분을 파헤치면 그 흙이 덮어져 찾지 못하도록 미리 계산해서 평지장을 해 놓은 것이었다.

이 시체를 파헤치자 즉시 풍우대작하여 가뭄이 끝났다는 것이다. 이때 암장한 이는 열리(猊里)의 강씨였다.

1975·3·4 안덕면 화순리 양성필(남·77세) 제공

78 부댁 도선묘

성산면 오조리(吾照里) 안가름에 부댁(夫宅) 도선묘(都先墓)가 있다.

이 묘에 서서 바다 쪽을 보면 오조리의 식산봉이 바로 가까이 보이는데, 이 봉우리에 서 있는 바위 하나가 유난히 눈에 뜨인다. 이 바위를 장군석이라 한다.

이 장군석이 똑바로 비추기 때문에 부씨댁에는 장군이 나게 마련이었다.

어느 해 관아에서 이것을 알았다. 관아에선 몇 번의 조사를 한 후, 이 장군석을 끊어 버리지 않으면 장군이 나서, 역적이 되고 나라가 어지러울 것이라는 결론을 내렸다.

그래서 큰 톱을 가져다 이 장군석의 꼭대기를 끊어 버렸다는 것이다. 그때 톱으로 끊어가니 장군석에선 피가 줄줄 흘러내렸다 한다.

만일 그 장군석을 끊지 않았더라면 부씨댁에는 장군이 끊임없이 났을 것이다. 아깝게도 그 바위를 끊어 버렸기 때문에 장군은 아니 나지만 몇 대(代)에 한 사람씩 장사가 나오곤 한다.

부대각도 그러한 장사의 한 사람인 것이다.

(1975·2·28 성산면 시흥리 양기빈(남·69세) 제공)

79   변댁(邊宅) 입도선묘(入島先墓)

약 5백 여 년 전, 변씨(邊氏)가 제주에 들어와 제주시 노형동(老衡洞) '베릿가름'이라는 데 살았다. 당시 노형리는 인가가 없어 황무지와 같던 때였는데, 변씨는 홀로 들어와서 새로운 삶의 터전을 찾아 여기에 정착한 것이다.

황무지를 개척하는 새로운 생활이라 집안이 가난할 것은 당연한 일이었다.

그 후, 얼마쯤 지나서 변씨는 몸이 아파 세상을 떠났다. 자식들이 장사를 지내려 하되 집안이 가난한지라 예를 갖출 수가 없었다. 상여는 그만두고 관도 만들 수 없고 수의(壽衣)도 새로운 것을 입힐 수 없는 처지였다.

할 수 없이 입던 옷 그대로의 시체를 보릿대로 둘러싸서 묶었다. 그래서 지게로 짊어지고 집을 떠났다. 소위 '지게 송장'인 것이다.

어디 묏자리를 격식 있게 골라 놓은 것도 아니었다. 그저 아버지의 시체를 지고 발 가는 대로 산 쪽으로 향해 걸어가는 것뿐이었다.

'함박이굴'이라는 곳에 이르렀을 때였다. 지게 끈이 툭 끊어졌다. 이제는 더 지고 가려고 해도 가 볼 도리가 없었다. 그 자리에 파묻기로 하였다. 관도 개판도 없으므로 땅을 파서 보릿대를 깔고 덮어 시체를 묻었다.

그 후 어느 때인가 육지에서 유명한 지관(地官)이 묏자리를 보러 이 근처를 지나게 되었다. 지관은 멀리서 이 변씨 묘를 보더니 걸음을 멈추었다.

"저 산이 어느 집 산이요?"

"예, 변집 산입니다."

동네 사람이 대답했다.

"하, 그거, 금개판(金蓋板)을 했으면 크게 발복할 산인데, 아깝다!"

"금개판이 다 무엇입니까? 나무 개판도 못해서 보리낭(보릿대)을 덮어 묻은 지게 송장입니다!"

이 말을 듣고 지관은 무릎을 쳤다.

"그러면 그렇지. 그게 바로 금개판이군!"

지관의 말에 따르면, 보릿대는 햇빛을 받으면, 노란빛이 번쩍번쩍 반사하므로 바로 황금개판과 다름이 없다는 것이었다.

이 묘가 바로 변댁(邊宅)의 입도시조묘(入島始祖墓)인데, 과연 그 자손들이 크게 발복하여 전도에 벌어졌다.

현재는 이 묘가 훌륭하게 치산(治山)이 되어 있어 이런 이야기의 흔적을 볼 수 없다.

(1975·9·29 제주시 노형동 현용필(남·54세) 제공)

80 새 비 육

구좌면 김녕리 경에 '새비육'이라는 곳이 있다. 이 지명이 생긴 데는 다음과 같은 전설이 전해진다.

옛날 김녕리에 사는 임씨(任氏) 댁에 상사가 났다. 유명한 지관을 청하여 구산(求山)을 나섰다.

지관은 상제를 데리고 여기저기 돌아다니다가 한 자리를 골라냈다.

"여기가 정혈(正穴)이니 장사할 만하오. 그런데 광중(壙中)에 돌이 나오더라도 그 돌을 파서는 못 쓰오."

지관은 단단히 주의를 시켰다.

장삿날이 되어 광을 파기 시작했다. 광중을 파다 보니 과연 큰 돌이 나왔다. 상제가 다른 일을 보러 간 틈에 일꾼들이 광중을 판 것이다.

광중에 돌이 막히자, 일꾼들은 돌을 파내어야 한다고 했다. 힘든 작업 끝에 그 돌을 파 올리는 순간, 새 한 마리가 '비육' 하고 울며 날아갔다. 깜짝 놀라며 그 자리를 보니, 또 새 한 마리가 날아가려 하고 있지 않는가. 순간 들고 있던 저고리를 탁 덮어 새를 막았다. 다행히 새가 날아가는 것은 막을 수 있었으나, 급히 덮는 저고리에 새는 그만 한 쪽 눈이 까져 버렸다.

새 한 마리는 아직 남아 있으니, 묘는 쓸 만하다고 의견이 모아졌다. 그 위에 흙을 조금 덮고 장사를 끝마쳤다.

이때, 광중에서 새가 '비육' 하며 날아갔다 해서, 그때부터 이곳을 '새비육'이라 부르게 되었다.

그리고 남은 새 한 마리가 한 쪽 눈이 까졌기 때문에, 이 임씨댁에는 몇 대에 한 사람씩 눈 까진 자손이 난다고 한다. 사실 눈 까진 사람이 있다.

(1962·8·27 구좌면 동김학리 변씨댁(남) 제공)

81 당 오백 절 오백

옛날 제주도에는 당(堂)도 오백, 절(寺)도 오백이나 있었다. 이 당과 절들이 모두 신령이 세었다.

숙종 때 영천(永川) 이목사(李牧使)가 제주 목사로 들어와 이 당과 절들을 모두 부수려고 하였다. 이목사는 당과 절마다 돌아다니며 그 신령을 보이라 하고, 신령을 보이지 못하는 데는 곧 불을 질러 파괴해 버렸다.

이때 모든 절들은 목사에게 신령을 보이지 못하여 다 파괴당하여 버렸지마는, 신령이 센 당들은 신령을 보여 파괴를 면하였다 한다.

가령, 제주시 삼도동(三徒洞)에 있는 각시당은 신령이 약간 모자라서 파괴되었다. 이 당엔 이목사가 가서 신령이 있으면 보이라 하고 굿을 치게 했다. 굿을 할 때 세우는 큰 대를 눕혀 놓고, 굿을 쳐서 그 대가 저절로 일어서면 신령이 있는 것이고, 그렇지 못하면 신령이 없다고 단정하겠다는 것이었다.

심방(巫)은 이레 동안 굿을 하면 신령이 있음을 알게 될 것이라 하고 굿을 시작하였다. 사흘 나흘이 되어도 눕혀 놓은 큰 대는 꼼짝하지 않았다. 그러나 이레째가 되는 날은 요란스러운 굿소리와 함께 이 큰 대가 달달 떨면서 조금씩 움직이기 시작했다. 처음엔 약간 일어서다가 벌렁 쓰러지고, 두번째, 세번째 횟수를 거듭하면서 차츰차츰 더 일어서서, 마지막엔 반쯤 일어서서 달달 떨다가 더 일어서지 못하고 벌렁 쓰러지고 말았다.

이것을 본 이목사는 신령이 없는 것이라 하고 곧 불을 붙여 파괴해 버렸다.

표선면 토산당(兎山堂)의 경우는, 이목사가 같은 방법으로 신령을 보이라고 하니 각시당과는 딴판이었다.

심방이 이레 동안 굿을 해 가니, 눕혀 놓은 큰 대가 저절로 곧장 일어설 뿐 아니라, 스스로 걸어서 제주시 성안〔城內〕의 동문 바깥 ㄱ으니ㅁ루까지 와서 쓰러졌다. 그러자 이 목사도 이 당엔 신령이 있는 게 분명하다 하여 파괴하지 않았다 한다.

이때 약간 신령이 모자라 큰 대가 반쯤 일어서다가 쓰러져서 파괴당한 당이 수없이 많다.

(1964·1·20 제주시 용담2동 안사인(남) 제공)

82 광정당(廣靜堂) 말무덤

안덕면(安德面) 덕수리(德修里)에 있는 광정당은 예로부터 신령이 세기로 유명했다. 이 당 앞을 지나갈 때는 누구나 반드시 말에서 내려 걸어가야 한다. 만일 그대로 지나가면 말이 발을 절어서 죽게 마련이다.

조선조 숙종(肅宗:재위 1675~1720) 때 이형상(李衡祥)이 제주 목사(牧使)로 와서 이 당 앞을 지나가게 되었다. 당 앞에 이르자 군졸들이, '이 당은 신령이 세어서 말을 탄 채로 지나갈 수가 없으니, 황송하오나 하마하시어 걸어가십시오' 하고 권고했다. 이목사는 권고를 듣지 않고 그대로 지나가려 했다. 이상하게도 갑자기 말이 발을 절어서 말이 그 자리에 쓰러지는 것이었다.

이목사는 곧 이 당의 매인심방〔戰屬巫〕을 불러들였다.

"이 당의 신령이 사실 세냐?"

"예, 그런 줄로 아옵니다."

"그러면 이 말을 잡아서 곧 굿을 하고 신령을 보여라."

누구의 영(令)이라 심방은 벌벌 떨며 말을 잡아 큰굿을 시작했다. 굿이 한참 진행되어 가니, 당에서 큰 뱀이 나와 꿈틀거리며 혀를 날름거렸다.

"이게 무슨 신령이란 말이냐?"

이형상 목사는 곧 군졸을 시켜 그 뱀을 베어 넘기고 죽은 말을 그 앞에 묻어 주었다.

이 무덤을 '말무덤'이라 하는데, 일제(日帝) 때 그 위로 신작로를 내려고 파 헤치니 말뼈가 무수히 나왔었다.

(1975·3·4 안덕면 화순리 양성필(남·77세) 제공)

83 노형동 광평당(廣坪堂)

제주시 노형동(老衡洞) 광평 부락(廣坪部落)은 약 3백 여 년 전만 해도 나무와 억새로 뒤덮인 황무지였다.

이때 현치적(玄致績)이라는 이가 처음으로 이 황무지에 들어와 억새밭을 갈아 일구어 농사를 짓고 사냥을 하며 개척하기 시작했다.

처음으로 들어와 개척하는 살림이라 현씨는 생활이 궁했다. 그러나 마음씨는 바르고 고왔다.

이때, 아래쪽 오도롱(梨湖洞)에는 풍수지리(風水地理)로 유명한 고전적(高典籍)이 살았다. 현씨는 고전적을 은근히 존경했다. 꿩을 두 마리 잡으면 꼭꼭 한 마리를 고

전적에게 갖다 드리곤 했다. 둘이는 서로 친분이 두터워
졌다.

고전적은 마음씨 착한 현씨가 가난하게 사는 것을 측은
하게 생각하고 집터를 하나 보아 주었다. 그 자리에 집을
지어 살면서부터 현씨는 차차 살림이 풀리기 시작했다.

어느 날, 현씨는 소를 몰고 들판으로 나가고 있었다.
동네 어귀를 금방 나서자 힘없이 걸어오는 어떤 여인과
마주쳤다. 여인은 몹시 배가 고프다고 했다.

"여기 조금만 앉아 계십시오. 내 집에 가서 곧 밥을 갖
다 드리리다."

현씨는 옆 밭에 소를 가두어 두고 얼른 집으로 달려와
밥을 가지고 갔다. 그런데 이게 웬일인가. 앉아 있을 여
인이 그 자리에 없었다.

"그렇게 배가 고파 걸어갈 기력이 없는 여인이 가 버릴
리가 없는데……."

곰곰이 생각할수록 그 여인은 범상한 인간이 아니라는
생각이 들었다.

'그 여인은 신령임에 틀림없다.'

현씨는 이렇게 생각하고, 여인이 앉았던 자리에 가져간
밥을 올렸다.

그 후부터 현씨는 해마다 정월이 되면 그 자리에다 제
물을 차리고 가서 정성을 드렸다. 그러자 해마다 농사가
잘 되고 살림이 풍요해졌다.

이것을 본 동네 사람들이 차차 본받아 현씨와 같이 그

곳에 가서 정성을 드리기 시작했다. 그래서 그곳이 오늘 날 광평 부락의 본향당(本鄕堂)이 되었다는 것이다.

(1975·9·29 제주시 노형동 현용필(남·54세) 제공)

84 윤남패기 자원당

표선면 성읍리로 가는 쪽, 구렁팟 조금 전에 윤남패기라는 곳이 있는데 여기에 자원당이라는 당(堂)이 있다.

이 당은 그리 큰 당은 아니지만, 이 당 앞을 지날 때는 누구를 막론하고 말에서 내려 걸어가야 한다. 만일 말을 탄 채로 지나가다가는 말이 발을 절어 결국엔 걸어 지나가게 되고 말은 병신이 되어 버린다는 것이다. 그리고 점심을 가지고 들에 나갈 때, 이 당에 이르면 반드시 밥을 조금 떠 던지고 가야 한다. 만일 그렇지 않고 그 밥을 먹으면 반드시 앓게 되거나 무슨 흉사가 닥친다고 한다.

이 당이 이렇게 하는 데는 그만한 사연이 있다.

아주 옛날 일이었다. 당도 아무것도 없을 때, 어떤 사람이 여기를 지나고 있었다. 때마침 갑자기 큰 비가 쏟아져 내렸다. 이 사람은 임시 비를 피하려고 사방을 둘러보니 옆에 자그마한 언덕이 있었다. 이 언덕의 바위 그늘에 잠시 몸을 피해 있으면 되겠다 하고, 그는 언덕 밑에 겨우 은신하여 쭈그려 앉았다. 바로 발 앞의 언덕으로 흐르는 낙숫물이 뚝뚝 떨어져 내리는 것이었다.

이 사람이 잠시 앉아 있으려니 조금 심심기가 나서, 지팡이로 낙숫물 지는 땅바닥을 똑똑 쳤다. 흙이 낙수물에 섞여 반죽이 되는 것이다.

‘요거, 뭣을 만들면 될 성싶다.’

그는 시간을 보낼 겸 그 흙을 쥐어, 이리 주무르고 저리 주무르고 하다가 사람 형상을 하나 만들어 내었다.

비가 개었다. 이 사람은 흙 인형을 언덕 밑에 앉혀 놓고,

“너는 여기 앉아 있어. 그랬다가 말 타고 가는 사람이 있거든, 말 발이나 절게 하여 얻어먹어라.”

이렇게 중얼거리고 떠나갔다.

몇 년 후였다. 그 사람이 다시 일이 있어 말을 타고 그 언덕 앞을 지나가게 되었다.

마침 그 언덕 앞에 이르니 덜렁덜렁 잘 걷던 말이, 갑자기 발을 절면서 넘어지는 것이었다.

“이상하다. 갑자기 말이 발을 절다니. 내야 걸어가도 되지만 말을 어떻게 한담?”

이렇게 중얼거리며 넘어져 있는 말을 바라보다 언뜻 몇 년 전 일을 생각해 냈다.

‘옳지, 그 흙 인형이 한 짓이 분명하다.’

언덕 밑을 뒤져 보니, 그때 만들어 놓은 흙 인형이 그대로 앉아 있었다.

“이놈, 은공도 모르는 놈!”

큰소리를 치며 회초리로 후려치니, 그 흙 인형의 몸뚱에서 붉은 피가 줄줄 흐르더라는 것이다.

그 후로 이 앞을 지나는 사람은 누구든지 말에서 내려

걸어가야 하고, 음식을 들고 가는 사람은 반드시 조금 떠
던져 대접하게 되었다.

이래서 당이 이루어져 내려왔다는 것이다.

(1975·2·24 조천면 조천리 양영석(남·71세) 제공)

85 용소(龍沼)와 기우제

제주시 용담동에 용소(龍沼)·용수 또는 용연(龍淵)이
라 하는 소(沼)가 있다. 병풍석이 양쪽에 둘렸고 청징(淸
澄)한 물이 언제나 깊어, 역대 목사(牧使)들이 달밤에 뱃
놀이를 즐겼던 곳이기도 하다. 그래서 영주십경(瀛州十
景)의 하나로 용연야범(龍淵夜帆)이라 하여 널리 알려져
있다.

이 소에는 예로부터 동해(東海) 용이 와서 풍치를 즐겼
다고 한다. 그래서 용소라는 이름이 붙은 것이다.

이 소엔 용이 머물러 있으므로 기우제를 지내면 반드시
효험이 있었다.

몇백 년 전엔가 크게 가물어 제주 백성이 다 굶어 죽게
된 때가 있었다. 목사가 크게 걱정하여 몇 번 기우제를
지내도 비는 오지 않았다.

이때 무근성(삼도2동:제주시)에 유명한 고씨 심방〔巫〕
이 살고 있었다. 고씨 심방은 어느 날 주막에 앉았다가
지나가는 소리로 '용소에서 기우제를 지내면 비가 올 것
을……' 하고 말했다. 이 말이 목사의 귀에 들어가 고씨

심방은 동헌(東軒)에 불려갔다.

"네가 용소에서 기우제를 지내면 비가 온다고 했다는데 사실이냐?"

"예, 그리 말했습니다."

"그러면 곧 기우제를 해서 비가 오도록 해라. 비가 안 오면 너는 각오해야 하느니라."

고씨 심방은 수심이 가득 찼다. 목사의 영이라 할 수 없이 기우제를 올리기로 했다.

이레 동안 목욕재계하여 몸 정성하고 쉰대 자 용을 짚으로 만들었다. 그래서 용소 바로 옆 당밭에 제단을 꾸몄다. 쉰대 자 용의 꼬리는 용소 물에 담그고 머리는 제단 위에 걸쳐 놓아 이레 동안의 굿을 시작했다.

고씨 심방은 천상천하의 모든 신들을 청해 들이고 이레 동안 단비를 내려 주도록 빌었다. 굿을 끝마쳐 모든 신들을 돌려보내게 되어도, 하늘은 쾌청하게 맑아 비는 내릴 기색조차 보이지 않았다.

"모든 신들은 상을 받고 고이 돌아서건마는, 이내 몸은 오늘날 동헌(東軒) 마당에 가면 목을 베어 죽게 됩니다. 명천 같은 하늘님아 이리 무심하옵니까?"

고씨 심방은 눈물을 흘리며 신들을 돌려보내었다.

이때였다. 동쪽 사라봉 위로 주먹만큼한 검은 구름이 보이더니, 이 구름이 삽시에 하늘을 덮고 억수같이 비가 쏟아지기 시작했다.

고씨 심방 이하 굿을 하던 심방들은 환성을 올렸다. 쉰

대 자 용을 어깨에 메고 비를 맞아 가며 성 안으로 들어 갔다. 성 안의 백성들이 모두 나와 용을 같이 메고 풍악 소리에 춤을 덩실덩실 추었다.

일행이 동헌 마당에 들어가니 목사(牧使) 이하 이방·형방 등, 모든 관속들이 나와 용에게 사배(四拜)를 하고 백성들과 더불어 큰 놀이를 베풀었다.

그로부터 용소는 기우제에 효험이 있다 하여, 가물 적마다 여기에서 기우제를 지내게 되었다.

(1965·12 제주시 용담동 안사인(남) 제공)

86 굴칫 영감과 토산당 뱀

조천면(朝天面) 조천리에 굴칫 영감이라는 이가 있었다. 워낙 부자로 살고 또 학식이 좋아서 남의 사주(四柱)나 보아 주며 한가로이 살고 있었다.

어느 날 정의(旌義) 사람 하나가 아들을 장가 보내려고 사주를 보러 왔다. 신부는 정의(旌義) 토산(兎山)이었다. 영감은 신랑 신부의 사주를 맞춰 보다가 '어, 이 ᄉ주(四柱) 못쓰쿠다(못쓰겠습니다). 잔치ᄒ지 맙서' 하고 옆으로 슬쩍 밀어 놓았다. 신랑의 부친은 막무가내라며 가 버렸다.

실은 사주가 못쓸 게 아니라 신부의 사주가 너무나 좋아서였다. 굴칫 영감은 이 사주를 보자, 며느리로 삼을 욕심이 생겨서 거짓말을 하고 파혼시킨 것이었다. 영감은 즉시 사람을 시켜 이 색시 집에 청혼을 하였다.

조천(朝天) 굴칫 영감댁에서 청혼을 왔다 하면 허혼을 아니할 리가 없는 것이다. 소문난 집안이기 때문이다. 일은 혼례까지 진척이 되었다.

굴칫 영감은 신부를 구하면서, 정의(旌義) 신부니까 토산당 뱀 귀신이 따라 올 것이라는 것은 미리 예상하고 있었다. 이 귀신은 딸에서 딸로 뒤를 좇아간다는 것이 널리 알려지고 있기 때문이다.

잔칫날이다. 신랑이 신부 집에 가서 신부를 데리고 들어왔다. 신부가 방으로 들어왔다. 굴칫 영감은 신부가 앉을 방석을 유심히 살피고 있었다.

신부가 들어와 앉는 순간, 신부 방석 밑에 머리칼 같은 이상한 것이 붙어 오는 것이 영감 눈에 비쳤다. 영감은 미리 준비해 두었던 자그만 독에 얼른 이 머리칼 같은 놈을 집어 넣어 봉했다. 그리고 다시 이 독을 큰 독 속에 넣어 봉하고, 다시 더 큰 독 속에 넣어 삼중으로 봉해 놓았다. 그러고는 땅을 깊이 파서 단단히 묻어 놓은 후, 아무 일도 없었다는 듯이 잔치를 계속했다.

이 머리칼 같은 놈이 신부 뒤를 따라온 토산당 뱀 귀신이었던 것이다.

몇 개월이 지나자 신부의 오빠가 병이 났다. 차일피일 병은 점점 무거워져 백약이 무효였다. 문복(問卜)을 하니, '내 조상 내 귀신을 학대한 죄목'이라 했다. '틀림없이 사돈 집에서 내 조상을 학대하고 있는 게 분명하다.' 이렇

게 신부 집에서는 단정하게 되었다(조상이란 그 귀신을
일컫는 것).

그러나 사돈집에 가서 그런 말을 섣불리 할 수도 없는
노릇이었다. 하도 답답하니 신부 부친은 몇 번 사돈 집을
찾아왔으나 머뭇머뭇하다가 점심만 얻어먹고 가곤 했다.
굴칫 영감도 그 눈치를 이미 잘 알고 있었다. 그러나, 이
귀신을 내어 놓았다간 이 집안도 큰 화가 있을 터이니,
모르는 척해서 자꾸만 말을 다른 데로 돌린 것이었다.

3,4년이 지났다. 병은 더욱 심해 정말 피골(皮骨)이
상접(相接)해졌다. 사경(死境)에 이르러 가자, 신부 부친
은 마지막 용기를 내어 사돈집으로 찾아왔다.

"계난(그러니), 빙(病)은 어떠ᄒ우까?"

"이젠 2,3일 넹기지 아니ᄒ쿠다(넘기지 아니하겠습니
다)."

"거 춤 아이되었수다. 계무로사(그런들) 빙(病)을 구치
못허여마씀? 원(구하지 못합니까? 원)."

"곌세마씀(글쎄 말입니다)."

이렇게 하여 더 말을 이으려 하다가, 말을 못하고 눈물
을 뚝뚝 흘리며 나가려고 하는 것이었다.

굴칫 영감은 가련한 생각이 들었다. '이젠 오래 되었으
니까 이놈을 내어 놓는다 해도 괜찮지 않을까' 하는 생각
도 들었다. 그래서 나가는 사돈을 불렀다.

"이레(이리) 와 봅서. 혹시 이것 때문사 아닌지."

신부 부친은 '옳지, 되었다' 하는 희열이 번졌다.

종을 시켜 그 독을 파 내었다. 비워 보니 머리칼 같은 놈이 하나 나왔다. 그 후, 신부 오빠의 병은 거뜬히 나았다. 가두었던 귀신을 해방시켰으니 병이 나을 것은 당연했다.

얼마 안 있어 며느리가 임신을 했고 해산 시기가 되었다. 산기가 있자, 굴칫 영감은 책을 펴놓고 길한 시간을 점쳐 보았다. 길한 시간은 한참 더 있어야 했다.

"삼승할망(助産役을 하는 巫)이 들어와 해산을 도우는데, 아이는 금방 낳을 것 같았다. 영감은 마루에 앉아서,

"어떻든 이 시간만 제ㅎ라."

삼승할망에게 몇 번이고 당부하며 길한 시간을 당기도록 했다. 그러나 그게 마음대로 되는 것이 아니었다. 아이는 빽 하고 울며 떨어졌다.

굴칫 영감은 후다닥 자리에서 일어서며 종들을 불렀다.

"이야, 종이고 뭐고, 오늘부터 열두 식구가 꼭 ᄀ찌(같이) 나 먹는 대로 먹어라. 나만 잘 먹어 보민 소용이시냐(있느냐)? 집안은 불써 망ㅎ게 되였다."

그날 저녁부터 열두 식구가 쇠고기에 쌀밥을 마구 해 먹기 시작했다. 집 재산이 고깃점 없어지듯 없어져 갔다.

이때 태어난 아들이 자랐을 때는 거의 재산이 없어진 때였다. 이 아들은 술을 어떻게나 먹었는지, 고추 안주에 깡술을 매일같이 먹어 대었다. 공부는 물론 않고 마장(馬場)의 말만 먹이러 다니는데, 으레 종놈에게 '술 메어 아정 글라(술 메어 가지고 가자).' '고치강타 오라(가서 고

추 타 오너라)' 하면서 마구 술을 먹어 가니 창자가 견딜
리 없었다.

  결국 이 아들은 일찍 죽고 집안이 완전히 망해 버렸다
한다.

(1975·2·25 구좌면 동복리 김두익(남·70세) 제공)

87 도 채 비(Ⅰ)

  도채비(도깨비)를 모시면 고기가 많이 잡힌다고 한다.
도채비가 고기 떼를 마구 몰아다 잡게 해 주기 때문이다.
  옛날 어등개(구좌면 행원리)에 살던 어떤 어부가, 하도
고기가 안 잡히므로 도채비를 모실 생각을 하였다. 그러
나 이 어부는 도채비를 모시되 그리 오래 모실 것은 못
된다 하고, 한 자본 거두어 들여지기만 하면 이놈을 쫓아
내기로 마음먹었다. 도채비란 놈은 잘 모시면 부자가 되
게 해 주되, 약간 방심하면 집을 망하게 해 버리는 놈이
기 때문이다.
  어느 날 어부는 도채비를 모시러 나섰다. 깊은 밤중,
동네에서 도채비가 잘 나타나는 곳에 가서 언약을 하는
것이었다.
  "영감, 영감이 나를 천스망 만스망 일게 해 주민 대죽
(수수) 범범(범벅) 해 주지."
하고 수수범벅을 올리고 돌아왔다. 그랬더니 의외로 고기
가 많이 잡혔다.

어부는 그로부터 항상 수수범벅을 해다가 여기에 올리고 사망 일게(재수 좋게) 해 달라고 빌었다. 연일 대풍어가 되어 날로 부자가 되어 갔다.

얼마간 돈이 모이자, 어부는 '이제는 도채비 힘을 빌 필요가 없다' 생각하고 수수범벅 올리는 것을 중지했다.

그랬더니, 얼마 뒤 꿈에 도채비가 나타났다. '나는 사망 일게 너를 도와 줬는데 수수범벅 해 준다고 약속해 놓고 왜 아니 해 오느냐?'는 것이다. 어부는 이때 요놈을 딱 끊어 놓아야 하겠다고 생각했다.

이튿날 아침, 어부는 버드나무 막대기를 들고 그 도채비 나오는 언덕으로 갔다.

"이놈, 너 왜 간밤에 우리 집에 갔다 왔느냐! 다시 발 뜨집을 하다간(출입을 하다간) 살려 두지 아니ㅎ겠다."

큰소리를 지르며 어부는 버드나무 막대기로 언덕을 여기저기 막 후려 갈겼다. 그러고는 '이놈 이 똥이나 먹어라' 하며 똥을 누어 놓고 집으로 돌아왔다.

집에 와 보니, 벌써 집 네 귀에는 불이 벌겋게 타오르고 있었다 한다. 이 불은 도채비가 붙여 놓은 것이었다.

(1975·2·17 구좌면 한동리 허술(남·79세) 제공)

88 도 채 비(Ⅱ)

도채비를 모실 때는 자문자답식으로 이쪽 말과 도채비 말을 번갈아 하며 모신다고 한다.

옛날, 소섬(구좌면 牛島) 사람이 도채비를 모시려고 수수떡·돼지고기 등 제물을 차리고 도채비가 잘 나타나는 바닷가로 갔다. 깊은 밤중이었다.

이때 마침, 장난꾸러기요 담이 센 동네 청년이 밤고기를 낚으려고 바다에 나가 있었다. 밤고기는 특히 조용해야 낚는 법이라, 청년은 사람이 출입하지 않는 으슥한 언덕 밑에 자리를 잡아 낚싯대를 드리웠다. 사방이 죽은 듯이 고요하여 물결 소리조차 나지 않았다.

한참 낚싯대를 드리우고 있노라니, 저쪽 멀리서 초롱불빛이 희미하게 보였다. 분명 이쪽으로 오는 불빛 같았다.

'무슨 불인가? 여기 도채비가 많이 나온다고 하는데 혹시 도채비 불인가?'

차차 가까이 오는 것을 보니, 어떤 사람이 무언가 등에 지고 초롱을 들고 오는 것이었다. 그 사람은 언덕을 기어 올라 저쪽 바위로 넘어갔다.

청년은 호기심이 생겨 바위로 기어 올라 살금살금 가 보니 그는 동네 아는 사람이었다.

그 사람은 편평한 바위 위에 돗자리를 깔고, 수수떡이며 돼지고기며 제물을 벌여 놓고 도채비를 부르는 것이었다.

"참봉님 계시우까?"

"음, 내 여기 있지."

자문자답으로, 도채비를 불러 놓고 다시 목소리를 바꾸어, 도채비의 대답 소리를 하는 것이다.

"저, 요 동네 사는 아무 가(哥)이우다."

"그럼."

"이디(여기) 조고만 정성으로 참봉님 뵈이젠(뵈려고) 허연 왔수다. 응감ᄒ곡 기자(그저) 아이덜 감기도 웃게 ᄒ곡(없게 하고), 바당(바다) 일도 무스히 ᄉ망 일루와 주곡(재수 좋게 해 주고), 집안 모든 일을 펜안히 허여 주십서……."

청년은 들어 보니 하도 어이가 없었다. 비는 말이 다 끝나자, 청년은

"그러지, 염례 말라!"

큰소리를 버럭 질렀다.

빌던 그 사람은 더럭 겁이 나서 벌떡 일어서더니, 벌여 놓은 제물도 던져 두고 초롱불만 들고 언덕을 뛰어 오른다. 너무 급히 허둥대며 뛰는 바람에 초롱불도 꺼져 버리고, 그 험한 바위 틈을 엎어지며 자빠지며 기어 넘어 부리나케 달아나 버리는 것이었다.

청년은 배도 허출한 김에 잘 되었다 싶어, 고기며 떡이며 다 먹고 생각해 보니, 좀 너무했다는 생각이 들었다.

이튿날 청년은 그 집을 찾아가 보았다. 간밤의 일을 토파하지는 못하고 놀러 간 척하였다. 주인은 몸이 아파 누웠다 한다. 미안하기는 하나 어쩔 수 없었다. 그리하여 그 사람은 석 달 동안 앓다가 죽었다 한다. 넋 나서(혼이 빠져서) 죽은 것이다.

(1975·3·1 성산면 신산리 강공직(남·72세) 제공)

89 부훈장과 도채비

약 160년 전에 부훈장(夫訓長)이라는 이가 구좌면 한동리(漢東里)에 살았다. 어릴 적부터 글공부를 많이 하여 한학(漢學)에 능하였다. 그래서 구좌면 덕천리에서 훈학(訓學)하여 생계를 이어 나갔다.

덕천에서 훈학을 하면서도 집은 한동에 있었기 때문에 부훈장은 늘 저녁이 되면 산길을 걸어 집에 와야 했다. 저녁때까지 글을 가르쳐 서당 학생들을 풀고 집에 오려면 밤이 깊었다. 게다가 달이 없는 밤이면 산길을 왕래하기란 어려운 일이 아닐 수 없었다.

하지만 부훈장에게는 이런 어려움이 하나도 없었다. 그는 항상 밤길을 걸을 땐 도채비(도깨비)를 이용했기 때문이다. 어떻게 도채비를 불러들였는지는 자세하지 않으나, 부훈장이 부르면 도채비는 곧 나타났고, 부훈장의 지시대로 등불을 들어 길을 밝혔다 한다. 그래서 부훈장이 집에 들어가야 도채비는 전송해 두고 돌아가곤 했다는 것이다.

도채비는 잘 다루기만 하면 사람에게 매우 유익한 일을 해 준다. 특히 어부들이 고기 떼를 몰아다 잡고자 할 때 도채비 힘을 빌면 아주 좋다. 도채비는 바다의 고기 떼들을 한 곳으로 잘 몰아다 주기 때문이다. 부훈장은 이럴 때 도채비를 불러들여 고기 떼를 한꺼번에 몰아오게 하기도 했다.

부훈장이 도채비를 자유자재로 구사한다는 말은 모르

는 사람이 없을 정도였다.

어느 날 구좌면 월정리(月汀里)에 갔을 때, 동네 사람들이 모여들어 도채비를 한 번 불러들여 그 모습을 보여 달라고 졸랐다. 부훈장은 자꾸 사양하다가 하도 졸라 대니 할 수 없이 도채비를 불러들였다. 보니, 정말 도채비가 등불을 들고 나타나 부훈장 앞에 공손히 꿇어앉았는데, 그 모습은 꼭 원숭이 같더라 한다.

부훈장은 여러 가지 술법에도 능했다.

하루는 동네 벗들과 앉아 노는데, 하도 심심하니 무언가 웃음거리를 만들라고 자꾸 졸랐다. 부훈장은 붓을 꺼내 무언가 백지에 써서 마당에 휙 던졌다. 마당에는 마침 나막신이 뒹굴고 있었는데, 종이를 던지자 나막신 두 짝이 싸움을 붙는 것이었다. 마치 닭싸움하듯 마주 향해 파드닥 싸움을 했다는 것이다. 벗들이 신기해서 한참 구경하며 웃는데, 부훈장이 다시 백지에 뭔가 써서 휙 내던지니, 나막신이 다시 원자리에 와서 아무 일도 없었다는 듯이 섰다는 것이다.

(1975·2·27 구좌면 한동리 허기호(남·67세) 제공)

90 도채비불과 한동리명(漢東里名)

구좌면 한동리(漢東里)의 옛 이름은 '궤'이고, 한자로는 괴이리(槐伊里)라 써왔다.

그런데 80여 년 전 이상하게도 이 마을엔 도채비불이

(도깨비불) 끊임없이 났다. 이 도채비불은 마치 총알처럼 밤마다 바다 쪽으로부터 날아 들어오고, 그것은 집 처마에 붙어 삽시간에 집이 불타 올랐다. 이것이 한 집 두 집이 아니어서 이대로 나가다가는 온 동네가 전부 망할 것 같았다.

동네에서는 커다란 근심거리였다. 사람들은 모여 앉아 의논하고 매일 밤 당번을 정하여 지키기로 했다. 당번이 지키다 보면, 도채비불이 바다로부터 총알처럼 날아와, 이집 저집에 달라붙는 것이다. 당번들은 소리 쳐 사람들을 깨우고 불을 문질러 끄고 보면, 거기에는 불이 붙은 말똥이 남아 있곤 했다 한다. 그래서 도채비불은 말똥에 붙은 불이 그 불씨임을 알았다.

동네 사람들은 온통 불안에 떨며 잠을 못 이루고, 당번들은 밤마다 북을 치고 피리를 불면서 도채비불을 내쫓느라 야단이었다.

이 사실이 관가에 알려졌다. 이 괴이한 사실을 조사하려고 당시의 이목사가 직접 행차해 왔다. 목사는 친히 밤을 새며 조사에 착수했는데, 이것은 도채비불이 아니라 인화(人火)라고 단정했다. 틀림없이 사람이 불을 지르는 게 분명하니 그 범인을 색출해 내라는 것이다.

목사가 이렇게 나오자, 이 마을 상동(上洞)에 사는 이모(李某)라는 이가 나서서, '도채비불이 틀림없습니다'라고 목사에게 일렀다. 목사는 이놈이 수상한 놈이라 하고, 곧 상투를 풀어 말꼬리에 묶어 매라고 호통했다. 말꼬리에 머리를 잡아 묶어 성 안〔城內:제주시 내〕까지 달린다면 사람은 죽을 것이 뻔하다. 마을이 큰 환을 당하게 된 것이다. 이것을 보고 있던 허 모씨는 살짝 집으로 달려가더니 자기 손으로 자기 집에 불을 붙였다. 이 환을 면하려 하면 이 길밖에 없다고 생각해서였다. 불길이 치솟자, '불이야! 불이야!' 하고 외치며 마을 사람들이 몰려들었다. 목사 일행도 말꼬리에 머리를 잡아 묶었던 이씨를 놓아 주고 불을 끄러 달려들었다. 이렇게 하여 죽을 고비의 생명이 구제되었다.

목사는 그제야 도채비불임을 인정하고, 마을 이름이 나빠서 불이 나는 것이니 고치라고 지시하고 돌아갔다. 수인씨(燧人氏)가 처음 불을 일으킬 때, 홰나무〔槐木〕로 불을 일으켰는데, 그 괴(槐)자를 쓰기 때문에 불이 일어난다는 것이다.

그때 이 마을에 오훈장(吳訓長)이라는 이가 있었다. 한학에 능하여 훈학(訓學)을 하며 지내던 이인데, 그가 마을 이름을 한동리(漢東里)라 지었다. 홰나무로 일어난 불을 끄는 데는 한수(漢水)를 당겨 와야 하니, '漢' 자를 써야 좋고, 한동(漢東)은 한라산(漢拏山) 백록담(白鹿潭)의 동쪽에 있는 마을로, 그 백록담의 물을 당긴다는 의미도 있어 좋다는 것이다.

이래서 한동리라 부르기 시작하자 도채비불의 조화가 차차 없어져 화재가 일어나지 않아 살기 좋아졌다 한다.

(1975·2·27 구좌면 한동리 허술(남·79세) 제공)

개 설

1 전 설

신화나 민담에 비하면 전설은 꽤 우리에게 익숙해진 말이다. 수집을 할 때 '전설을 이야기해 달라'고 하면 대개는 그 뜻을 알아듣는다. '전설'이란 말이 널리 통용되어서 그런지 이것에 해당되는 순수 우리말을 꼭 집어 내기가 어렵다. 제주도의 경우 '전하는 말' '고담(古談)' 등이 있으나 이것이 전설과 범주가 일치하는 것이라고 하기는 어렵다.

일반적인 설화의 세 분류 개념으로 말하면, 전설은 특이한 자연이나 역사적인 인물·사건 등에 대하여 사실이라고 믿고 설명하는 이야기라고 할 수 있다.

제주도의 경우, 전설에 대한 민중의 의식도 이것과 거의 일치한다. 그들이 말하는 전설도 특이한 자연이나 역사적인 특수한 인물이나 사건, 또는 신앙·관습 등의 유래를 설명하는 이야기다. 이 이야기들은 심방〔巫覡〕과 같은 직업적 전문인이 아니라, 일반 민중이 언제 어디서나 사실이라고 믿어 이야기하고, 또한 듣는 이도 그렇게 믿어서 듣는 것이다. 이 이야기들은 태초적인 사실의 설명인 것도 있고, 그다지 오래지 않은 과거 사실의 설명인 것도 있다. 그 시간적 조건에는 관계 없이, 이야기의 내용이

사실임을 입증하기 위하여 구체적인 증거물을 대면서 설
명하는 이야기라는 점에 그 특징이 있다.

그러나 전설을 수집하다 보면 어떤 주인공을 등장시켜
서사적 이야기를 전개시키는 게 아니라, 단지 어떤 사실
을 단순히 설명하는 이야기도 나온다. 예를 들면 '안덕면
화순·덕수·사계리의 소는 우황이 많이 드는데, 그 이유는
산방산의 많은 약초를 먹기 때문이다' 한다든지, '대정 고
을의 형국은 옥녀탄금형이니, 모슬봉은 옥녀라 하고, 금
산은 거문고형이라 운운' 한다든지, '두모·지미의 지명은
각각 제주도의 머리와 꼬리 부분에 해당되기 때문에, 그
리 命名된 것이라 한다' 등의 이야기들이다. 이런 단순한
사실 설명도 역시 전설이라고 하여 화자는 이야기해 준
다. 이것은 반드시 서사적 구조를 갖추지 않아도 민중이
사실이라고 믿는 이야기이면, 전설이라고 하는 민중의 전
설개념을 말해 주는 것이다.

이처럼 전설은 진실하다고 믿는다는 점을 가장 주요한
요소로 하고, 그 요소를 충족할 수 있게 구조되어 있는
이야기라 할 수 있는 것이다.

2 전설의 종류·형식·내용·기능

제주도의 전설도 일반적인 분류 방식과 같이 자연전설·
역사전설·신앙전설로 일차 나누는 것이 편하다. 자연전설
은 자연사상의 이야기요, 역사전설은 역사적인 인물, 사

건에 대한 설명이며, 신앙전설은 지리풍수·속신 등 민간 신앙에 관한 이야기들이다. 위의 세 가지 전설은 다시 설명하려는 사물에 따라 산방(山房)·도서(島嶼)·지소(地沼)·암석·충효·열녀·관원·이인(異人)·건물·분묘·지관·지형·신당·제의(祭儀)·도깨비…… 등과 같이 세분할 수 있다.

제주도의 자연전설에는 산방·암석·지소에 대한 전설에 특이한 것이 많고, 역사전설에는 관원·이인·장사·여걸 등에 대한 전설에 특이한 것이 발견된다. 이것은 제주도의 자연적 풍토적 조건의 특이성과 역사적 조건의 특수성 그리고, 제주도민의 생활사(生活史)·꿈·인생관 등의 반영인 것이다. 또한 신앙전설에는 풍수전설·사신전설(蛇神傳說) 등이 특히 많고, 신당전설에 해당되는 것은 '본풀이'라 해서 신화류로 인식하고 있는 점을 지적할 수 있다. 이것은 제주도민의 신앙의 특성과 설화의 분류의식을 반영하고 있는 것이라 하겠다.

전설은 하나의 모티브로 이루어진 단순한 구조의 이야기에서부터 복잡한 구조의 기다란 이야기까지 여러 가지가 있고, 민담처럼 서두나 결말에 일정한 형식이 없다. 전설은 증거물의 사실설명이 최소요건이기 때문에 단순한 보고일 수도 있고, 흥미를 곁들인 문예물일 수도 있기 때문이다.

그러나 전설은, 시대·장소·인물·증거물 등이 구체적으로 제시되어 고유명사로 나타난다는 점이 그 특성이라고 이야기되고 있다. 그러나 실제는 그렇지 않다. 증거물이 구체적으로 제시되는 것은 뺄 수 없는 요소이지만, 시대· 장소·인물 등은 구체적인 고유명사로 제시되지 않은 전설이 얼마든지 있다. 오히려 추상적인 시대나 장소의 제시로 이야기되는 것이 더 많다. '옛날 어느 마을에…….' '옛날 육지 어디에서…….' 식으로 이야기해도 전설은 충분히 성립되는 것이다. 역사에 깊은 造詣를 가지고 있는 識者가 아니면 '조선조 세종 25년에…….' 식으로 연대를 알 수도 없으려니와, 또 들었다 해도 똑똑히 기억하고 있을 수도 없는 일이다. 전설의 향유자인 민중은 이런 구체적인 연대나 장소, 또는 인물을 모두 똑똑히 외어서 이야기하는 것도 아니요 또 그럴 필요도 없다. 다만 그 이야기가 사실임을 방증(傍證)할 수 있는 증거물과 시대나 장소·인물 중에 어느 하나 정도만 구체적으로 제시할 수 있으면, 청자는 사실이라고 믿을 것이기 때문이다. 따라서 전설은 그것의 종류와 성격에 따라서 사실방증의 최소요건인 증거물의 구체적 제시만으로도 충분히 성립되는 것이다.

전설을 사실이라고 믿는 것은 그 내용에 사실 그 대표인 것이 있기 때문이다. 이야기 전체가 사실 그대로는 아니되, 어느 부분만은 사실이다. 그 허구성과 사실성의 비율은 이야기에 따라 각각 다를 것이다.

전설의 내용에 있어서 허구와 사실이라는 문제는, 그 화자나 청자가 사실이 아니라고 믿는 신빙도 와는 전혀

관계가 없다. 매우 허구적인 이야기를 더 신빙하고 사실
성이 강한 이야기를 덜 신빙할 수도 있다. 가령, 풍수지
리에 대한 전설은 그것을 굳게 신앙하고 있는 층에서는
아무리 허구라도 굳게 진실이라 믿고, 시조나 어느 선조
의 행적에 대한 전설은 그 숭조(崇祖)사상에 의하여 더욱
사실이라고 믿는 것이다.

  이렇게 전설은 사실이라고 믿어서 이야기되고 전승되
어 가고 있다. 자연 형상의 유래를 해설하고 역사적 인물
·사건·조상 들의 행적, 그리고 신앙·관습의 유래나 정당
성을 이야기하고 전승시켜 가고 있는 것이다. 이런 가운
데 전설은 주민들에게 자연이나 역사에 대한 지식을 주고
생활에의 지혜를 부여하고 숭조사상·애향심 등을 굳게 하
면서 사회적 공명심을 충족시켜 주는 기능을 수행하고 있
는 것이다.

엮은이 약력

제주대학 국문학과 졸.
동경대학 대학원 문화인류학과 수학.
제주대학 교수.

저   서
≪제주도 무속지≫ 上·下(신구문화사)
무속·신화 관계 논문 다수

제주도 전설 〈서문문고220〉

개정판 발행 / 1996년 3월 25일
개정판 3쇄 / 2016년 5월 30일
지은이 / 현 용 준
펴낸이 / 최 석 로
펴낸곳 / 서 문 당
주소 / 경기도 고양시 일산서구 가좌동 630
전화 / 031-923-8258 팩스 / 031-923-8259
창업일자 / 1968.12.24
창업등록 / 1968.12.26 No.가2367
등록번호 / 제406-313-2001-000005호
ISBN 978-89-7243-420-7

초판 발행:1976년 4월 20일 * 잘못된 책은 바꾸어 드립니다